ROCK WAR 1

Casterman
Cantersteen 47
1000 Bruxelles

www.casterman.com

Publié en Grande-Bretagne par Hodder Children's Books, sous le titre : *Rock War*

ISBN : 978-2-203-11593-4
N° d'édition : L.10EJDN001649.N001

Achevé d'imprimer en avril 2018, en Espagne.
Dépôt légal : mai 2018 ; D.2018/0053/328

Déposé au ministère de la Justice, Paris (loi n° 49.956 du 16 juillet 1949
sur les publications destinées à la jeunesse).

Robert Muchamore

LA RAGE AU CŒUR

1

ROCK WAR

Traduit de l'anglais par Antoine Pinchot

casterman

Prologue

La scène est semblable à un immense autel dressé sous le ciel étoilé du Texas. De part et d'autre, des murs d'images hauts comme des immeubles diffusent un spot publicitaire pour une marque de soda. Sur le terrain de football américain où est parqué le public, une fille de treize ans est juchée en équilibre précaire sur les épaules de son frère.

— JAY ! hurle-t-elle, incapable de contenir son excitation. JAAAAAY, JE T'AIME !

Mais son cri se noie dans le grondement continu produit par la foule chauffée à blanc. Une clameur s'élève lorsqu'une silhouette apparaît sur la scène encore plongée dans la pénombre. Fausse alerte : le roadie place un pied de cymbale près de la batterie, s'incline cérémonieusement devant le public puis disparaît dans les coulisses.

— JET ! scandent les fans. JET ! JET ! JET !

Côté backstage, ces cris semblent lointains, comme le fracas des vagues se brisant sur une digue. À la lueur verdâtre des boîtiers indiquant les sorties de secours, Jay vérifie que les straplocks de sa sangle sont correctement fixés. Il porte des Converse et un jean déchiré. Ses yeux sont soulignés d'un trait d'eye-liner.

Un décompte apparaît dans l'angle de l'écran géant : 30... 29... 28... Un rugissement ébranle le stade. Des centaines de milliers de leds forment le logo d'une célèbre marque de téléphones portables, puis les spectateurs découvrent un Jay de vingt mètres de haut dévalant une pente abrupte sur un skateboard, une meute d'adolescentes coréennes à ses trousses.

— TREIZE ! clament les spectateurs en frappant du pied. DOUZE ! ONZE !

Bousculé par ses poursuivantes, Jay tombe de sa planche. Un smartphone s'échappe de sa poche et glisse sur la chaussée. Les Coréennes se figent. Elles se désintéressent de leur idole et forment un demi-cercle autour de l'appareil.

— TROIS ! DEUX ! UN !

Les quatre membres de Jet déboulent sur scène. Des milliers de flashs leur brûlent la rétine. Les fans hurlent à s'en rompre les cordes vocales.

En se tournant vers le public, Jay ne voit qu'une masse noire ondulant à ses pieds. Il place les doigts sur le manche de sa guitare et éprouve un sentiment de puissance familier. Au premier coup de médiator, les murs d'amplis aussi larges que des semi-remorques cracheront un déluge de décibels.

Puis les premiers accords claquent comme des coups de tonnerre, et la foule s'abandonne à une joie sauvage...

1. Play-back

Quartier de Camden Town, Londres

Il y a toujours ce moment étrange, quand on se réveille dans un endroit inhabituel. Ces quelques secondes où l'on flotte entre rêve et réalité sans trop savoir où l'on se trouve.

Lorsqu'il ouvrit les yeux, Jay Thomas, treize ans, réalisa qu'il était effondré sur un banc, dans un angle de la salle des fêtes. L'atmosphère empestait l'huile de friture. Seul un quart des chaises en plastique disponibles était occupé. Une femme de ménage à l'air maussade pulvérisait du produit d'entretien sur le buffet en Inox placé contre un mur latéral. Au-dessus de la scène était accrochée une banderole portant l'inscription *Concours des nouveaux talents 2014, établissements scolaires de Camden*.

Constatant que ses cheveux bruns savamment hérissés, son jean noir et son T-shirt des Ramones étaient constellés de miettes de chips, il jeta un regard furieux autour de lui. Trois garçons le considéraient d'un œil amusé.

— Putain, les mecs, quand est-ce que vous allez vous décider à grandir ? soupira Jay.

Mais il n'était pas réellement en colère. Il connaissait ces garçons depuis toujours. Ensemble, ils formaient un groupe de quartier baptisé Brontobyte. Et si l'un d'eux s'était endormi à sa place, il lui aurait sans doute fait une blague du même acabit.

— Tu as fait de beaux rêves ? demanda Salman, le chanteur du groupe.

Jay étouffa un bâillement puis secoua la tête afin de se débarrasser des miettes restées coincées dans son oreille droite.

— Je n'ai presque pas dormi la nuit dernière. Ce sale con de Kai a joué à la Xbox jusqu'à une heure du matin, puis il a décidé de faire du trampoline sur mon matelas.

Salman lui adressa un regard compatissant. Tristan et Alfie, eux, éclatèrent de rire.

Tristan, le batteur, était un garçon un brin rondouillard qui, au grand amusement de ses copains, se trouvait irrésistible. Alfie, son frère cadet, n'avait pas encore douze ans. Excellent bassiste, il était sans conteste le meilleur musicien du groupe, mais ses camarades se moquaient de sa voix haut perchée et de sa silhouette enfantine.

— Je n'arrive pas à croire que tu laisses ce morveux te pourrir la vie, ricana Tristan.

— Kai est balaise pour son âge, fit observer Alfie. Et Jay est maigre comme un clou.

L'intéressé les fusilla du regard.

— Bon, on peut changer de sujet ?

Tristan fit la sourde oreille.

— Ça lui fait combien de lardons, à ta mère, Jay ? demanda-t-il. Quarante-sept, quarante-huit ?

Salman et Alfie lâchèrent un éclat de rire, mais le regard noir de Jay les convainquit qu'il valait mieux calmer le jeu.

— Laisse tomber, Tristan, dit Salman.

— Ça va, je rigole. Vous avez perdu le sens de l'humour ou quoi ?

— Non, c'est toi le problème. Il faut toujours que tu en fasses trop.

— OK, les mecs, le moment est mal choisi pour s'embrouiller, intervint Alfie. Je vais chercher un truc à boire. Je vous ramène quelque chose ?

— Un whisky sans glace, gloussa Salman.

— Une bouteille de Bud et un kilo de crack, ajouta Jay, qui semblait avoir retrouvé sa bonne humeur.

— Je vais voir ce que je peux faire, sourit Alfie avant de se diriger vers la table où étaient alignés des carafes de jus de fruits et des plateaux garnis de biscuits bon marché.

Au pied de la scène, trois juges occupaient des tables d'écolier : un type chauve dont le crâne présentait une tache bizarre, une Nigérienne coiffée d'un turban traditionnel et un homme à la maigre barbe grise portant un pantalon de cuir. Ce dernier était assis à califourchon sur sa chaise retournée, les coudes sur le dossier, dans une attitude décontractée en complet décalage avec son âge.

Lorsque Alfie revint avec quatre verres d'orangeade, les joues gonflées par les tartelettes à la confiture qu'il y avait logées, cinq garçons à la carrure athlétique – quatre Noirs et un Indien âgés d'une quinzaine d'années – investirent la scène. Ils n'avaient pas d'instruments, mais portaient un uniforme composé d'une marinière, d'un pantalon de toile et d'une paire de mocassins.

— Ils ont braqué un magasin Gap ou quoi ? sourit Salman.

— Bande de losers, grogna Jay.

Le leader du groupe, un individu à la stature de basketteur, se planta devant le micro.

— Yo, les mecs ! lança-t-il.

Il s'efforçait d'afficher une attitude détachée, mais son regard trahissait une extrême nervosité.

— Nous sommes le groupe Womb 101, du lycée George Orwell. Nous allons vous interpréter une chanson de One Direction. Ça s'appelle *What Makes You Beautiful*.

De maigres applaudissements saluèrent cette introduction. Les quatre membres de Brontobyte, eux, échangèrent un regard abattu. En une phrase, Alfie résuma leur état d'esprit.

— Franchement, je préférerais me prendre un coup de genou dans les parties que jouer une daube pareille.

Le leader de Womb 101 adressa un clin d'œil à son professeur de musique, un homme rondouillard qui se tenait près de la sono. Ce dernier enfonça la touche *play* d'un lecteur CD. Dès que les premières notes du play-back se firent entendre, les membres du groupe entamèrent un pas de danse parfaitement synchronisé, puis quatre d'entre eux reculèrent pour laisser le chanteur principal seul sur l'avant-scène, devant le pied du micro.

La voix du leader surprit l'auditoire. Elle était plus haut perchée que ne le suggérait sa stature, mais son interprétation était convaincante, comme s'il brûlait réellement d'amour pour la fille jolie mais timide évoquée par les paroles. Ses camarades se joignirent à lui sur le refrain, produisant une harmonie à quatre voix sans perdre le fil de leur chorégraphie.

Tandis que Womb 101 poursuivait sa prestation, Mr Currie, le prof de Jay, s'approcha des membres de Brontobyte. La moitié des filles de Carleton Road craquaient pour ce jeune enseignant au visage viril et au corps sculpté par des séances de gonflette.

— Pas mal, non ? lança-t-il à l'adresse de ses poulains.

Les quatre garçons affichèrent une moue dégoûtée.

— Les boys bands devraient être interdits, et leurs membres fusillés sans jugement, répondit Alfie. Sans déconner, ils chantent sur une bande préenregistrée. Ça n'a rien à voir avec de la musique.

— Le pire, c'est qu'ils risquent de gagner, ajouta Tristan. Leur prof a copiné avec les jurés pendant le déjeuner.

Mr Currie haussa le ton.

— Si ces types remportent le concours, ce sera grâce à leur talent. Vous n'imaginez pas à quel point il est difficile de chanter et danser en même temps.

Tandis que les choristes interprétaient le dernier refrain, le leader recula vers le fond de scène, effectua un saut périlleux arrière et se réceptionna bras largement écartés, deux de ses camarades agenouillés à ses côtés.

— Merci, lança-t-il en direction de l'assistance, le front perlé de sueur.

Le public était trop clairsemé pour que l'on puisse parler d'un tonnerre d'applaudissements, mais la quasi-totalité des spectateurs manifesta bruyamment son enthousiasme.

— Super jeu de jambes, Andrew ! cria une femme.

Alfie et Tristan placèrent deux doigts dans leur bouche puis firent mine de vomir. Mr Currie lâcha un soupir agacé puis tourna les talons.

— Il a raison sur un point, dit Jay. Ces types sont des merdeux, mais ils chantent super bien, et ils doivent avoir répété pendant des semaines pour obtenir ce résultat.

Tristan leva les yeux au ciel.

— C'est quand même marrant, tu es *toujours* d'accord avec Mr Currie. Je crois que tu craques pour lui, comme les filles de la classe.

— C'était nul ! cria Alfie lorsque les membres de Womb 101 sautèrent de la scène pour se diriger vers la table où étaient servis les rafraîchissements.

Deux d'entre eux changèrent brutalement de direction puis, bousculant des chaises sur leur passage, se dirigèrent vers celui qui venait de les prendre à partie. Ils n'avaient plus rien des garçons proprets qui avaient interprété une chanson vantant la douceur des cheveux d'une lycéenne. Ils n'étaient plus que deux athlètes de seize ans issus d'un des établissements les plus violents de Londres.

L'Indien au torse musculeux regarda Alfie droit dans les yeux.

— Qu'est-ce que tu as dit, merdeux ? demanda-t-il en jouant des pectoraux.

Frappé de mutisme, Alfie baissa les yeux et contempla la pointe de ses baskets.

— Si je te croise dans la rue, je te conseille de courir vite, très vite, gronda l'autre membre de Womb 101 en faisant glisser l'ongle du pouce sur sa gorge.

Alfie retint sa respiration jusqu'à ce que les deux brutes se dirigent vers le buffet.

— T'es complètement malade ? chuchota Tristan en lui portant un violent coup de poing à l'épaule. Ces types viennent de la cité de Melon Lane. C'est tous des déglingués, là-bas.

Mr Currie avait manqué l'altercation avec les chanteurs de Womb 101, mais il avait été témoin du geste violent de Tristan à l'égard de son frère.

— Eh, ça suffit, vous quatre ! rugit-il en se précipitant à leur rencontre, un gobelet de café à la main. Franchement, votre attitude négative commence à me fatiguer. Ça va bientôt être à vous, alors vous feriez mieux de rejoindre les coulisses et de préparer votre matériel.

Le groupe suivant était composé de trois filles. Elles massacrèrent un morceau de Panamore et, en parfaite contradiction avec leur look punk, réussirent le prodige de le faire sonner comme une chanson de Madonna.

Lorsqu'elles eurent quitté la scène, les membres de Brontobyte entreprirent d'installer la batterie de Tristan. L'opération prenant un temps infini, la femme coiffée d'un turban consulta sa montre. Comble de malchance, la courroie de la basse d'Alfie se rompit, et ils durent la bricoler en urgence avant de pouvoir s'aligner devant le jury.

— Bonsoir à tous, lança Salman dans le micro. Nous sommes le groupe Brontobyte, de Carleton Road, et nous allons vous interpréter une de nos compos intitulée *Christine*.

Une de mes compos, rectifia mentalement Jay.

Il prit une profonde inspiration et positionna les doigts sur le manche de sa guitare.

Ils patientaient dans la salle des fêtes depuis dix heures du matin, et tout allait se jouer en trois minutes.

2. Le miracle de la vie

DUDLEY, PRÈS DE BIRMINGHAM, OUEST DE L'ANGLETERRE

Summer Smith n'avait pas encore quatorze ans. Des barrettes domptaient ses cheveux blonds. Elle portait un polo blanc taché de fusain. Ses orteils dépassaient de ses tennis noires usées jusqu'à la corde.

Les garçons de sa classe la trouvaient mignonne mais un peu négligée. Ceux qui avaient tenté leur chance s'étaient tous fait éconduire. À dire vrai, elle ne parlait pratiquement à personne. Elle profitait de la pause du matin pour faire ses devoirs à la bibliothèque et regagnait son domicile tous les midis pour s'assurer que sa grand-mère allait bien.

Comme tous les jours, elle s'était installée dans un angle, au fond de la salle. Une chaise vide la séparait de Michelle Wei, une fille d'origine chinoise dont les parents étaient pleins aux as, comme en témoignaient ses baskets Prada et son luxueux sac en cuir. Sur la photo de classe, on aurait juré avoir affaire à la première de la classe, mais les apparences sont souvent trompeuses.

En vérité, elle ne tenait pas en place. Son regard était fiévreux, comme si la folie et l'intelligence s'y livraient un combat sans merci. Tandis que Summer écoutait attentivement le cours consacré au règne des Tudor, Michelle mâchait un chewing-gum, se balançait sur sa chaise et ne cessait de se triturer les cheveux.

Mr Wilson l'ignorait. Il savait par expérience qu'elle n'était pas domesticable. Comme tous les profs du collège, il se contentait de prier pour qu'elle le laisse faire son travail et ne dérange pas trop ses camarades. Mais c'était peine perdue.

Vaincue par l'ennui, Michelle s'empara du ballon de rugby posé sous la table voisine, propriété d'un certain Kevin qu'elle tenait pour un parfait abruti. Le regard vide, ce dernier la vit glisser l'objet sous son T-shirt blanc puis se dresser d'un bond.

— Mr Wilson ! brailla-t-elle. Il faut que j'aille aux toilettes.

À trois ans de la retraite, l'enseignant au crâne dégarni en avait vu d'autres. Il ne leva même pas la tête.

— Assieds-toi, Michelle. Tes petits numéros n'intéressent plus personne.

Le ventre tendu en avant, elle se dirigea vers la porte en titubant entre les tables, les pieds largement écartés.

— Je suis en train d'accoucher, gémit-elle en se massant les reins. Je sens la tête qui appuie.

Quelques garçons ricanèrent, mais la plupart des élèves étaient las de ces exhibitions.

— Retourne t'asseoir et cesse de te comporter comme une idiote, dit Mr Wilson avec le plus grand calme.

— Vous êtes le père de cet enfant, hurla Michelle en pointant du doigt son professeur. Vous ne pouvez pas le nier.

— Je t'ai demandé de t'asseoir, gronda le professeur. Je suis fatigué de tout ce cinéma.

— Oh, mon Dieu ! hurla Michelle. Il arrive !

Sur ces mots, elle s'accroupit devant l'estrade et sortit le ballon de sa chemise.

— C'est un garçon ! couina-t-elle en le brandissant au-dessus de sa tête. C'est le miracle de la vie !

Des rires fusèrent. Quelques élèves frappèrent dans leurs mains. Le volume sonore s'amplifiant, Mr Wilson craignait de perdre le contrôle de la situation. Sachant qu'il devait agir au plus vite, il s'empara de la corbeille à papier et s'en servit pour marteler énergiquement son bureau.

— Silence ! hurla-t-il. Si vous ne vous taisez pas immédiatement, ce sera la punition collective.

Mis à part quelques gloussements, la classe retrouva son calme. Michelle regagna sa place sur la pointe des pieds, un doigt posé sur ses lèvres.

— Chut ! Taisez-vous ! Des heures de colle, vous vous rendez compte ? Comment pourrait-on survivre à une condamnation aussi lourde ?

Comprenant que Michelle n'était pas disposée à baisser les armes, Mr Wilson ouvrit un petit carnet à souche vert et y inscrivit nerveusement son nom.

— Voilà, puisque tu insistes, je te mets une retenue, dit-il en détachant le billet. Encore deux et ce sera la lettre aux parents, je te le rappelle. Et puisque tu y tiens tellement, tu pourras faire une halte aux toilettes en te rendant à la salle de retenue.

Michelle embrassa le ballon de rugby avant de le reposer sous la table de Kevin et de se diriger vers la porte.

— Je peux prouver qu'il a abusé de moi, s'exclama-t-elle. Je connais certaines particularités de son anatomie. Tous les détails seront dans les journaux dès demain matin.

Lorsqu'elle eut quitté la salle, Mr Wilson s'adressa à sa classe avec autorité.

— Le spectacle est terminé. Remettez-vous au travail.

Mais contre toute attente, alors que tous les élèves se tenaient tranquilles, Summer continua à glousser. Bientôt, tous les yeux furent braqués dans sa direction. Elle d'ordinaire si réfléchie, elle ne parvenait pas à contrôler ses ricanements.

— Ferme-la, dit le garçon installé devant elle. Tu vas tous nous faire punir.

Mr Wilson remonta calmement la travée jusqu'à Summer.

— Peux-tu nous expliquer ce qui t'amuse à ce point ?

En vérité, c'étaient les grimaces contrariées de son professeur que Summer trouvait tordantes. Il faisait tout son possible pour afficher une expression sereine, mais ses joues, ses sourcils et sa lèvre supérieure étaient hors de contrôle.

Seulement, il n'était pas question d'avouer à son professeur que ces mouvements involontaires avaient provoqué son hilarité. Elle haussa les épaules et prit une profonde inspiration.

— Je vous présente mes excuses, monsieur, hoqueta-t-elle, les joues écarlates. Je ne peux pas m'en empêcher. Le fou rire, vous savez ce que c'est.

Mr Wilson posa une main sur son cahier.

— Pourrais-tu essayer de te concentrer, s'il te plaît ?

— Oui, monsieur, dit-elle.

Mais à l'instant où Wilson tourna les talons pour regagner l'estrade, sa mâchoire inférieure fut secouée d'un tremblement, puis l'un de ses yeux roula bizarrement dans son orbite. C'en était trop pour Summer. Elle eut beau plaquer une main sur sa bouche, elle s'abandonna malgré elle à un immense éclat de rire.

Sans même se retourner, Mr Wilson regagna son bureau et remplit un second bulletin vert.

— Ça suffit comme ça, lâcha-t-il, à bout de patience, en brandissant le billet. Ramasse tes affaires et va retrouver Michelle en salle de surveillance.

3. Christine

L'intro de batterie fit vibrer le sol de la salle des fêtes. La ligne de basse se greffa au tempo, puis Jay lança ses premiers riffs de guitare. Salman attrapa le micro à deux mains et lâcha les paroles comme des rafales de mitraillette.

Le prends pas mal, on va pas s'mentir.
T'as rien d'un canon mais j'ai déjà vu pire,
Christine, Christine.
Les filles ne se retournent jamais sur moi.
Y a des jours où mon cœur et mon corps, tu vois,
Crient famine, Christine.

Dans la piscine, derrière l'usine,
Où tu veux quand tu veux, Christine !
Au club de gym, dans la cuisine,
Où tu veux, quand tu veux, Christine !

Tu as la peau qui brille et les cheveux secs,
Deux ou trois chtars mais on fera avec.
Et ta poitrine, grrrrr, Christine.
Une fille comme toi, je peux pas viser plus haut
Mais j'en veux pas plus, j't'ai dans la peau,
Christine, Christine.

Dans la piscine, derrière l'usine,
Où tu veux quand tu veux, Christine !
Au club de gym, dans la cuisine,
Où tu veux, quand tu veux, Christine !

Jay exécuta son solo, puis le groupe reprit le premier couplet avant de terminer par le refrain. Salman n'était pas à proprement parler un ténor d'opéra, mais il chantait juste, et son discret accent pakistanais avait quelque chose d'exotique. Jay et Alfie jouaient en place, mais tout groupe de rock est dépendant de son batteur, et Tristan était complètement à côté de la plaque.

Il frappait si fort que Jay n'entendait même pas Salman chanter. Mr Currie leur avait enseigné une règle d'or : un musicien devait continuer à jouer, quelles que soient les circonstances. Le morceau s'acheva dans la confusion la plus totale, chacun jouant une partie en complet décalage avec les autres. Tristan martelait sa batterie sans relâche ni nuance, sans prêter attention au chaos ambiant.

— Merci à tous ! cria Salman lorsque Brontobyte eut lâché l'accord final.

Mrs Jopling, la mère d'Alfie et de Tristan, était assise aux côtés du grand frère de Salman. Tous deux applaudirent poliment. Les rares bravos et sifflements qui se firent entendre avaient quelque chose d'ironique. Les membres de Womb 101 esquissèrent des gestes obscènes en direction de la scène.

Mr Currie grimpa sur scène pour aider ses protégés à démonter le matériel. Après avoir rangé sa guitare dans son étui, Jay se rua vers Tristan.

— Qu'est-ce que t'as foutu, bordel ?

Tristan fit tournoyer une baguette entre ses doigts.

— J'ai trouvé que ça sonnait plutôt pas mal, dit-il.

— Tu es sourd ou quoi ? s'étrangla Jay. C'était n'importe quoi.

D'un coup de genou, Tristan renversa sa caisse claire. Aveuglé par la colère, Jay s'était montré imprudent en critiquant sans prendre de gants un garçon nettement plus robuste que lui, une petite terreur de collège qui, quand il ne martyrisait pas les peaux de sa batterie, pratiquait le judo à haut niveau.

— Tu veux qu'on aille en discuter dehors ? gronda Tristan en retroussant ses manches.

— Quand tu veux, mon pote.

À cet instant, Mr Currie s'interposa.

— Eh, ça va, du calme, vous deux. Prenez ce concours comme une expérience, et dites-vous bien que vous ne pouvez que progresser.

— Tristan sera toujours un batteur merdique, lança Jay, se sentant rassuré par la présence d'un adulte.

Sur ces mots, il s'empara de son étui et sauta de la scène, laissant ses camarades transporter les éléments de la batterie jusqu'à la camionnette. Les membres du jury lui adressèrent un regard sévère. En passant à leur hauteur, il jeta discrètement un œil à leurs notes : *batteur faible, voix, basse et guitares OK, 4/10.*

Il se dirigea vers le buffet et se servit un jus d'orange.

— Vous avez tout déchiré, ricana l'un des membres de Womb 101 en se glissant à ses côtés.

— Gran-diose, s'esclaffa le garçon qui l'accompagnait. Absolument gran-diose.

Jay ignora ces remarques perfides et vida son verre en deux gorgées.

— Désolé pour tout à l'heure, dit-il. Vous savez, Alfie n'a que onze ans. Il parle souvent sans réfléchir.

Un type portant une dent en or partit d'un rire rocailleux.

— C'est un peu tard pour nous passer du cirage, mec. Si tu crois que ça va nous empêcher de te faire la tête au carré…

— … tu te fous le doigt dans l'œil jusqu'au coude, sourit le chanteur de Womb 101 en faisant craquer ses phalanges. Si on te croise du côté de Melon Lane, tu rentreras chez toi en pièces détachées.

Il marqua une pause, donna un coup de menton et demanda :

— Au fait, c'est quoi, ce nom de groupe à la con ?

— C'est un terme informatique, expliqua Jay. Vous connaissez les megabytes et les gigabytes ? Le brontobyte est une unité correspondant à des millions et des millions de gigabytes, quelque chose comme ça. En fait, c'est une idée du batteur.

Les Womb 101 secouèrent la tête, puis le type à la dent en or résuma l'avis général.

— Ah ouais, je vois, un délire de geek, ricana-t-il avant de tourner les talons, ses camarades dans son sillage.

Constatant que la voie était libre, Alfie et Salman rejoignirent le buffet.

— Merci de nous avoir aidés à porter la batterie, ironisa ce dernier.

— Désolé les mecs, mais j'avais les nerfs, plaida Jay. Tristan est nul à chier. C'est bien simple, je joue mieux de la batterie que lui. Et toi aussi, Alfie.

— Eh, laisse-moi en dehors de ça, protesta l'intéressé. Je suis son frère, ne l'oublie pas. On habite ensemble. C'est moi qui m'en prends plein la gueule quand il est contrarié.

— N'empêche, on n'arrivera à rien tant qu'on n'aura pas un batteur capable de garder le tempo, grogna Jay.

À cet instant, Mrs Jopling se mêla à la conversation.

— Vous avez été fantastiques, dit-elle.

Elle était plutôt sexy, dans le genre femme de footballeur : bronzage artificiel, faux ongles, bottes Ugg et lunettes de soleil de grande marque portées en serre-tête. Elle déposa un baiser sur la joue d'Alfie puis fusilla Jay du regard.

— Qu'est-ce que tu as dit à Tristan ?

— C'est entre lui et moi, répondit Jay.

— Et moi qui croyais que vous étiez amis…

Jay ne fit aucun commentaire. Annoncer à Mrs Jopling que son fils préféré était un batteur exécrable, c'était courir le risque d'une interminable prise de tête.

Tandis que le dernier groupe faisait place nette, la femme au turban monta sur scène et s'empara du micro, provoquant un désagréable effet Larsen. Elle s'adressa au public sur un ton exagérément enthousiaste, comme si elle parlait à des moins de cinq ans.

— Les délibérations n'ont pas été faciles, dit-elle, et nous avons pris un peu de retard. Tous les candidats se sont montrés extrêmement brillants, mais il ne peut y avoir qu'un gagnant. J'ai le plaisir de vous annoncer que le groupe qualifié pour la grande finale est… Womb 101 !

À l'instant où les lauréats sautèrent sur scène pour exprimer bruyamment leur joie, Salman et son grand frère quittèrent la salle des fêtes. Mr Currie rassembla Jay, Tristan et Alfie près du buffet et brandit devant leurs yeux un Post-it où il avait inscrit les notes du jury.

— Au moins, ils ont aimé *Christine*, dit Jay, constatant que le groupe avait obtenu quatre sur cinq en composition, et cinq points de plus pour avoir présenté une œuvre originale.

— Et au classement, ça donne quoi ?

— Quatrième sur neuf, répondit Mr Currie.

Jay effectua un rapide calcul mental et réalisa que Brontobyte aurait terminé à la septième place s'ils avaient choisi une reprise, mais il se garda de le faire remarquer.

— Je pensais vraiment qu'on pouvait gagner, maugréa Alfie, la tête basse. Les répètes étaient géniales, la semaine dernière.

— Les groupes fonctionnent exactement comme les équipes de foot, expliqua Mr Currie. Leurs résultats sont meilleurs à domicile qu'à l'extérieur. Taper le bœuf avec ses copains est une chose. Jouer devant des inconnus en est une autre.

Mrs Jopling fit la moue, croisa les bras et frappa le sol du talon.

— Ce concours était truqué, cracha-elle. Vous étiez les meilleurs, et de loin.

Oh, je comprends mieux le comportement arrogant de Tristan, songea Mr Currie.

— Objectivement, les Womb 101 étaient plus au point que nous, dit Jay.

Mrs Jopling lui lança un regard noir puis se tourna vers le professeur de musique.

— Bon, on peut rentrer, maintenant ?

Mr Currie hocha la tête.

— Merci d'être venue nous encourager. Jay m'aidera à déposer le matériel à Carleton Road, puis je le ramènerai chez lui.

Tristan hocha la tête.

— Faites-le bosser, monsieur. Apparemment, il s'est cru dispensé de ranger la batterie.

— Va te faire voir, fils à maman, lança Jay, piqué au vif.

— Au moins, ma mère à moi peut passer cinq minutes sans pondre un lardon, répliqua Tristan, à la grande satisfaction de l'intéressée.

— Eh, du calme, intervint Mr Currie. La journée a été longue pour tout le monde.

Mrs Jopling le toisa puis entraîna ses fils vers la sortie.

— Alors, qu'est-ce qui vous ferait plaisir, mes chéris ? McDonald's ou KFC ?

4. Caribou

Summer, qui venait de recevoir sa première heure de colle, était en état de choc. Elle se sentait un peu perdue, seule dans l'interminable couloir qui desservait les salles de classe. Elle regarda à droite et à gauche, puis réalisa qu'elle ignorait où se trouvait la salle de retenue.

Elle était sur le point de rebrousser chemin lorsqu'elle entendit une voix provenant de la cage d'escalier. Quelques mètres plus loin, elle trouva Michelle accoudée à la rambarde, un Samsung vissé à l'oreille.

— T'es encore en cours ? gloussa cette dernière. Sans déconner... Ouais, excellent. OK, ça marche, on se retrouve là-bas.

Sur ces mots, elle mit un terme à la communication, glissa le portable dans la poche arrière de son jean et se tourna vers Summer.

— Pourquoi tu me regardes comme ça, toi ? aboya-t-elle. T'as un problème ?

Summer recula de deux pas. Le comportement de Michelle était déroutant. Cette cinglée allait-elle se jeter à son cou pour l'embrasser, lui griffer le visage ou la passer à tabac ? Dans le doute, elle agita son billet vert.

— Eh, t'y as eu droit, toi aussi ? s'étonna Michelle. On est dans la même classe depuis trois ans, et je n'ai pratiquement jamais entendu le son de ta voix.

— Disons que je ne parle que quand j'ai quelque chose à dire.

Michelle plissa les yeux.

— Tu trouves que j'ouvre trop ma grande gueule ?

— Non, ça n'a rien à voir avec toi, bredouilla Summer. Dis, tu ne saurais pas où se trouve la salle de retenue ?

— Bien sûr que je sais où se trouve la prison. C'est ma deuxième maison. Je dirai aux matons d'y aller mollo avec toi.

Elles descendirent au rez-de-chaussée, passèrent devant la réception et empruntèrent le long couloir menant aux labos de travaux pratiques. L'air empestait les produits chimiques. Michelle fit halte devant la première salle de classe, poussa la porte puis, sans raison apparente, hurla à pleins poumons :

— La science est morte ! Vive Jésus-Christ !

Puis elle remonta le couloir à toutes jambes et franchit une porte coupe-feu, Summer sur ses talons. Elles traversèrent un vestiaire aux murs couverts de graffitis puis, débouchant à l'air libre, sprintèrent vers les terrains de sport détrempés où s'activaient des garçons couverts de boue de la tête aux pieds.

Elles longèrent la bibliothèque et se dirigèrent vers le bâtiment flambant neuf qui abritait le théâtre, l'auditorium et les studios de répétition. Un homme aux cheveux ébouriffés apparut à l'une des fenêtres du premier étage.

— Michelle Wei ! tonna-t-il. Attention, tu vas avoir de *sérieux* problèmes !

Summer tenta de se soustraire à son regard en se glissant derrière un buisson. Michelle, elle, adressa un doigt d'honneur au professeur.

— Mr Gubta, votre femme ressemble à un caribou ! lança-t-elle.

Summer courut trouver refuge à l'angle de la construction.

— Tu es complètement tarée ! hurla-t-elle, hors d'elle, lorsque Michelle l'eut rejointe.

Celle-ci éclata de rire.

— Ouais, je confirme !

— Tu réalises les problèmes que tu vas nous attirer ? Pourquoi fais-tu ça ?

— C'est mon shoot d'adrénaline, dit sa camarade, tout sourire. Sans ma dose, je ne survivrais pas à une seule journée dans ce bahut.

— Ma vie est déjà assez compliquée comme ça… gémit Summer en se prenant la tête à deux mains.

Et je parie que la salle de retenue n'est pas par ici, pas vrai ?

— Félicitations, Sherlock. Allez, suis-moi, il faut qu'on se bouge. J'ai des projets te concernant.

Elles franchirent l'entrée principale du bâtiment, traversèrent l'auditorium désert et s'engouffrèrent dans le couloir menant aux studios de répétition. Michelle ouvrit une porte à la volée et pénétra dans une pièce où se trouvaient deux filles d'une quinzaine d'années.

— Quoi de neuf, les meufs ? dit-elle en adoptant la gestuelle propre aux gangs de la côte ouest des États-Unis.

Le studio aux murs blancs et au parquet ciré était de taille modeste. Les plinthes étaient équipées d'innombrables prises de courant permettant de brancher amplis, pédales d'effets, claviers et ordinateurs. Un tableau blanc couvert de portées vierges jouxtait un vieux piano d'étude.

Michelle s'adressa à Summer, qui était restée plantée dans l'encadrement de la porte.

— Je te présente ma grande sœur Lucy, dit-elle en désignant la jeune Asiatique assise derrière la batterie.

Puis elle se tourna vers une fille longiligne à la peau noire et au crâne couronné d'une impressionnante coupe afro.

— Et elle, c'est Coco, la guitariste.

Lucy pointa une baguette en direction de Summer.
— Et elle, c'est qui ?
— Sans blague, tu ne la reconnais pas ? C'est la gamine qui chantait dans *Evita*, la comédie musicale des cinquième, il y a deux ans.
— Comment elle a l'air coincée... On dirait qu'elle a gardé le cintre de sa chemise.
Summer recula vers le couloir.
— Bon, ravie de vous avoir rencontrées. Seulement, j'ai eu assez d'ennuis pour la journée. Ne le prenez pas mal, mais on m'attend en salle de retenue.
Michelle la prit alors par le poignet, la tira d'autorité à l'intérieur du studio et ferma la porte derrière elle.
— Mais qu'est-ce que tu fous ? s'étrangla Summer.
— Ouais, ça y est, je me souviens, sourit Lucy. Tu as une super voix. On ne voyait que toi, dans ce spectacle.
— Tu oublies mon solo de maracas, ricana Michelle. Les filles, je crois que le destin nous a adressé un signe. Summer s'est pris une heure de colle pour la première fois de sa vie, et on s'est retrouvées comme par miracle dans le couloir juste au moment où j'allais vous rejoindre.
Lucy se leva puis se dirigea vers la nouvelle venue. À seize ans, elle était plus large d'épaules que sa sœur. Son sweat-shirt gris était taché de sueur.
— Laissez-moi sortir, gémit Summer, mal à l'aise. Je ne veux pas chanter.

— On a auditionné un paquet de chanteuses, dit Lucy. C'était l'horreur. Tu ne pourrais pas au moins faire un petit essai ?

Summer envisagea d'appeler à l'aide, mais elle se souvint que le studio était insonorisé. Résignée, elle se planta devant la batterie, s'éclaircit la gorge et entonna le premier couplet de *Wichita Lineman*, une ballade des années soixante que lui chantait l'un des compagnons de sa mère quand elle était petite. Sa voix, grave, puissante et légèrement voilée, n'était pas celle d'une fille de treize ans.

— La vache, tu as du coffre ! s'exclama Lucy. Vas-y, continue.

Summer sentit son visage s'empourprer. Elle baissa les yeux et fixa la pointe de ses tennis.

— Je ne connais que le premier couplet.

— Rejoins notre groupe, supplia Lucy. Ta voix est magnifique. Ne pas t'en servir, ce serait un crime.

Summer secoua la tête.

— Je suis très occupée.

— Arrête ton char, gronda Michelle sur un ton accusateur. Tu n'as pas d'amis. Tu ne fais ni sport, ni dessin, ni musique. Qu'est-ce qui pourrait bien te tenir occupée ?

Blessée par ces paroles, Summer afficha une expression douloureuse. Consciente de son trouble, Lucy repoussa énergiquement sa sœur.

— C'est comme ça que tu penses la convaincre ? grogna-t-elle. Fous-lui la paix. On ne peut pas la forcer.

— Ça te ferait mal de me soutenir, de temps en temps ? cria Michelle en frappant du poing sur le tableau.

— Il faudrait d'abord que tu te mettes à réfléchir, riposta Lucy en ouvrant la porte pour laisser sortir Summer.

Cette dernière lui adressa un sourire, s'engagea dans le couloir et tomba nez à nez avec Mr Gubta.

— Tiens, tiens, comme on se retrouve, jeune fille ! s'exclama-t-il. Votre complice ne serait-elle pas dans les parages, par hasard ?

Michelle écarta Summer sans ménagement et se planta devant le prof, l'air parfaitement détendue.

— Tiens, bonjour Mr Gubta ! Dites-moi, comment se porte le caribou qui vous sert de femme ?

5. À court d'oxygène

Lorsque Mr Gubta eut achevé de lui passer un savon, Summer fut invitée à se présenter à Mr Obernackle, son prof principal, qui lui fit part de sa profonde déception.

Jusqu'alors, ce dernier n'avait jamais rien eu à lui reprocher. Compte tenu de son comportement exemplaire et de ses excellentes notes, elle était la dernière personne qu'il s'attendait à recevoir dans son bureau. À l'évidence, Michelle exerçait sur elle une influence déplorable. Comment Summer avait-elle pu s'acoquiner à cet élément perturbateur ? Dans des circonstances ordinaires, un premier accroc au règlement lui aurait valu un simple avertissement, mais l'incident était très sérieux. Mr Obernackle envisageait sérieusement de convoquer ses parents. Il était fermement résolu à étouffer dans l'œuf toute velléité de rébellion envers le corps enseignant.

Profondément abattue, Summer hocha régulièrement la tête et lâcha un « oui » chaque fois que nécessaire. Désireuse de ne pas prolonger inutilement son supplice, elle n'essaya même pas de se défendre.

Une demi-heure plus tard, elle descendit du bus à quelques centaines de mètres de la cité de Carr Road. Elle souffrait d'une migraine carabinée. Ses pieds martyrisés par ses baskets délabrées lui faisaient un mal de chien.

Elle franchit les portes automatiques de la supérette Spar et s'arrêta devant le rayon des plats préparés. Le poulet korma et les tacos croustillants étant largement au-dessus de ses moyens, elle prit une barquette de macaronis à une livre vingt-neuf, un filet de mandarines, une boîte de *baked beans* et un minuscule sachet de Smarties dont elle dévora le contenu en se dirigeant vers la cité.

En chemin, elle croisa Kevin, un garçon de sa classe qui chevauchait un BMX devant la boutique d'alcool. Avec ses épaules larges et ses pectoraux saillants, Summer l'avait trouvé craquant, le jour où elle avait fait sa connaissance, mais ses manières frustes avaient rapidement douché son enthousiasme.

— Ça gaze ? lança-t-il. Il paraît que tu as eu des problèmes avec ce vieux con d'Obernackle ?

Summer haussa un sourcil.

— Mais non, t'inquiète, ironisa-t-elle. Il voulait juste me remettre les félicitations.

— Ah, d'accord, dit Kevin, totalement imperméable au second degré. Tu veux que je t'aide à porter tes courses ?

Summer ignorait ce qu'il avait en tête. Était-il sincère ou avait-il l'intention de s'emparer de ses sacs puis de la faire courir dans toute la cité pour amuser ses copains ? Dans le doute, elle ne répondit pas.

— Comme tu voudras, soupira Kevin. À plus tard, Summer.

Elle traversa l'immense dalle de béton fissurée et parsemée de touffes d'herbe qui formait le centre de la cité. Le soleil se couchait. C'était l'heure où la plupart des parents interdisaient à leurs enfants de jouer au milieu des tessons de bouteille et des crottes de chien. Seuls les garçons les plus durs du quartier continuaient à taper dans un ballon.

Lorsqu'elle atteignit son bâtiment, un homme encombré d'une poussette lui tint la porte. Dans le hall, elle pressa vainement le bouton de l'ascenseur. Une fois de plus, il était en panne, et il lui faudrait monter à pied.

Quatre étages plus haut, elle longea un couloir éclairé par des néons puis déverrouilla la grille d'acier qui protégeait la porte de l'appartement 23.

— Ça va, mamy ? lança-t-elle sur un ton faussement joyeux avant de se déchausser et de poser ses sacs de courses dans le vestibule.

Elle étudia ses pieds douloureux et constata qu'ils étaient constellés d'ampoules.

— Tu es en retard, mon ange, dit sa grand-mère lorsqu'elle entra dans le minuscule salon. J'ai fait tomber la télécommande derrière le fauteuil... Du coup, j'ai manqué mon émission.

Le papier peint maculé de taches d'humidité se décollait au niveau des plinthes et du plafond. Des photos de membres de la famille et d'animaux domestiques depuis longtemps disparus étaient alignées sur le buffet. Un crucifix était suspendu au-dessus de la télévision.

Eileen Smith n'avait que cinquante-huit ans, mais elle souffrait d'une forme sévère d'asthme et d'un traumatisme à la moelle épinière depuis qu'elle avait été renversée par un motard. Elle était à peine capable de faire les douze pas qui séparaient le salon des toilettes.

Summer trouva la télécommande au milieu d'un amoncellement de miettes et d'emballages de bonbons.

— Tu veux regarder ITV ?

Eileen hocha la tête.

— Le type de l'oxygène n'est pas venu. Je suppose qu'il est trop tard, maintenant.

Summer étudia la jauge de la bouteille placée près du fauteuil de sa grand-mère.

— Il en reste un quart, dit-elle. En gros, jusqu'à demain soir.

Elle regagna l'entrée, sortit son portable de la poche de sa veste et composa le numéro de téléphone figurant sur le cylindre vide posé près de la porte. Elle tomba sur un message enregistré.

— *Bienvenue chez NHS, location de bouteilles d'oxygène médical. Veuillez vous munir de votre numéro de patient, nous allons répondre à votre appel.*

Après trois sonneries, une seconde annonce se fit entendre.

— *Nos bureaux sont actuellement fermés. Nos services sont ouverts du lundi au vendredi de neuf heures à seize heures trente, et le samedi de neuf heures à douze heures trente. Merci de bien vouloir renouveler votre appel.*

Summer lâcha un juron.

— Quelque chose ne va pas, ma chérie ? demanda Eileen.

Redoutant que le stress n'aggrave l'état de santé de sa grand-mère, Summer adopta un ton détendu.

— On ne peut pas les joindre à cette heure-ci. Je rappellerai demain matin.

— Tu aurais dû t'en occuper la semaine dernière.

— Ça m'était sorti de l'esprit. Mais ne t'inquiète pas, tu ne manqueras pas d'oxygène. Je m'en occupe. Pour l'instant, je vais prendre une douche, puis je préparerai le dîner. Il y a des macaronis et des *baked beans*. Qu'est-ce que tu préfères ?

— Comme tu voudras, mon ange.

Summer entra dans sa chambre, s'empara de la serviette suspendue derrière la porte puis sortit de son sac de classe un rouleau de papier hygiénique chipé dans les toilettes du collège. La pension d'invalidité d'Eileen était misérable, et ce détournement leur permettait d'économiser une à deux livres par semaine.

Elle se glissa dans la salle de bains, ôta ses vêtements, appliqua une giclée de détachant sur son polo taché et le mit à tremper dans le lavabo. Elle leva la tête et contempla son reflet dans le miroir. Son soutien-gorge trop étroit avait laissé de profondes marques rouges sur son torse. L'une de ses barrettes s'était détachée, et une mèche de cheveux blonds tombait devant ses yeux. Pourrait-elle jamais s'offrir un rendez-vous chez le coiffeur ?

Elle n'avait pas encore fêté ses quatorze ans, mais elle se sentait usée, à l'image des jeunes mères célibataires qu'elle croisait dans la cité. Elles, au moins, vouaient leur existence à leur enfant. Summer avait sur les bras une grand-mère malade et dépressive qui n'était même plus capable de quitter l'appartement.

Elle s'en voulait de nourrir de telles pensées. Eileen l'avait élevée depuis l'âge de six ans. Elle était la seule personne qui l'ait jamais aimée, et elle n'était en rien responsable de son handicap. Pourtant, Summer se sentait piégée. Tout comme sa grand-mère, elle se sentait à court d'oxygène.

Les paroles blessantes de Michelle lui revinrent en mémoire : *Tu n'as pas d'amis. Tu ne fais ni sport, ni dessin, ni musique. Qu'est-ce qui pourrait bien te tenir occupée ?*

Cette fille était sérieusement dérangée, c'était évident, mais elle avait parfaitement résumé sa vie. Accablée par cette pensée, Summer se pencha en avant, posa le front contre le miroir, et laissa les larmes rouler sur ses joues.

6. Sorcières

Aux alentours de dix-sept heures, après avoir rangé les éléments de batterie dans l'une des salles de répétition, Jay et Mr Currie remontèrent dans la camionnette.

— Ça ne roule pas trop mal, dit ce dernier. On sera chez toi dans dix minutes.

Il observa quelques secondes de silence puis demanda :

— Alors, ce concours, qu'en as-tu pensé ?

— Tristan est un boulet, vous ne pouvez pas dire le contraire, répondit Jay tandis que le véhicule quittait le parking de Carleton Road.

Mr Currie resta muet. Il avait l'air un peu absent. Sans rien laisser paraître, il était aussi déçu que les membres du groupe. Si Brontobyte avait remporté le concours, on aurait parlé de son programme d'éducation musicale dans le journal local, et les deux cent cinquante livres promises au vainqueur auraient permis de remplacer le stock de maracas réduit en miettes au cours du chahut mémorable auquel son prédécesseur devait son renvoi.

— Monsieur ? insista Jay. Vous m'écoutez ?

— J'apporte mon aide aux élèves qui souhaitent former leur propre groupe, répondit-il sur un ton très diplomatique. Mais je ne m'implique jamais dans leurs affaires personnelles. Tu casses du sucre sur le dos de Tristan, mais tu as laissé tomber tes camarades, à la fin du concours. Ton comportement est loin d'être irréprochable.

Jay se tourna vers la fenêtre.

— Ouais, je sais. Je me suis défilé quand il a fallu démonter la batterie. Mais je vous parle de musique, là. Je n'ai rien contre Alfie et Salman, au contraire, mais Tristan nous tire vers le bas.

— Ce n'est pas mon rôle de vous juger. Et puis, entre nous, si je me permettais de critiquer Tristan, Mrs Jopling ferait un énième scandale, et vu son influence auprès de la direction, je perdrais probablement mon boulot.

Réalisant que son professeur se trouvait dans une position difficile, Jay opta pour une autre stratégie.

— Bon, simple hypothèse, supposons que Alfie et Salman soient d'accord pour changer de batteur, vous auriez quelqu'un à nous recommander ?

Mr Currie considéra la question pendant quelques instants.

— J'ai deux bons éléments en sixième, mais ce sont des gamins, et je doute que le courant passe entre vous. À part eux, il y aurait bien cet élève de troisième, Babatunde Okuma. Certainement le meilleur batteur de Carleton Road.

— Comme se fait-il que je n'en aie jamais entendu parler ?

— Sa famille vient de Nottingham. Il est arrivé au bahut en milieu de trimestre. Comme il n'a pas de batterie chez lui, il se rend au studio après les cours pour travailler sa technique. C'est un acharné. Je dois toujours le chasser, le soir, quand je ferme les locaux.

— Il joue déjà dans un groupe ?

— Pas que je sache.

— Et vous le trouvez sympa ?

— Oui, plutôt. Mais si tu as l'intention de l'approcher, fais-le discrètement, Jay. Le simple fait de parler à un autre batteur risque de causer des frictions au sein du groupe. J'en ai vu exploser pour moins que ça. Et tâche d'être moins agressif envers Tristan. Je ne serai pas toujours là pour m'interposer, et je ne donne pas cher de tes chances s'il décide de te refaire le portrait.

— Ouais, je sais, admit Jay. Même si vous seriez surpris de la vitesse à laquelle je peux cavaler quand un type plus musclé tente de me passer à tabac.

— Ça te dérange si je te dépose ici ? demanda Mr Currie en se ralentissant le long du trottoir. Si je continue jusqu'à l'avenue, je vais me retrouver dans les embouteillages.

— Pas de souci, dit Jay en ouvrant la portière du vieux Transit. Merci pour tout. Et encore désolé pour le concours.

— Crois-moi, l'échec est le meilleur moyen de progresser, sourit le professeur.

Jay récupéra son sac et son étui de guitare à l'arrière du véhicule puis s'engagea dans une rue bordée de logements sociaux. Redoutant d'être pris à partie par une bande d'adolescents qui jouaient au football devant l'un des bâtiments, il changea de trottoir et se dirigea d'un pas vif vers deux maisons de brique mitoyennes, derniers vestiges d'un ensemble d'habitations victoriennes depuis longtemps disparu.

Le rez-de-chaussée de la première demeure était occupé par le Thomas'Fish Bar, le restaurant de *fish and chips* appartenant à sa famille. Jay vivait au-dessus de l'établissement en compagnie de sa mère Heather, de son beau-père et de ses innombrables demi-frères et demi-sœurs. Au numéro suivant se trouvait le White Horse, le pub de sa tante Rachel, qui habitait les étages supérieurs avec son copain, quatre enfants et deux petits-enfants.

Lorsque Jay entra dans la cour de service du restaurant, un spot illumina trois voitures délabrées et un Ford Transit portant l'inscription *Big Len* peinte au pochoir.

Big Len, le beau-père de Jay, était un ancien musicien de studio qui, au cours des années quatre-vingt-dix, avait participé à l'enregistrement de plusieurs hits mémorables. Désormais, il gagnait sa vie en jouant des reprises au clavier Yamaha dans des maisons de retraite et en animant les parties de bingo qui suivaient ses prestations. Il avait aménagé un local dans la cave du Thomas'Fish Bar, un studio de répétition rudimentaire où il donnait des cours de musique à tous les enfants de la famille.

Jay le trouva en train de fumer une cigarette, assis sur le pare-chocs arrière de la camionnette. La braise illuminait les bagues en or qui ornaient ses énormes doigts.

— Comment ça s'est passé ? demanda Big Len, avec une pointe d'accent irlandais.

— On a terminé quatrième sur neuf, répondit Jay en posant son étui sur le pavé. Je croyais que tu viendrais nous encourager et rencontrer Mr Currie.

Big Len désigna la porte de service du restaurant.

— L'électricité a sauté ce matin, et le technicien vient juste de se pointer. Le restau a perdu une journée de recette. Je ne pouvais pas abandonner ta mère dans cette situation.

Le petit garçon qui chahutait sur la banquette arrière de la camionnette pressa son visage contre la lunette arrière. Hank était l'un des fils d'Heather et de Big Len. Jay en était gaga. Ils se tirèrent mutuellement la langue.

— Tristan nous a foutus dedans, expliqua Jay. Il est archinul.

Big Len hocha la tête.

— C'est sûr, vous n'irez pas très loin avec lui, dit-il. Allez, va te mettre au chaud. Ça caille. Tu vas finir par attraper la crève.

Jay poussa la porte de service et trouva quatre femmes en train de bavarder à la lueur des bougies dans la minuscule cuisine du restaurant : sa mère Heather, Shamim, unique employée du Fish Bar et mère de son ami Salman, sa tante Rachel et une femme qu'il n'avait jamais rencontrée. Il leur adressa un vague hochement de tête et se dirigea vers l'escalier.

— Eh, ne te sauve pas, toi, lança Heather. Alors, vous avez gagné ?

Jay posa son étui contre le mur et traîna des pieds jusqu'à sa mère.

— On dirait une réunion de sorcières, gloussa-t-il.

— Prends garde, mon fils, s'esclaffa-t-elle en désignant les friteuses. Je pourrais bien te jeter dans le chaudron.

Elle désigna l'inconnue qui se tenait à ses côtés.

— Je crois que tu n'as jamais rencontré Mags ?

Jay secoua la tête.

— Non, mais j'ai souvent entendu parler d'elle. Le lycée, les vacances entre filles en Espagne, tous ces trucs d'avant ma naissance...

Dans la pénombre, Jay ne voyait du visage de Mags qu'une tache de peau claire et une immense bouche qui lui faisait penser au Joker.

— C'est l'un des garçons que tu as eus avec Chainsaw Richardson ? demanda Mags. Bizarre, il ne ressemble pas aux deux autres, Adam et Theo.

— Celui-là, c'est un vrai sac d'os, ricana Heather en saisissant Jay par le cou. On pourrait jouer du xylophone sur ses côtes.

Elle lui chatouilla le ventre puis l'embrassa dans le cou.

— Maman ! protesta Jay en tentant vainement de se dégager.

Mais Heather ignora son embarras.

— Brrr, tu es glacé, dit-elle. Tu es allé au collège en T-shirt ?

— Non, ma veste d'uniforme est dans mon sac, mais je ne pouvais pas la porter pendant le concours.

— Tu aurais pu la mettre pour revenir.

— Le problème ne se serait pas posé si tu m'avais offert le blouson de cuir que tu m'as promis.

Heather éclata de rire.

— Par pitié, dis-moi que tu ne vas pas recommencer avec cette histoire de blouson !

Puis elle se tourna vers Mags.

— Chainsaw Richardson est le père de mes trois premiers, et de Kai, mon cinquième. Jay, c'est un peu le vilain petit canard de la famille. Je l'ai eu avec un flic.

— Tu es sortie avec un flic ? s'étrangla Mags.

— Pas exactement, sourit Rachel. Vas-y, Heather, raconte à Mags ce qui s'est passé. Je parie qu'elle va adorer cette histoire.

— Est-il indispensable que tout le monde soit au courant ? gémit Jay, au comble de l'embarras.

D'un geste, Heather balaya la protestation de son fils.

— Oh, ça va, arrête de faire ta princesse ! Alors voilà. C'était peu après mon mariage avec Chainsaw. À cette époque, il pensait que les flics l'avaient repéré, alors il m'a demandé de vider l'une de ses planques et de charger son stock d'ordinateurs volés dans une camionnette. Ce que ce connard avait oublié de me dire, c'est que ce tas de boue était volé, lui aussi.

— Ça ne m'étonne pas de lui, soupira Mags.

— Bref, je me pointe à Hampstead un dimanche matin. Le quartier était désert, alors on ne pouvait pas me louper. Tout à coup, un flic me demande de me ranger sur le côté. Il avait tout pour me faire plonger : vol de véhicule et recel, sans compter mes antécédents judiciaires pour revente de biens volés. Il n'avait que l'embarras du choix. Moi, j'avais trois gamins de moins de cinq ans, et si le juge me foutait en taule, ils risquaient d'atterrir à l'orphelinat.

— Oh mon Dieu, j'ai peur de comprendre…

— Ma chance, c'était que ce flic était tout jeune, à peine vingt ans, à vue de nez. Un môme qui ne s'était jamais envoyé en l'air, ça crevait les yeux. Alors j'ai employé les grands moyens. Je lui ai demandé ce que je pouvais faire pour lui être agréable, et pour éviter l'arrestation.

— Je le crois pas ! s'esclaffa Mags. Franchement, tu n'as pas honte ?

Jay sentit le rouge lui monter aux joues.

— Pour résumer, j'ai fait des galipettes avec ce flic, et neuf mois plus tard, Jay est venu au monde.

— Tadam ! ajouta Rachel.

— Et Chainsaw ? demanda Mags. Tu lui as dit ce qui s'était passé ?

— Oui, je ne lui ai rien caché. Ça l'a foutu en rogne, mais il était mal placé pour la ramener, vu que tout était sa faute. Maintenant, vous pouvez penser que je suis une traînée, mais c'était ça ou perdre la garde de mes enfants.

Prise d'un violent fou rire, Shamim cacha pudiquement son visage entre ses mains.

Mags s'adressa à Jay.

— Et ton père, tu le connais ?

— Je le vois une fois par mois. Et on passe quelques semaines ensemble, pendant les vacances scolaires. Il m'emmène pêcher.

— Il paye la pension rubis sur l'ongle, précisa Heather. Et je n'ai pas à me plaindre de ses gènes. Jay est le petit génie de la famille.

— Ouais, disons que je sais lire et écrire. Tout le monde ne peut pas en dire autant, dans cette baraque. Bon, maman, je peux y aller, maintenant ? À moins que tu n'aies une autre anecdote à raconter à tes copines pour me foutre la honte. Pendant qu'on y est, pourquoi ne pas lui parler du jour où j'ai pissé de trouille, au supermarché, pendant que tu essayais de me prendre en photo avec ce type déguisé en œuf Cadbury's ?

— Tu as quartier libre, mon petit sucre d'orge, gloussa Heather.

Jay emprunta l'escalier jusqu'à la chambre du deuxième étage qu'il partageait avec son demi-frère Kai, âgé de douze ans. Il marcha à tâtons jusqu'au lit superposé, glissa sa guitare sous la couchette inférieure, se dirigea vers la fenêtre donnant sur la rue et écarta les rideaux. La lueur bleutée émise par les néons de la station-service située sur le trottoir d'en face illumina la pièce.

Au même instant, Kai surgit de nulle part, le ceintura et le précipita à terre.

Kai était le plus jeune fils de Vinny « Chainsaw » Richardson, condamné avant sa naissance à dix-huit ans de prison pour sa participation à un braquage sanglant. Dès son plus jeune âge, Kai avait réalisé qu'il était plus fort que Jay, et il ne s'était jamais lassé de cette découverte.

— Pauvre lavette ! cria-t-il en frottant la joue de son frère contre la moquette.

Jay essaya de se dérober, mais Kai pesait sur son dos de tout son poids.

— Dis-moi que je suis génial, gronda ce dernier. Ensuite, je te laisserai partir.

— Tu ne sais même pas écrire ton nom, gros porc.

Cette réplique était destinée à blesser : Kai souffrait de sérieux problèmes d'apprentissage et les élèves de sa classe se moquaient constamment de son embonpoint. Piqué au vif, il frappa Jay à hauteur des reins puis lui glissa à l'oreille :

— Je peux faire de toi ce que je veux, sale con.

Sur ces mots, il desserra son étreinte et laissa son frère s'asseoir, le souffle coupé.

— Méfie-toi, mec, haleta Jay. Un de ces jours, je te le ferai payer très cher.

Kai se laissa tomber sur le lit du bas et éclata de rire.

— OK, quand tu veux. Ce sera l'occasion de rigoler un peu, tous les deux.

7. Flagrant délit

Summer se rua hors de la salle de cours à l'instant précis où retentit la sonnerie annonçant l'heure de la pause du matin. L'utilisation du téléphone portable étant prohibée dans l'enceinte du collège, elle devait impérativement quitter l'établissement pour avoir une chance de contacter les services de livraison d'oxygène.

Au prix d'une cavalcade dans les couloirs et les escaliers, elle parvint à franchir le portail avant que le prof chargé de surveiller les allées et venues ne rejoigne son poste. Elle se dirigea vers l'abribus le plus proche pour échapper au crachin matinal, puis elle sortit de son sac un vieux Nokia à l'écran étoilé dont la batterie était maintenue par un morceau de ruban adhésif. Elle n'avait plus que deux livres soixante-douze de crédit, et aucun espoir de se renflouer.

Après avoir communiqué l'identifiant de sa grand-mère, elle exposa son problème à l'employée de la société.

— Je vais contacter le livreur, dit cette dernière. Je vous rappelle dans quelques minutes.

Tandis que Summer patientait, le bus déposa un garçon d'environ seize ans. Mince, les cheveux noirs en bataille, il portait un casque audio blanc dont le câble courait jusqu'à la poche arrière de son jean. Elle le trouvait plutôt mignon, dans le genre geek.

La sonnerie de son portable la ramena à la réalité.

— Je viens de parler avec le livreur, dit l'employée d'une voix lasse. Il s'est présenté à votre domicile hier après-midi, mais l'ascenseur était en panne. Rappelez-nous quand il aura été réparé, et vous serez livrée dans l'heure.

— Chaque fois que l'ascenseur tombe en panne, soupira Summer, nous devons attendre trois ou quatre jours avant l'intervention des techniciens. Et ma grand-mère a impérativement besoin d'une nouvelle bouteille avant ce soir.

— Nous pouvons procéder à la livraison si quelqu'un est disponible pour monter les cylindres.

— Je peux à peine tirer ces bouteilles de l'entrée au salon, expliqua Summer. Pourquoi le livreur ne peut-il pas s'en occuper ?

— Selon notre règlement, le livreur n'est pas tenu de monter plus de deux étages à pied.

— Mais ma grand-mère souffre d'une forme d'asthme

très aiguë. Sa vie pourrait être en danger si elle était privée d'oxygène.

— En cas de détresse respiratoire, composez le 999. Les services d'urgence la prendront en charge.

— Vous ne pouvez pas faire une exception, pour une fois ? Je crois qu'il serait plus simple et plus économique de livrer quelques bouteilles que d'attendre qu'elle étouffe pour déplacer une équipe d'ambulanciers ? Sans compter le coût de l'hospitalisation...

— Vous parlez de deux services différents, fit observer la femme.

— Il nous est déjà arrivé d'appeler les secours, quand l'ascenseur était bloqué. Ils ont mis des siècles à descendre ma grand-mère, et elle était tellement paniquée qu'elle a perdu connaissance.

— Je comprends votre problème, mais ce n'est pas moi qui ai rédigé le règlement.

Gagnée par la colère, Summer serra si fortement son portable que ses phalanges blanchirent.

— Comme vous dites, ne pas pouvoir respirer est un sacré *problème*, gronda-t-elle.

— Aucune de vos connaissances ne peut vous aider ?

— Nous vivons seules. Une auxiliaire de vie aide ma grand-mère tous les vendredis, c'est tout.

— Dans ce cas, je vous suggère de prendre contact avec les services sociaux. Ils pourront sûrement vous envoyer une ou deux personnes pour vous aider à monter ces bouteilles.

Summer lâcha un grognement rageur. Par expérience, elle savait à quel point il avait été difficile d'obtenir une aide hebdomadaire pour la toilette de sa grand-mère. Les chances qu'on lui octroie deux employés municipaux pour monter les cylindres au quatrième étage étaient quasi nulles. Elle avait l'impression de se heurter à un mur.

— Bon, laissez tomber. Je vais me débrouiller.

Elle mit fin à la conversation et pencha la tête en arrière. Elle n'était pas du genre à se laisser submerger par la colère, à hurler de rage ou à fracasser son portable sur le sol. Elle se contenta d'étudier les chewing-gums collés au toit rouillé de l'abribus. Ayant épuisé toutes les possibilités qui s'offraient à elle, il ne lui restait plus qu'à croiser les doigts et à espérer que les techniciens se soient décidés à réparer l'ascenseur.

Le prof de service s'étant posté près du portail, elle devait attendre la fin de la pause. Elle avait froid et faim, mais les boulangeries du quartier étaient largement au-dessus de ses moyens.

Lorsque la sonnerie se fit entendre, elle attendit que la voie soit libre avant de quitter l'abribus. Aussitôt, elle entendit Mr Obernackle crier son nom. En tournant la tête, elle le vit traverser la rue d'un pas vif, un sac en papier à la main.

— Qu'est-ce que vous fabriquez ici, mademoiselle Smith ? demanda-t-il, ravi de prendre une élève en flagrant délit.

Summer détestait sa voix de crécelle et son expression pleine de morgue. Il ne fallait pas espérer le faire changer d'avis. Cet homme-là était totalement imperméable à tout argument, incapable de remettre ses certitudes en question.

— Dans mon bureau, lâcha-t-il, les lèvres pincées, en poussant Summer vers le portail du collège.

Il la fit entrer dans son bureau et posa son sac sur la table.

— Assieds-toi, dit-il, comme s'il s'adressait à un animal de cirque. J'ai l'intention de convoquer tes parents dès cet après-midi, mais j'ai des affaires plus urgentes à régler pour le moment. Tu vas devoir patienter, mais tu peux t'attendre à une punition exemplaire.

Le numéro de Mr Obernackle s'acheva sur un claquement de porte, mais Summer n'était pas intimidée. Les lourdes responsabilités qui pesaient sur ses épaules en dépit de son âge lui avaient fait perdre tout respect pour les adultes et l'autorité qu'ils prétendaient exercer.

Elle étudia le sac en papier posé sur le bureau et constata qu'il était taché de graisse. Elle se leva, l'ouvrit et y trouva deux beignets, l'un était nappé de sucre glace rose et l'autre saupoudré de poudre citronnée.

Summer envisagea de se venger en crachant dans le sac, mais elle était affamée. Après tout, vu que son professeur lui avait déjà promis le pire, elle ne risquait pas d'aggraver son cas. Elle s'empara du beignet au citron et mordit dedans à pleines dents. Elle n'avait jusqu'alors jamais goûté aux spécialités de la boulangerie voisine et elle le trouva absolument délicieux. La pâte était gonflée, les grains de sucre craquaient sous la dent et le zeste de citron apportait une délicieuse acidité. Selon ses calculs, ce repas inattendu lui permettrait d'économiser le coût de son déjeuner. Si elle pouvait mettre la main sur quelques livres de plus, elle pourrait acheter les unités pour son portable dont elle aurait désespérément besoin lorsque la pension d'invalidité de sa grand-mère serait épuisée.

Ayant liquidé le premier beignet, Summer dévora le second avant de s'interroger sur ce qu'elle devait faire du sac vide. Elle envisagea de faire disparaître cette preuve de son forfait puis se ravisa. Elle vida les miettes sur le bureau, le chiffonna puis le lâcha au centre du bureau quelques secondes avant que Mr Obernackle ne déboule dans la pièce.

— Parfait, à présent, occupons-nous de ton cas, lança-t-il en s'asseyant dans son fauteuil.

Il découvrit alors le sac roulé en boule et écarquilla les yeux, comme s'il venait de poser les fesses sur une punaise.

— Oh, je vois, dit-il d'une voix grinçante, en pointant un doigt tremblant vers l'objet du délit.

Les lèvres pincées, il observa un long silence, s'interrogeant sur la sanction à appliquer en pareille circonstance, décrocha théâtralement le téléphone puis lui tendit le combiné.

— Appelle tes parents et dis-leur que je veux les rencontrer dès cet après-midi.

Summer esquissa un sourire et répondit avec le plus grand calme :

— Hélas, je crains que ce ne soit impossible.

— Je te conseille d'obéir, jeune fille.

— À vrai dire, je n'ai aucune idée de l'endroit où se trouve mon père. Quant à ma mère, je pourrais essayer de contacter le ministère de la Justice, histoire de savoir où elle est incarcérée, ou tenter ma chance auprès des centres de désintoxication. La dernière fois que j'ai eu de ses nouvelles, elle vivait dans les rues de Londres, où elle volait pour se payer sa dose d'héroïne quotidienne.

— Mais tu dois bien avoir un tuteur légal, grogna Obernackle en ouvrant le dossier scolaire de Summer.

Il y trouva un numéro de portable qu'il composa d'un doigt rageur.

— Si tu crois que tu peux t'en sortir comme ça... sourit-il.

Aussitôt, le portable de Summer se mit à sonner. Elle le sortit de sa poche et jeta un œil à l'écran.

— Oh... je crois que vous être en train de m'appeler, gloussa-t-elle.

Mr Obernackle raccrocha le combiné.

— En ce cas, avec qui vis-tu ?

— Avec ma grand-mère. Elle souffre d'insuffisance respiratoire et le moindre stress peut déclencher une crise aiguë. Si j'étais vous, je la laisserais en dehors de tout ça, mais si vous tenez absolument à la convoquer, vous devrez attendre que notre ascenseur soit réparé. Ensuite, vous contacterez les services sociaux qui lui trouveront une ambulance d'ici une à deux semaines. Mais sachant qu'elle a besoin d'oxygène en permanence, vous devrez appeler un autre service qui vous fournira un dispositif portable et un employé pour le transporter. Croyez bien que j'aimerais m'occuper de tout ça moi-même, mais je n'ai presque plus d'unités sur mon portable, et je préfère garder ce qui me reste en cas d'urgence.

Mr Obernackle, qui avait l'habitude de lire la crainte et le respect dans les yeux de ses élèves, se tenait raide comme un piquet. Ses lèvres, toujours prêtes à cracher les menaces, formèrent un O interrogatif.

— Je suis ici depuis presque trois ans, dit Summer. J'ai toujours été ponctuelle et je n'ai raté que deux ou trois jours de cours parce que ma grand-mère devait être hospitalisée. Je rends mes devoirs à l'heure et je fais de mon mieux pour obtenir des résultats plutôt corrects. Je suis toujours troisième ou quatrième de ma classe.

Elle marqua une pause avant de poursuivre son plaidoyer.

— Hier, j'ai été prise d'un fou rire, et le prof m'a foutue à la porte. Si j'ai suivi Michelle, c'est parce que je n'avais jamais été punie et que je ne savais même pas où se trouvait la salle de retenue. Aujourd'hui, je suis sortie du collège parce que je devais passer un coup de fil à la société qui livre les bouteilles d'oxygène dont ma grand-mère a besoin pour respirer. Si vous ne me croyez pas, vous n'avez qu'à consulter l'historique de mon téléphone. Et j'ai bouffé vos beignets parce que j'étais morte de faim.

Sur ces mots, Summer se leva et haussa le ton.

— Et si vous n'êtes pas content, vous n'avez qu'à me renvoyer, temporairement ou définitivement, parce que je ne peux pas faire mieux.

— Eh, laisse-moi en placer une, enfin! intervint Mr Obernackle.

Il était troublé pas ces révélations. Il n'éprouvait pas de réelle compassion pour Summer, mais il craignait de ternir sa respectable réputation en s'acharnant sur une élève confrontée à de graves difficultés familiales.

— Je crois que nous sommes partis du mauvais pied, tous les deux. Je pense que nous avons besoin de... Comment dire ? Je... je n'avais pas conscience de tes problèmes personnels. Je vais parler au conseiller pédagogique et tâcher de trouver un moyen de...

— Faites ce que vous voulez, l'interrompit Summer. Moi, il faut que je vous laisse. Ne le prenez pas mal, mais j'ai autre chose à foutre que de bavarder avec vous.

8. Farniente

INTERNAT PRIVÉ YELLOWCOTE,
PRÈS D'ÉDIMBOURG, EN ÉCOSSE

Embusqué depuis plusieurs minutes dans la minuscule salle de bains, Dylan Wilton, quatorze ans, jeta un coup d'œil à sa montre avant de rejoindre sa chambre à pas de loup. Le diamant qu'il portait à l'oreille et ses cheveux décolorés coiffés en pétard contrastaient avec son uniforme à l'ancienne, le liseré rouge de son pantalon et les boutons dorés de son gilet.

La pièce faisait jadis partie d'un immense dortoir où les pensionnaires frissonnaient sous des couvertures rugueuses, assommés par les versions latines et les coups de martinet. Par chance, les parents du XXIe siècle n'exigeant pas que leurs enfants subissent de telles méthodes, la salle avait été divisée en petites chambres individuelles.

Comme tous ses camarades, Dylan disposait d'une penderie et d'un lit-mezzanine surplombant un bureau. Sur le mur opposé tapissé de plaques de liège, il avait punaisé des photos et des billets de concert de ses groupes préférés. La place d'honneur revenait à une reproduction de la Joconde tirant sur un joint, un poster sur lequel une main anonyme avait inscrit *Dylan est un gros nul*.

Il jeta un regard à la fenêtre donnant sur le terrain de rugby et y vit ses camarades de classe alignés le long de la ligne de touche, se préparant pour une après-midi infernale de sprints et de plaquages dans le froid mordant.

Sourire aux lèvres, il s'assit sur sa chaise pour ôter ses chaussures. Aussitôt, la porte s'entrouvrit, et un gamin au pied bandé portant le maillot jaune et noir de l'équipe de Yellowcote passa la tête à l'intérieur de la chambre. Ed était un garçon jovial et enthousiaste qui affichait une mine réjouie en toute occasion, même quand des plus forts et plus grands que lui s'amusaient à le suspendre la tête en bas dans la cage d'escalier ou jetaient ses cahiers dans les toilettes.

— Tu es drôlement en retard, dit ce dernier. Et tu ne t'es même pas encore changé.

— J'ai une répétition avec l'orchestre, mentit Dylan en bâillant à s'en décrocher la mâchoire. Je dois être à l'auditorium dans cinq minutes.

— Tu as du bol, gémit Ed. Moi, le coach me force à m'entraîner malgré ma blessure. On va se les geler, dehors. Et on n'a même pas le droit de porter un pantalon de survêtement. Ah au fait, merci pour les MP3 de Black Flag. Tu avais raison. Il est génial, ce groupe.

— Ah, qu'est-ce que je t'avais dit ? Dix fois meilleurs que les daubes avec lesquelles tu te pollues les oreilles.

— Bon, je ferais mieux de filer. Je suis déjà en retard.

Dès que Ed eut décampé, Dylan ouvrit la porte de la penderie. La chambre ne disposant pas de verrou, il gardait certaines possessions illicites dans la doublure déchirée d'une veste de treillis.

Ses doigts rencontrèrent la clé USB où il stockait divers fichiers auxquels les filtres du réseau Internet de Yellowcote ne lui auraient pas permis d'accéder, puis il s'empara d'une petite boîte en fer-blanc. Il retira sa cravate et son gilet, entrouvrit la fenêtre et grimpa sur le lit. Il souleva le couvercle et en sortit une pochette de tabac indien fauché à sa belle-mère. Il se roula une cigarette, l'alluma et inspira une longue bouffée.

Il sentit la chaleur envahir ses poumons et la tête lui tourner sous l'effet de la nicotine. L'interdit le grisait. Yellowcote prônait le travail acharné, le respect de la morale et la compétition. Or, Dylan détestait tous ces concepts. Il était fier d'être un tire-au-flanc. Chaque bouffée de tabac était un bras d'honneur à la bonne conscience ambiante, à la vie saine prônée par le pensionnat et à ses camarades qui acceptaient sans broncher de courir dix kilomètres dans la boue et le froid glacial. À son âge, qui pouvait bien redouter de futures maladies vasculaires et pulmonaires ?

Dylan essaya vainement de faire des ronds de fumée et se dit qu'il devait exister un tuto sur YouTube. Il envisagea de s'accorder une petite sieste ou d'écouter un album de heavy metal.

Il entendit alors tourner la poignée de la porte. Il jeta le dernier tiers de sa cigarette par la fenêtre, roula sur le dos et vit entrer un colosse au nez tordu dont le pantalon de survêtement était rentré dans des chaussettes à bandes tricolores. Entraîneur de l'équipe de rugby de Yellowcote, il répondait au nom de Piet Jurgens.

— Dylan Wilton ! tonna l'homme avec un fort accent sud-africain. Descends de ce plumard, espèce de feignasse !

Dylan sauta du lit. Quelqu'un l'avait-il dénoncé ? Non, Ed n'aurait pas fait ça… Sa seule certitude, c'était que son cœur battait à toute allure et que son après-midi de farniente était à l'eau.

— Cette chambre empeste le tabac ! hurla Jurgens.

— Oh, vous croyez ? Moi, je ne sens rien du tout.

L'entraîneur se baissa pour ramasser le paquet de feuilles Rizla tombé sur le sol quand Dylan était descendu du lit.

— Ah tiens, et tu peux me dire ce que ça fait là ?

— Aucune idée, bredouilla Dylan. Ça devait être collé sous la semelle de ma chaussure. Je ne vois pas d'autre explication.

Jurgens secoua la tête.

— J'ai pris pas mal de coups sur la tête au cours de ma carrière, mais il me reste quand même quelques neurones, dit-il.

Pour toute réponse, Dylan lâcha une brève quinte de toux.

— Fumer est une sale habitude. Et si les châtiments corporels étaient toujours en vigueur, je peux te dire que tu passerais un sale quart d'heure. Ce poison a tué ma mère et ma grand-mère. Et si tu continues, toi aussi, tu en crèveras. Tu me suis ?

— Oui monsieur.

— Maintenant, je vais te poser une question et j'attends de toi une réponse franche et directe : où devrais-tu te trouver, à l'heure qu'il est ?

— À l'auditorium, monsieur.

— Dans tes rêves ! cria Jurgens en saisissant Dylan par le col de sa chemise. Miss Hudson m'a informé qu'elle t'avait viré de l'orchestre parce que tu perturbais les répétitions. Du coup, peux-tu me dire ce que tu as fait de tes après-midi, mardi et jeudi dernier ?

— Eh bien, je suis resté dans ma chambre, vu que je n'avais rien à faire…

Jurgens se raidit.

— Cesse de me prendre pour un imbécile, mon petit. Tu sais pertinemment que ceux qui ne pratiquent pas d'activité artistique doivent participer aux entraînements sportifs.

— Non, je n'étais pas au courant, dit Dylan.

— Eh bien voilà, maintenant tu l'es. Et j'ai une autre nouvelle pour toi : tu viens d'être recruté dans mon équipe de rugby. Alors change-toi en vitesse !

Dylan sentit ses tripes se serrer. Quatre ans plus tôt, lorsqu'il avait rejoint Yellowcote, il avait tout mis en œuvre pour plaire à ses profs et à ses camarades de classe. Lors des entraînements de rugby, il avait travaillé si dur qu'il s'était malgré lui découvert un don inattendu pour ce sport qu'il détestait.

— Mais je n'ai pas joué depuis la cinquième. En plus, j'ai pris du bide et je me suis mis à fumer.

— Compte sur moi pour te faire retrouver la forme, sourit Jurgens. Je me souviendrai toujours de toi, en sixième, quand tu as joué cette finale de coupe. Tu étais prodigieux. Tu aurais pu être élu joueur de la saison si tu avais manifesté un peu plus d'enthousiasme à l'entraînement.

De ce match, Dylan ne se rappelait qu'un séjour à l'infirmerie pour soigner une côte contusionnée et déboucher une oreille pleine de boue à l'aide d'une seringue.

— Tu as une excellente vitesse de pointe, tu contrôles parfaitement le ballon et tu lis infiniment mieux le jeu que les autres garçons de ton âge. Pour ne rien te cacher, j'étais hors de moi quand j'ai appris que tu préférais rejoindre l'orchestre.

— De toute façon, la saison de rugby ne reprendra qu'à la rentrée prochaine. Rien ne presse.

— Mon équipe s'entraîne toute l'année. En septembre, vous serez préparés physiquement et au point sur le plan tactique.

— Mais le programme de seconde est super chargé... gémit Dylan. Et si je rejoins votre équipe, je prendrai la place d'un élève vraiment motivé. Ce serait carrément injuste.

— Je ne te demande pas ton avis ! cria Jurgens, douchant de postillons le visage de sa recrue. Tes parents ont payé une fortune pour t'inscrire dans ce pensionnat. Or, il se trouve que tous les élèves ont l'obligation de participer aux activités extrascolaires. Alors tu vas me faire le plaisir de donner le maximum sur le terrain. Et si tu t'avises de jouer les tire-au-flanc, tu te feras de moi un ennemi. Ce n'est pas ce que tu veux, Dylan Wilton ?

— Non monsieur.

— Dans ce cas, le problème est réglé. Tu as cinq minutes pour te mettre en tenue. On se retrouve en bas, sur le terrain. Et je confisque ton tabac. À partir de cette seconde, tu es un rugbyman, mon petit pote.

9. Industrial Scale Slaughter

Summer claqua la porte du bureau de Mr Obernackle, histoire de lui faire clairement comprendre que l'affaire était close et qu'il était inutile d'y revenir. Le remettre en place lui avait fait un bien fou, mais cette altercation pouvait avoir des conséquences graves et infliger à sa grand-mère un stress néfaste à sa santé.

Jugeant inutile de se présenter pour le dernier quart d'heure de cours avant la pause déjeuner, elle décida de rentrer chez elle afin de vérifier si l'ascenseur avait été réparé. Alors qu'elle trottinait dans le couloir menant à la sortie, Michelle jaillit des toilettes pour filles et lui bloqua le passage. Elle ne portait pas l'uniforme réglementaire de l'établissement, mais un jean déchiré et une doudoune vert pomme.

— Où étais-tu passée ? lança-t-elle. Je t'ai cherchée partout.

— Et toi, qu'est-ce que tu fais là ?

— J'ai un trou dans mon emploi du temps, et comme j'habite juste en face…

— Mais tu n'as pas été exclue pour le scandale d'hier ?

— Non. Ils n'ont pas le droit.

— Et au nom de quoi ? s'étonna Summer.

— BPS, expliqua Michelle. Besoins Pédagogiques Spécifiques. Le psy dit que mon attitude est la manifestation d'un trouble de déficit de l'attention. En gros, mon QI est trop élevé, alors je m'ennuie facilement. Et comme c'est une maladie reconnue officiellement, on ne peut pas me punir pour avoir traité la femme de Mr Gubta de caribou. Ce serait comme sanctionner un élève handicapé parce qu'il ne participe pas aux cours de sport ou un gamin dyslexique parce qu'il écrit trop lentement.

— Je vois, sourit Summer en franchissant le portail. Si je comprends bien, nous allons tous devoir te supporter jusqu'au bac.

Summer marchait d'un pas si rapide que Michelle devait accomplir un petit saut tous les cinq ou six pas pour ne pas se laisser distancer.

— Je voulais te parler d'Industrial Scale Slaughter, dit-elle.

— Pardon ?

— C'est le nom de notre groupe.

— Désolée, mais je ne peux pas chanter dans un groupe. Inutile d'insister.

— Écoute au moins ce que j'ai à te dire. Je sais que je t'ai un peu forcé la main, hier, et que je t'ai causé des ennuis. Alors je m'excuse, d'accord ? Mais nous avons auditionné une vingtaine de chanteuses, et aucune d'elles ne t'arrive à la cheville. Allez quoi, qu'est-ce que tu as à perdre ? Tu as la trouille, c'est ça ?

— Ça n'a rien à voir, s'agaça Summer. C'est juste impossible. Ma grand-mère est malade, et je dois m'occuper d'elle en permanence. Là, tu vois, je dois rentrer chez moi parce que l'ascenseur est en panne. S'il n'a pas été réparé durant l'après-midi, les bouteilles d'oxygène dont elle a besoin ne seront pas livrées. Et ce sera la catastrophe.

— L'oxygène est un gaz, et le gaz est léger par définition. Pourquoi tu ne peux pas monter ces bouteilles par l'escalier ?

— Parce qu'elles mesurent un mètre de long, qu'elles sont hyper lourdes et que j'habite au quatrième.

— Mais à deux, on devrait s'en sortir, non? Ça tombe bien, je n'ai rien d'autre à faire.

Summer secoua la tête.

— J'arrive à peine à traîner ce foutu cylindre jusqu'à la chambre de ma grand-mère. Les escaliers sont raides et, il faut voir les choses en face, nous ne sommes pas particulièrement baraquées.

— Mais ma sœur Lucy fait de la muscu. En plus, il y a plein de mecs qui lui tournent autour. Où irait le monde si deux jolies filles ne pouvaient pas convaincre deux crétins de porter des trucs lourds à leur place ?

Summer traversa la rue et embarqua à bord du bus stationné sur le trottoir d'en face. Le chauffeur la considéra d'un œil impatient tandis qu'elle explorait vainement le fond de ses poches à la recherche d'un peu de monnaie. Michelle gravit le marchepied, écarta sa camarade et glissa quelques pièces dans le monnayeur.

— Deux tickets, s'il vous plaît, dit-elle.

Lorsqu'elles eurent validé leurs titres de transport, elles s'assirent à l'arrière du bus.

— Je te propose un marché, annonça Michelle en brandissant son portable. Je réunis quelques personnes pour porter ton matériel jusqu'au quatrième, et en échange, tu viens chez nous pour faire un essai.

Soulagée d'avoir trouvé une solution à ses problèmes, Summer esquissa un sourire.

— OK, ça me paraît correct, dit-elle. Mais juste une fois, d'accord ?

∴

Dylan avait fouillé ses placards de fond en comble afin de récupérer son équipement de rugby. Hélas, son casque ayant disparu, il ne dénicha qu'un protège-dents au fond d'un sac de sport.

Sur le terrain, il trouva ses nouveaux coéquipiers en train d'effectuer des passes.

— Deux tours d'échauffement, ordonna Jurgens.

Les garçons le regardèrent trottiner dans leur direction. L'entraînement avait débuté trente minutes plus tôt, et la plupart étaient déjà couverts de boue des cheveux aux crampons. Dylan connaissait la moitié d'entre eux, mais les autres avaient rejoint le pensionnat à la rentrée de septembre, et ils n'avaient pas l'air particulièrement bien disposés à son égard.

— Cours, Wilton, espère de misérable cloporte ! hurla Jurgens.

Dylan s'élança aussitôt le long de la ligne de touche. Lorsqu'il se trouva à vingt mètres, l'entraîneur s'empara d'un ballon de rugby et le lança pile entre ses omoplates, provoquant l'hilarité des membres de l'équipe.

Le souffle court et le dos meurtri, Dylan eut les plus grandes difficultés à boucler le second tour. S'il survivait à ce cauchemar, il courrait acheter tous les équipements de protection disponibles à la boutique du pensionnat.

— En rangs, les garçons ! aboya Jurgens. Dylan, viens à côté de moi.

Il attrapa sa nouvelle recrue par le cou et la tira contre lui.

— Ce garçon a du talent, et ceux qui ont joué à ses côtés il y a deux ou trois ans doivent encore s'en souvenir.

Sur ces mots, il sortit de sa poche le paquet de tabac à rouler et en déversa le contenu dans l'herbe.

— Seulement, Dylan est une petite chose délicate qui préfère sans doute confectionner des bouquets ou pratiquer la danse contemporaine. Pour ne rien vous cacher, il m'a dit qu'il détestait le rugby et qu'il vous considérait comme des débiles profonds.

Ce discours provoqua un concert de protestations. Jurgens adressa à ses élèves un sourire satisfait. Espérant convaincre ses coéquipiers qu'il s'agissait d'une blague, Dylan partit d'un rire forcé.

— Alors je vous demanderai de bien vouloir ménager notre petite fleur des champs, poursuivit l'entraîneur.

— OK, coach ! rugirent les garçons en martelant la terre meuble du talon.

Dylan commençait à se demander si Jurgens avait vraiment l'intention de l'intégrer dans l'équipe ou s'il voulait simplement lui faire payer sa défection, deux ans plus tôt.

— À présent, nous allons travailler les plaquages par binômes, annonça l'entraîneur avant de s'adresser à un garçon râblé coiffé d'une tignasse rousse. McGregor, occupe-toi de Wilton.

Il se tourna vers Dylan et murmura :

— Je suppose que tu te souviens des règles du un contre un.

— Oui, monsieur.

— Sur le terrain, on m'appelle coach.

Dylan hocha docilement la tête.

— Entendu, coach.

Les règles du duel étaient des plus simples : au sein de chaque binôme, l'un des joueurs devait porter la balle jusqu'à la touche opposée, et son adversaire tout mettre en œuvre pour l'en empêcher. De plaquage en plaquage, l'activité se poursuivait jusqu'à ce que le porteur atteigne l'extérieur du terrain.

Dylan adressa un clin d'œil à McGregor dans l'espoir de l'amadouer.

— Jurgens plaisantait, bien sûr, sourit-il. Je n'ai jamais dit une chose pareille.

McGregor, qui portait déjà son protège-dents, répondit par un simple grognement. S'efforçant d'ignorer ses cuisses et ses bras massifs, Dylan se réjouit d'avoir affaire à l'un des plus petits joueurs de l'équipe. Il s'empara d'un ballon près du banc de touche et se prépara à sprinter.

Lorsque tous les binômes furent en place, Jurgens se posta au centre du terrain et porta un sifflet à sa bouche. Au signal de départ, Dylan se mit à courir droit devant lui. Lancé à pleine vitesse, McGregor se rapprochait à une allure prodigieuse. Ses lèvres entrouvertes exposaient son protège-dents. Ses yeux mi-clos formaient deux fentes diaboliques.

Quand ils se trouvèrent à dix mètres l'un de l'autre, Dylan effectua une feinte vers la gauche. Mais McGregor déchiffra parfaitement sa stratégie et lui infligea un plaquage à hauteur du bassin.

Sous le choc, Dylan lâcha le ballon. Son adversaire le souleva de terre et le jeta à plat ventre dans une flaque d'eau boueuse.

— Nom de Dieu, gémit Dylan en roulant sur le dos, le souffle coupé.

À elle seule, la charge dont il venait d'être victime était plus violente que tous les plaquages encaissés au cours de ses deux années de pratique du rugby.

McGregor éclata de rire puis l'aida à se relever.

— Sans rancune, Wilton. Et bienvenue dans l'équipe.

10. Une petite bande

Lucy, la grande sœur de Michelle, et Jack, le garçon de première qui l'accompagnait, déposèrent la dernière bouteille d'oxygène dans l'entrée de l'appartement.

— Eh bien, ça vaut largement la salle de muscu, soupira Lucy en s'épongeant le front d'un revers de manche.

Summer sortit de la cuisine en tenant deux gobelets en plastique.

— Désolé, il n'y a que de la limonade, dit-elle. Je ne sais vraiment pas comment vous remercier. Sans votre aide, je ne m'en serais jamais sortie.

— Je suis heureuse d'avoir pu te rendre service, sourit Lucy avant de vider son verre en trois gorgées. Je suis passée près de cette cité un tas de fois, et je m'étais toujours demandé à quoi l'intérieur pouvait bien ressembler.

— Très sympa, cet appart, dit Jack.

Il avait, sans protester, gravi quatre étages chargé de deux bouteilles d'oxygène. À l'évidence, il était prêt à tous les sacrifices pour briller aux yeux de Lucy.

Summer jeta un coup d'œil à sa montre.

— Il ne faudra pas trop traîner si on ne veut pas manquer l'appel de l'après-midi.

— J'ai le temps de me laver les mains ? demanda Jack.

— Par ici, répondit Summer en désignant la porte qui se trouvait dans son dos.

À l'instant où le garçon s'engouffrait dans la salle de bains, un coup de sonnette retentit.

— Qu'est-ce que ça peut être ? s'étonna Summer en se dirigeant vers l'entrée. On ne reçoit jamais de visites.

— Pizzas, lâcha Michelle. J'ai passé commande pendant que Lucy et son esclave d'amour en bavaient dans l'escalier.

Summer ouvrit la porte et découvrit un livreur en blouson bleu électrique tenant deux cartons de pizza, des boîtes d'ailes de poulet et de pain à l'ail, et une grande bouteille de Fanta. Après le coup de main que lui avaient donné les sœurs Wei, la moindre de choses était de payer l'addition. Seulement, il ne restait que dix livres dans la boîte en fer-blanc rangée dans un placard de la cuisine.

— Tenez, allez vous payer un traitement anti-acné, lança Michelle au livreur avant de lui glisser un billet d'une livre et de claquer la porte d'un coup de pied.

— Mais je ne peux pas te laisser tout régler… dit Summer, l'air anxieux.

— T'inquiète. J'ai utilisé l'appli Domino's sur le téléphone de Lucy.

— Pardon ? grogna cette dernière. Tu veux dire que tout va être débité sur ma carte ?

— Il me semble que c'est toi qui as insisté pour qu'on trouve une chanteuse, non ? répondit Michelle.

— Et depuis quand tu connais mon code PIN ?

— Un. Trois. Neuf. Quatre. La date de naissance de Justin Bieber.

Jack sortit de la salle et s'essuya les mains sur son pantalon.

— Tu es fan de Justin Bieber, Lucy ? dit-il. Moi aussi, je l'adore.

Michelle lâcha un immense éclat de rire. Lucy, elle, fusilla son soupirant du regard.

— Ça date de quand j'avais onze ans, lança-t-elle. Et je n'ai jamais changé mon code.

— Bien sûr… bredouilla Jack, rouge d'embarras. Je plaisantais, évidemment.

— *Évidemment*, répéta Michelle en levant les yeux au ciel.

Lorsqu'elle eut posé les cartons sur la table basse, Lucy la saisit par le col de sa doudoune et se mit à hurler :

— Tu as intérêt à me rembourser, ma petite !

— Eh, je te rappelle que j'ai persuadé la meilleure chanteuse du bahut de faire un essai.

— Ça sent tellement bon, gloussa Eileen tandis que Summer distribuait des assiettes. Et je suis ravie de rencontrer tes amies, Summer.

— Qu'est-ce qui vous ferait plaisir, Mrs Smith ? demanda Lucy. La Royale ou l'Hawaïenne ?

— Oh, il n'y a pas assez de verres, dit Summer. Je vais être obligée de sortir les mugs.

Tout sourire, sa grand-mère choisit une part de pizza royale. Elle semblait ravie du chahut qui régnait dans son domicile d'ordinaire si tranquille.

— Le goût est... original, dit-elle, un fil de fromage se balançant à une branche de ses lunettes. À vrai dire, nous n'avons jamais commandé de pizza.

Assis par terre devant la table basse, Jack afficha une expression stupéfaite.

— Jamais, vraiment ?

Summer avait déjà un peu honte de son appartement exigu et mal fichu. L'aveu de sa grand-mère faisait d'elle un cas social.

— C'est légèrement au-dessus de nos moyens, expliqua-t-elle.

Michelle trempa un carré de brownie dans la sauce chili censée accompagner les potatoes.

— Beurk, c'est immonde… grimaça Jack.

— Ne fais pas attention à elle, soupira Lucy. Elle cherche juste à se faire remarquer.

Michelle tira une langue chargée de miettes de gâteau au chocolat.

— Je suis contente que Summer chante dans un groupe, dit Eileen. On m'a dit qu'elle était fantastique dans le rôle d'Evita.

— Vous n'avez pas vu le spectacle ? s'étonna Lucy.

— J'ai un peu de mal à me déplacer. Et je préfère ne pas sortir le soir. Si l'ascenseur tombait en panne, je serais condamnée à passer la nuit dehors.

— Tout le monde m'a fait des compliments, avoua Summer. Mais j'ai eu un tel trac ! Tout ce que je me rappelle des trois représentations, ce sont les heures passées à vomir dans les toilettes.

— Ma mère travaille pour l'office HLM, dit Jack. Vu votre situation, vous pourriez obtenir un logement au rez-de-chaussée.

— Nous sommes sur liste d'attente depuis deux ans, expliqua Summer. Il paraît que notre dossier est sur le haut de la pile, mais on ne voit toujours rien venir.

— Cet appart a vraiment du cachet, gloussa Michelle. On se croirait plongé dans un de ces documentaires de Channel 4 sur le quart-monde.

Lucy lui flanqua un violent coup de pied sous la table.

— Quel style de musique joue votre groupe ? demanda Eileen.

— Du trash metal, répondit Lucy.

— Et à quoi ça ressemble, exactement ?

— À du heavy metal, en plus fort et en plus rapide. Vous connaissez Slayer ou Metallica ?

— Oh, désolée, mais je préfère Tom Jones et Cliff Richard.

— Au fait, Summer, on a enregistré une démo de trois titres, dit Lucy. Si tu m'ajoutes sur Facebook, je te les enverrai par e-mail et tu pourras les télécharger sur ton iPod.

— À vrai dire, je n'ai ni iPod, ni ordinateur.

Les sœurs Wei observèrent un silence gêné, puis Michelle se dévoua pour changer de sujet.

— Avant, notre groupe s'appelait Alien Rape Machine[1], mais ça n'a pas trop plu à notre père. Alors on a choisi Industrial Scale Slaughter[2].

— Je vous ai vues sur scène, mais ça fait déjà un bout de temps, dit Jack en se léchant les doigts. Pourquoi vous ne jouez pas plus souvent en public ?

— Depuis que Gráinne est retournée vivre en

1. Littéralement, « Machine à viol extraterrestre ». (*N.d.T.*)
2. Littéralement, « Massacre à l'échelle industrielle ». (*N.d.T.*)

Irlande, le groupe n'avance plus, grogna Lucy. On ne peut rien faire sans chanteuse.

— Mais maintenant qu'on a Summer, on va pouvoir s'y remettre, fit observer Michelle. On devrait jeter un coup d'œil sur Internet. Il doit exister des concours et des concerts réservés aux groupes dans notre genre.

— Je n'ai même pas encore répété, objecta Summer. Vous avez été très sympas, et je tiendrai ma promesse. Mais ne vous emballez pas, d'accord ?

Lucy lança à sa sœur un regard noir.

— Arrête de lui mettre la pression, toi.

— Ben quoi ? Qui ne tente rien n'a rien. Où en serait-on, si je ne lui avais pas un peu pourri la vie ?

— J'espère que ça fonctionnera entre vous, dit Eileen. Summer passe beaucoup trop de temps à s'occuper de moi. Elle a besoin de sortir, de s'amuser un peu.

Summer était soulagée d'entendre sa grand-mère lui donner son assentiment.

Cependant, si l'idée d'avoir une vie hors de l'école et de l'appartement la grisait, elle lui collait aussi une frousse bleue. Les sœurs Wei et Coco étaient issues de milieux aisés, et elles formaient déjà une petite bande extrêmement soudée. Par quel miracle elle, la fille fauchée et solitaire, parviendrait-elle à s'y faire accepter ?

11. Une réputation sulfureuse

Jay, Salman et Tristan se connaissaient depuis la crèche. À l'âge de quatre ans, ils avaient fait des châteaux de sable sur la plage de Southend-on-Sea. La première fois qu'ils s'étaient disputés, c'était au sujet d'un bateau de pirates Playmobil. La dernière, à propos d'un *death match* en ligne sur PC. Mais ils n'étaient jamais restés fâchés plus de quelques heures.

Le cours de chimie de l'après-midi avait tourné à l'émeute. Des éprouvettes ayant été brisées, Mrs Voolt, déterminée à mettre un terme à ce chahut, avait ordonné à ses élèves de ranger le matériel, puis elle les avait gardés en retenue une dizaine de minutes après la sonnerie, avec l'obligation de se taire et de garder les bras croisés.

— Je déteste cette vieille vache, grogna Tristan lorsqu'ils purent enfin quitter la salle de classe. Bon, qu'est-ce qu'on fait ? Ça vous dirait de venir chez moi pour jouer à la Xbox ?

— OK, dit Salman. Mais juste une heure. Il faut je recopie les leçons qu'on a manquées hier, à cause du concours.

— T'inquiète, on ne va pas décrocher pour une journée d'absence.

— N'empêche, si on se plante aux prochains contrôles, on ne nous laissera plus sauter les cours pour faire de la musique.

— Ne me parlez plus de ce concours, gronda Tristan. Tout était truqué de A à Z. Alors, Jay, tu viens chez moi ?

— Non, désolé. Il faut que je passe voir Mrs Hinde au sujet de la fresque du réfectoire.

Salman éclata de rire.

— Ne me dis pas que tu vas participer à ce projet ! C'est tellement nul.

— Ouais, c'est n'importe quoi, renchérit Tristan. En plus, tu es minable en dessin. Elle doit vraiment manquer de candidats, pour faire appel à toi.

— C'est vrai, mais j'ai promis d'étudier sa proposition.

— Ça va te prendre longtemps ? demanda Salman. On peut t'attendre ici quelques minutes.

— Non, ne vous embêtez pas pour moi, dit Jay en levant un bras pour renifler brièvement son aisselle. De toute façon, il faut que je rentre prendre une douche.

J'ai tellement transpiré, pendant le cours de sport. Bon, à demain, les mecs.

— Va te faire foutre, sale rabat-joie ! lança Tristan.

Jay gravit quatre à quatre les marches menant à l'atelier du collège. Il n'avait aucune intention de participer à un projet d'arts plastiques. Il patienta dans le couloir, le temps que Salman et Tristan quittent l'établissement, puis il regagna le rez-de-chaussée et se dirigea vers le département de musique.

Il se sentait coupable d'avoir menti à ses meilleurs amis. Il était perdu dans ses pensées quand, au détour d'un couloir, il se heurta à deux filles au look vulgaire et à un type obèse qui regardaient deux élèves brutaliser un dénommé Wallace. Le visage de ce dernier était zébré de traces écarlates, stigmates des claques qu'il venait de recevoir.

— Si tu lui adresses encore une fois la parole… tonna l'un de ses tortionnaires en lui tordant les doigts.

Puis il se tourna vers l'une des filles et gloussa :

— Mel, tu veux lui en coller une ?

Jay se figea. Il était piégé. Il ne pouvait ni franchir ce barrage, ni rebrousser chemin. Si on le soupçonnait de courir moucharder, il deviendrait une cible potentielle.

— Qu'est-ce que tu regardes, toi ? demanda le garçon obèse en marchant vers lui d'un pas lourd.

Mel gifla violemment Wallace, puis le chef de la petite bande lui flanqua un coup de genou à l'abdomen, le laissant s'affaisser lourdement sur le lino.

L'esprit de Jay fonctionnait à cent à l'heure. S'il décidait de détaler, il avait toutes les chances de distancer le garçon qui l'avait interpellé, mais pour ses complices, c'était une autre histoire. Il n'avait d'autre choix que de recourir à la diplomatie.

— Je t'ai demandé ce que tu regardais ! cria le poids lourd.

S'efforçant d'afficher une expression détendue, Jay désigna une porte au bout du couloir.

— Je vais au local de répétition.

— Tu connais ce connard ? hurla son interlocuteur en désignant Wallace, dont les voyous étaient en train de piller le sac de classe.

— Vaguement. J'étais avec lui en cinquième, mais je ne le connais pas vraiment.

— Tu as du fric sur toi ?

Sur ces mots, il l'attrapa par la cravate et le souleva de quelques centimètres.

— Juste quelques pièces de monnaie. Tu peux les prendre. Je ne dirai rien à personne, je le jure.

— Quelques pièces ? ricana son agresseur. Tu me prends pour un clodo ?

— Non, non, qu'est-ce que tu vas imaginer ?

Les deux costauds de la bande lâchèrent leur souffre-douleur, qui tomba à quatre pattes, ramassa hâtivement ses cahiers éparpillés sur le sol et détala sans demander son reste. Jay jeta un coup d'œil aux deux extrémités du couloir. Pas un prof, pas un surveillant à l'horizon. Il fallait se résoudre à encaisser quelques baffes sans protester.

— Qu'est-ce qu'on fait de ce con ? lança le garçon obèse à ses camarades.

— Allez, les gars, supplia Jay. Pourquoi vous faites ça ?

— Non mais écoutez un peu comme sa voix tremble ! dit l'une des filles. Je crois qu'il va se pisser dessus.

Puis elle se figea, comme si elle venait de voir le diable en personne.

— Eh, mais attends… murmura-t-elle. Je t'ai déjà vu, toi… Tu servais les clients au restau de *fish and chips*, près de la cité.

— Exact, lâcha Jay, au bord de l'asphyxie.

— Et merde, c'est pas vrai ! s'étrangla le chef de la bande avant de repousser son camarade bedonnant d'un coup d'épaule.

— Eh, pourquoi tu m'as poussé ? protesta ce dernier.

Ses complices ne lui adressèrent même pas un regard. Ils se tournèrent vers Jay et le considérèrent d'un œil inquiet. Leur attitude changea radicalement.

— Tu es le frère d'Adam et Theo ? demanda l'un d'eux.

— Theo *Richardson* ? glapit son complice.

— Celui qui s'est fait virer du bahut pour avoir passé la tête d'un type au travers d'une fenêtre ? bredouilla Mel.

— Désolé, mec, dit le garçon obèse en tapotant chaleureusement l'épaule de Jay. Je ne voulais pas te manquer de respect. Je ne savais pas qui tu étais.

— Il vaudrait mieux que Theo n'entende pas parler de cet incident, dit le chef de la bande.

Jay réajusta sa cravate en s'efforçant de ne pas sourire. Ses frères aînés, Adam et Theo, jouissaient d'une réputation sulfureuse. Si le premier était en réalité plutôt inoffensif, le second, âgé de seize ans, avait été exclu de quatre établissements scolaires. Il avait remporté plusieurs compétitions de boxe et passé deux mois dans un centre de détention pour mineurs pour avoir jeté un camion de glacier dans un lac sans prendre la peine d'en faire descendre le chauffeur.

— Toutes nos excuses, mon pote, insista le chef de la bande. Merde, je crois que tu as perdu un bouton de chemise. C'est quoi, ta taille ? On va t'en trouver une neuve, ou te filer de quoi la remplacer.

— Laissez tomber la chemise. Contentez-vous de foutre la paix à Wallace.

Les trois garçons hochèrent la tête.

— Maintenant, tout ce que je veux, c'est me rendre au studio. Alors je suggère qu'on en reste là. Je crois que Theo a assez d'ennemis comme ça.

— Ça marche, sourit le chef. Tu assures, mec.

Soulagé de s'en être sorti à si bon compte, Jay récupéra son sac et se remit en route. Pour une fois, il avait une bonne raison de se réjouir d'être né dans une famille de cinglés. La réputation de ses frères lui avait sauvé la mise.

Il franchit la porte coupe-feu au bout du couloir et déboucha sur une pelouse baignée de soleil. À cinquante mètres, Wallace boitait bas. Il envisagea de courir à sa rencontre pour l'assurer qu'il n'aurait plus d'ennuis, puis il se ravisa. Au fond, ils n'avaient jamais échangé plus de quelques mots, et il craignait de se fourrer dans une situation embarrassante. Il se dirigea droit vers les salles de répétition.

Carleton Road disposait d'une dizaine de locaux de répétition distribués autour d'une cour pavée. Jay longea le mur et jeta un regard à chaque fenêtre à triple vitrage, saluant au passage Mr Currie, qui donnait un cours d'harmonie à un groupe d'élèves de cinquième. La plupart des studios abritaient des cours individuels, les autres étaient occupés par des groupes ou des musiciens répétant en solo.

Si Jay avait bien lu le tableau des réservations, son objectif se trouvait dans le dernier local. Il en poussa la porte et découvrit un garçon à la peau noire assis derrière la batterie. Babatunde Okuma portait une énorme paire de lunettes de soleil Aviator et un sweat-shirt dont il avait rabattu la capuche sur sa tête. Il n'était pas plus grand que lui, mais son torse était deux fois plus large.

— Désolé, je me suis trompé de studio, bredouilla Jay avant de quitter précipitamment la pièce.

Il battit en retraite sous l'auvent du bâtiment qui abritait les cuisines et tâcha de remettre de l'ordre dans ses idées. Pourquoi avait-il paniqué en découvrant Babatunde ? Son aspect l'avait-il effrayé ou avait-il flanché au moment d'aborder un autre batteur ? Évidemment, Tristan était nul. Mais qu'est-ce qui importait le plus ? Le son de Brontobyte ou leurs neuf années d'amitié ?

Si Jay avait l'ambition de jouer dans un groupe et de devenir musicien professionnel, ce n'était encore qu'un projet d'avenir, rien de tangible. Ses amis, en revanche, étaient bien réels, et ils contribuaient à rendre sa vie supportable. Grâce à eux, il n'était pas un loser solitaire à la merci des tyrans du lycée.

Soudain, malgré les cloisons insonorisées du studio, il entendit un monstrueux roulement de toms suivi d'un motif rythmique rapide et énergique. Toute personne pourvue de dix doigts peut jouer de la guitare ou des claviers. La batterie, elle, exige certaines aptitudes physiques, de la puissance et de l'endurance.

Jay s'approcha prudemment de la fenêtre du local. Balançant la tête latéralement, Babatunde jouait sur la batterie que Tristan avait utilisée lors du concours de la veille, mais elle sonnait mille fois mieux. Il bougeait si rapidement les bras qu'il était impossible d'en suivre les mouvements. Son front était perlé de sueur.

Lorsque Jay se décida à pousser la porte, il eut l'impression de se heurter à un mur de décibels. Ce batteur n'était pas excellent, il était exceptionnel. Aucun musicien doué de raison ne l'aurait laissé filer.

Lorsque Babatunde remarqua qu'on l'observait, il fit pirouetter une baguette dans les airs, la rattrapa sans perdre le rythme puis acheva sa démonstration en fouettant simultanément ses deux cymbales. Enfin, il ôta sa capuche, dévoilant un crâne rasé de près. Il fit pivoter son tabouret de façon à se trouver face à Jay, réajusta ses lunettes et haussa un sourcil.

— Tu t'es enfin décidé, dit-il d'une voix étonnamment grave.

— Je… je passais juste par là et je t'ai entendu jouer. Désolé de t'avoir interrompu, mais tu joues comme un dieu.

— Merci du compliment, Jay, sourit Babatunde.

— Comment tu connais mon nom ?

— Mr Currie m'a annoncé que tu passerais.

— Oh, je vois. Dis-moi, tu as déjà joué dans un groupe ?

— Ouais, plusieurs fois. Le problème, c'est que les types en question ne prenaient pas ça très au sérieux. Pour eux, c'était surtout un prétexte pour se la raconter devant les filles, alors je me suis barré.

— Je vois exactement ce que tu veux dire, sourit Jay. Il y a pas mal de frimeurs, dans le milieu. Moi, je n'ai qu'un but : gagner ma vie en jouant de la musique. Et je ne sais pas trop ce que je deviendrai si je n'y arrive pas.

— On est sur la même longueur d'onde, déclara Babatunde. J'ai entendu des gens dire du bien de ton groupe. Brontosaurus, c'est ça ?

— Brontobyte, rectifia Jay. Ne me demande pas pourquoi. T'inquiète, moi aussi, je trouve ce nom débile, mais rien ne nous empêche d'en changer. Salman, le chanteur, a un accent un peu bizarre, mais c'est ce qui fait l'originalité du groupe. Alfie, le bassiste, est super en place, même s'il n'a que onze ans. Et moi, je dirais que je suis un guitariste plutôt potable. Le problème, c'est Tristan, notre batteur. Quand il joue, on croirait entendre un ivrogne qui se casse la gueule dans les poubelles.

— Vous allez le virer ?

Jay afficha une moue embarrassée.

— Vu que c'est un pote, je préférerais qu'il reste dans le groupe. Je crois qu'il pourrait chanter et jouer quelques arrangements aux claviers. Tout ce que je veux, c'est qu'il lâche la batterie. Ça t'intéresserait de le remplacer ?

– Il faudrait que j'écoute ce que vous faites, mais pourquoi pas ?

Jay sortit un portable Android de sa poche.

– Il va falloir que j'en touche un mot aux autres, dit-il. Ça te dérangerait que je te prenne en vidéo pendant que tu joues ? Le micro n'est pas terrible, mais ça leur permettra de se faire une idée...

12. Corruption

Les résidents de Yellowcote étaient autorisés à porter leurs vêtements civils en dehors des heures de cours. Vêtu d'un jean et d'un polo rayé Abercrombie, Dylan se traînait vers l'auditorium. Sa lèvre supérieure était fendue. Il souffrait d'un torticolis. Ses abdos étaient en compote et il avait une trace sanglante de crampons au mollet droit.

— Bonjour, qu'est-ce qui t'amène ? sourit Miss Hudson, la responsable des activités musicales, en glissant une feuille de papier jaune dans la photocopieuse.

À quarante ans, avec ses cheveux ondulés et ses bracelets d'argent aux poignets, elle plaisait beaucoup à Dylan, ainsi qu'à une centaine de pensionnaires privés de la fréquentation de filles de leur âge.

— Je peux vous parler une minute ? demanda-t-il, les épaules tombantes, en s'efforçant d'afficher un air accablé.

Miss Hudson le considéra d'un œil soupçonneux.

— Qu'est-ce qui ne va pas ?

— Je veux reprendre ma place dans l'orchestre, dit-il. Ma vie n'est plus la même depuis que j'ai arrêté la musique.

— Ah tiens ? sourit Miss Hudson. Corrige-moi si je me trompe, mais il me semble que nous avons déjà longuement abordé ce sujet.

Dylan adopta un ton solennel.

— Je sais que je ne travaillais pas assez et que j'étais indiscipliné. Mais quand vous m'avez viré de l'orchestre, ça m'a fait réfléchir, et j'ai réalisé à quel point je m'étais mal comporté. Si vous me reprenez, je vous promets de mettre les bouchées doubles et de ne pas bavarder pendant les répétitions.

Miss Hudson prit une liasse de feuilles dans le panier de la photocopieuse, les réunit à l'aide d'une agrafeuse puis fit signe à Dylan de la suivre dans son bureau.

— Ferme la porte, ordonna-t-elle. Dylan, je t'ai déjà donné une deuxième chance. Et une troisième. Et une quatrième. Et une cinquième, si je me souviens bien. Tu as du talent, mais tu es le pire des feignants. Au cas où tu ne l'aurais pas remarqué, ce pensionnat accorde beaucoup plus de moyens aux activités sportives qu'à la pratique musicale. Je dois me consacrer prioritairement aux élèves réellement motivés.

— Mais mademoiselle… gémit Dylan.

Miss Hudson ne le laissa pas poursuivre.

— Tout ce que je peux faire pour toi, c'est enregistrer ta candidature pour la rentrée de septembre.

— S'il vous plaît… La musique est toute ma vie.

— Pour être honnête, cela ne m'a jamais sauté aux yeux.

— Avouez quand même que je ne me débrouille pas trop mal, comme musicien.

Miss Hudson leva les yeux au ciel.

— Et je suppose que ce soudain regain d'intérêt pour l'orchestre n'a strictement rien à voir avec ce que m'a raconté Mr Jurgens, ce matin, en salle des profs ?

— Oh, vous êtes au courant… murmura-t-il.

— Il dit que tu étais un joueur de rugby exceptionnel en cinquième. On dirait que tu as le chic pour gâcher ton talent.

Dylan observa quelques secondes de silence, puis soupira :

— OK, j'admets que je suis venu vous voir dans l'espoir d'échapper à l'entraînement de rugby. Il fait un froid de canard, dehors, et le terrain n'est qu'un champ de boue. Je n'ai pas joué depuis deux ans, alors je suis en petite forme, et mes coéquipiers ne manquent pas une occasion de me le rappeler à grands coups de crampons. Les châtiments corporels sont censés être interdits, mais ça ne semble déranger personne qu'un prof laisse un débile mental me rouler dans la boue et me marcher sur la tête.

Miss Hudson resta sourde à ce plaidoyer.

— Dylan, ça ne m'enchante pas de savoir que Mr Jurgens te force à jouer au rugby, mais je t'ai averti une bonne dizaine de fois. Tu récoltes ce que tu as semé.

— Je vous en supplie, mademoiselle, implora Dylan, les mains jointes. Je ferai ce que vous voulez. Je nettoierai la salle. Je vous apporterai du café. Je m'occuperai des photocopies. Je passerai l'aspirateur. Je laverai votre voiture. Je ferai des courses. Je vénérerai le sol sur lequel vous marchez. Mais je vous supplie de me venir en aide. Je suis un musicien, pas l'une de ces brutes décérébrées.

— Si je t'autorisais à rejoindre l'orchestre après t'en avoir exclu, je perdrais le respect de mes élèves. Sans parler de la réaction de Mr Jurgens.

Refusant de s'avouer vaincu, Dylan changea radicalement de stratégie.

— Vous ne gagnez pas grand-chose en tant que prof, n'est-ce pas ?

Miss Hudson se raidit.

— Mon salaire ne te regarde pas.

— Je pourrais facilement me procurer dix mille livres, dit Dylan. Mon père est tellement blindé que ça ne représente rien pour lui. Vous pourriez vous offrir une voiture neuve ou retaper votre maison. Il vous suffit d'accepter ma proposition et de me sortir de l'équipe de rugby.

Miss Hudson éclata de rire.

— Sans rire, tu essaies de me corrompre ?

— Mon offre est tout à fait sérieuse, dit Dylan.

— Quelle brillante idée ! De cette façon, je perdrais mon boulot et tu serais exclu définitivement du pensionnat. Sache qu'il me suffirait de parler de ta proposition au directeur pour que tu aies de sérieux problèmes.

— Des trucs pires que se faire piétiner à mort dans la boue ?

— Arrête un peu ton mélodrame, Dylan. Il ne s'agit que de quelques matchs. À t'écouter, on croirait que Mr Jurgens a l'intention de t'attacher et de te faire subir des tortures dignes de l'Inquisition espagnole.

— Bon sang, il doit bien y avoir un moyen de nous entendre. Si je peux faire quoi que ce soit pour vous...

— Tout ce que tu peux faire, c'est débarrasser le plancher avant de te couvrir définitivement de ridicule.

— Dans ce cas, je crois que je vais faire une grosse bêtise, lâcha Dylan, désespéré.

— Oh, tais-toi, ça ne me fait plus rire, gronda Miss Hudson en se levant, les mains posées sur les hanches. J'ai eu affaire à des élèves déprimés et suicidaires par le passé, et ce n'est pas une chose dont on peut plaisanter.

— Des séances de psy à la place du rugby, voilà ce qu'il me faudrait. Vous pourriez me recommander.

Miss Hudson finit par perdre patience.

— Dylan, sors de mon bureau immédiatement ! tonna-t-elle. J'ai un million de choses à régler. Je dois préparer la réunion des parents de vendredi soir, terminer les répétitions du concert de la semaine prochaine, trouver un nouveau joueur de tuba et organiser l'anniversaire de mon fils.

— Je suis prêt à vous filer un coup de main, si ça peut vous dépanner.

— Fous-moi le camp ! aboya-t-elle. Je ne veux pas te revoir avant la fin du trimestre.

En tendant un bras vers la porte, elle bouscula maladroitement une pile de partitions posée en équilibre précaire sur un angle de la table. Dylan tomba à genoux et commença à les rassembler fiévreusement.

— Laisse, je m'en occuperai, gronda Miss Hudson.

Les cuisses de Dylan étaient si douloureuses qu'il dut prendre appui sur une chaise pour se redresser. À cet instant, sa prof remarqua une tache sombre sur son jean, à hauteur du mollet.

— Mon Dieu, est-ce que c'est du sang ? s'étrangla-t-elle.

Dylan se contorsionna pour observer l'arrière de sa jambe et réalisa que l'un des coups de crampons reçu au cours de l'entraînement avait eu plus de conséquences qu'il ne l'imaginait.

– Il faut que tu te rendes à l'infirmerie, dit Miss Hudson.

Dylan releva la jambe de son pantalon, révélant une plaie partiellement coagulée et des traînées de sang coulant jusqu'à sa chaussette.

– Selon Mr Jurgens, ce n'est qu'une égratignure.

Miss Hudson éprouva un soudain élan de compassion.

– Va te faire examiner, dit-elle. Je suis navrée, mais tu vas devoir serrer les dents, et les serrer jusqu'à la fin de l'année. En septembre, je tâcherai de te trouver une place dans l'orchestre.

13. Monde inconnu

Summer n'avait jamais prêté attention au bâtiment de brique qui faisait face au collège, pris en sandwich entre un concessionnaire Nissan et un magasin de moquette désaffecté. Gravée au fronton de la façade figurait l'inscription *Ligne de tramway Dudley-Stourbridge*. Près de la porte d'entrée, une plaque de cuivre rappelait sa vocation actuelle : *Wei & Wei, architectes*.

À l'intérieur, Summer découvrit un vaste espace illuminé par une verrière. Répartis au rez-de-chaussée et sur la coursive métallique juchée à cinq mètres de hauteur, vingt employés travaillaient en silence derrière des bureaux minimalistes équipés de la dernière génération d'iMac.

Lucy, Michelle et Coco entraînèrent Summer jusqu'à une pièce vitrée meublée d'une longue table de réunion en bois précieux.

— Salut mes chéries ! lança un homme d'origine chinoise avant de serrer les sœurs Wei dans ses bras. Comment vas-tu, Coco ?

Mr Wei semblait tout droit sorti d'une série télévisée : grand et d'allure sportive, il portait des mocassins sur mesure, un pantalon de toile, une chemise rayée aux manches retroussées et une montre en or au boîtier ultrafin.

— Je te présente Summer, notre future chanteuse, dit Lucy. Enfin, on croise les doigts…

Mr Wei serra chaleureusement la main de la nouvelle venue.

— Je m'appelle Lee, sourit-il. Je suis ravi de te rencontrer. Les filles cherchent la perle rare depuis Noël dernier.

Summer ne se lassait pas d'admirer les lieux.

— Je n'avais pas imaginé qu'il pouvait exister un endroit pareil dans le quartier.

— C'est vrai, tu aimes ? gloussa Mr Wei.

— C'est magnifique, dit-elle en balayant du regard les maquettes exposées de part et d'autre de la table. Vous avez créé des bâtiments célèbres ?

— Il n'y a pas beaucoup d'appels d'offres pour des musées ou des gratte-ciel, ici, dans les West Midlands. Alors on travaille surtout sur des centres commerciaux, des centres de loisirs, ce genre de choses.

— L'oncle Mike et toi, vous avez quand même reçu un prix pour les maisons écologiques, fit observer Lucy.

— Ça doit être pratique, d'habiter aussi près du collège.

Mr Wei éclata de rire.

— Surtout pour moi, vu le nombre de fois où je suis convoqué par les professeurs de ces demoiselles.

— OK, je sens qu'il va devenir soûlant, lança Michelle en prenant Summer par la main. Allez, viens, on va faire du bruit.

Les quatre filles franchirent une double porte et débouchèrent sur une pelouse traversée par les rails de l'ancienne voie de tramway. De l'autre côté de ce jardin se dressait une maison moderne aux balcons de verre et à la toiture végétalisée, le genre de palais que l'on ne voyait que dans les magazines de décoration. À sa vue, Summer commença à penser qu'elle ne parviendrait jamais à trouver sa place dans ce tableau idyllique.

Ses trois camarades ne se dirigèrent pas vers la maison, mais vers l'entrepôt où, jadis, les mécaniciens travaillaient à l'entretien des tramways à impériale.

— C'est ici qu'on répète, expliqua Michelle en poussant la porte du bâtiment.

Installés à une longue table, deux employés du cabinet d'architectes partageaient un café. Derrière eux se trouvaient un billard tapissé de feutre violet, un luxueux percolateur et une vitrine réfrigérée pleine de bouteilles d'eau minérale et de jus de fruits.

— Il y a une cuisine à l'arrière, dit Lucy. Les salariés de la boîte déjeunent ici tous les midis. Et nous aussi, vu que notre mère ne cuisine pas.

— Votre père est un super patron. Ça doit être génial de travailler ici.

— C'est un esclavagiste, grogna Michelle. En échange d'un repas gratuit, il force ses employés à bosser douze heures par jour.

Les filles descendirent l'étroit escalier en colimaçon menant au sous-sol, puis Lucy actionna l'interrupteur commandant l'éclairage.

— Bienvenue dans la fosse, lança-t-elle. Avant, il n'y avait pas de plafond. D'ici, les techniciens pouvaient intervenir sous les tramways en restant debout.

Le local tapissé de lino mesurait dix mètres sur six. Les murs de brique étaient décorés de posters des groupes préférés des membres d'Industrial Scale Slaughter. Summer étudia le matériel installé au fond de la pièce : une batterie bien équipée, une basse, plusieurs guitares, deux claviers Yamaha et une console d'enregistrement reliée à un iMac. Le sol était jonché de vêtements, de boîtes de CD, de magazines et de canettes vides.

— C'est fantastique, sourit-elle, mesurant le contraste entre sa triste existence et les conditions de vie des sœurs Wei.

Michelle se dirigea droit vers l'iMac, lança iTunes et sélectionna un morceau de Sonic Youth. L'ordinateur était relié à des enceintes audio *via* un puissant amplificateur. Le son était renversant.

— Éteins ça, on ne s'entend plus ! cria Lucy en jetant un coussin à la tête de sa sœur.

— J'ai besoin de me chauffer les oreilles, de trouver mon groove, répondit Michelle en baissant sensiblement le volume.

Coco, les bras chargés de boissons, fut la dernière à rejoindre la fosse. Summer ôta son sac à dos et se laissa tomber dans un pouf.

— Voilà notre répertoire, dit Lucy en lui tendant un classeur contenant des grilles d'accords et des paroles de chansons. On joue surtout des reprises, mais on a aussi quelques compos originales. Je ne sais pas trop comment on peut procéder… En général, on fait tourner et on se hurle dessus jusqu'à ce que ça commence à sonner. Ça te convient ?

Summer hocha la tête et dévissa le bouchon d'une bouteille d'eau pétillante. Le liquide en jaillit et aspergea les partitions.

— Oh merde, je suis désolée…

Michelle ramassa un T-shirt sur le lino et s'en servit pour essuyer les partitions. Avant de rendre le classeur à Summer, elle l'ouvrit à une page où figuraient les paroles d'une chanson intitulée *Bears, Bikes, Bats and Sex*.

— J'aimerais qu'on commence par celle-là, dit Michelle.

Summer en lut attentivement les paroles et les trouva parfaitement délirantes. La chanson évoquait les fantasmes d'une adolescente, une sorte de cauchemar peuplé d'ours et de chauve-souris dans lequel un garçon hyper sexy chevauchant une énorme moto venait à son secours *in extremis*.

Elle considéra Michelle avec des yeux ronds.

— C'est toi qui as écrit ça ?

— Comment tu as deviné ?

— Je ne sais pas, une sorte d'intuition…

Coco alluma les amplis. Un bourdonnement électrique se fit entendre.

— C'est un morceau plutôt rapide, expliqua Lucy en s'installant derrière la batterie.

Elle marqua le tempo en frappant ses baguettes l'une contre l'autre et scanda le premier couplet.

— Il faut chanter très fort et comme un robot, précisa-t-elle, sa démonstration achevée.

— Attends, laisse-moi déjà essayer de mettre les mots dans l'ordre, dit Summer, qui aurait préféré commencer par une reprise.

Coco s'empara d'une guitare acoustique et s'assit à ses côtés.

— Je peux faire tourner les accords, histoire que tu les aies dans l'oreille.

— Ça marche, répondit Summer.

Pour s'éclaircir la gorge, elle chanta quelques notes d'une chanson d'Imagine Dragons.

— *I'm on the top of the world, I'm on the top of the world.*

Enchantées par son timbre grave et vibrant, Michelle et Lucy échangèrent un sourire complice.

— Qu'est-ce qui ne va pas ? demanda Summer.

— Rien, c'est parfait, au contraire, gloussa Lucy. C'est juste que… quand j'essaye de chanter, c'est hyper moche. Toi, dès que tu ouvres la bouche, c'est… comment dire…

— La voix d'un ange, dit Coco.

— Voilà, c'est exactement ça.

Summer porta les mains à ses joues.

— Arrêtez, c'est embarrassant. Je ne vais plus pouvoir sortir une note.

De la paume de la main, Coco marqua le tempo sur la caisse de sa guitare puis gratta les premiers accords.

— Une seconde ! cria Michelle en s'asseyant devant l'ordinateur. Je veux enregistrer ça : les premières mesures d'Industrial Scale Slaughter dans sa formation définitive, celle qui va vendre un milliard d'albums.

— Un milliard, seulement ? sourit Coco.

Lorsque cette dernière eut joué l'introduction, Summer essaya de respecter les consignes de Lucy – « chanter très fort et comme un robot » –, mais les paroles de Michelle, scandées sans nuances sans autre renfort qu'une guitare acoustique, sonnaient affreusement à ses oreilles. Au deuxième couplet, elle préféra reprendre sa voix naturelle. Compte tenu du tempo infernal, elle boucla la chanson en moins d'une minute trente.

— Alors ? demanda-t-elle, un peu anxieuse.

Des applaudissements résonnèrent dans la cage d'escalier, puis Mr Wei fit son apparition.

— C'est excellent, dit-il. Je crois que ce groupe a trouvé sa chanteuse…

À peine avait-il achevé sa phrase qu'il dut se baisser pour éviter la basket que Michelle venait de lancer dans sa direction.

— Sors d'ici, fouille-merde ! cria-t-elle.

— Pardon ? gronda Mr Wei. Comment m'as-tu appelé ?

Sourire aux lèvres, il enjamba un pouf et attrapa la cheville de sa fille.

— Je crois me souvenir d'une petite plutôt chatouilleuse dans cette région-là, ricana-t-il en faisant courir la pointe de ses ongles sur la voûte plantaire de Michelle, lui arrachant des hurlements perçants.

— Non, papa, par pitié ! supplia-t-elle.

Mais Mr Wei, impitoyable, planta alors ses doigts dans ses côtes. Sous le regard hilare de Lucy et Coco, Michelle plongea à plat ventre puis rampa sur le lino dans l'espoir d'échapper à son tourmenteur.

Summer but une gorgée d'eau puis balança la tête en arrière. Elle se sentait pleinement heureuse. C'était comme si une porte venait de s'ouvrir sur un monde inconnu dans lequel, tout bien pesé, elle ne désespérait pas de trouver une petite place.

14. Soumission

Isolé dans son coin habituel du réfectoire de Yellowcote, aussi loin que possible des tables où braillaient les élèves de primaire, Dylan dégustait une assiette d'agneau au curry. Les écouteurs de son iPhone enfoncés dans les oreilles, il écoutait l'album *Unplugged* de Nirvana lorsqu'un dénommé Owen se planta à ses côtés et lui tendit une énorme main aux ongles incrustés de terre.

– Je voulais te souhaiter un bon retour dans l'équipe, dit le garçon sur un ton amical. Jurgens est parfois un peu dur pendant l'entraînement, mais le rugby n'est pas un sport de fillettes. Au fait, je voulais m'excuser de t'avoir marché sur la jambe.

– T'inquiète. À vrai dire, je ne savais même pas qui avait fait ça. J'avais la tête dans une flaque de boue, à ce moment-là.

– L'équipe n'a pas fait des étincelles, cette année. Sept défaites en douze matchs. On a plein de gros bras, mais peu de joueurs qui ont du flair. Je t'ai bien observé, aujourd'hui. Tu as besoin de perdre un peu de poids, c'est évident, mais tu as des éclairs de génie. Je comprends pourquoi Jurgens tient à ce point à te reprendre. Un joueur aussi créatif que toi peut faire basculer le match à tout moment.

Dylan éclata de rire.

— C'est sûr, je peux me montrer extrêmement créatif quand un type dans ton genre essaye de me massacrer.

— Je suis venu te dire que toute l'équipe sera à la salle de muscu à dix-neuf heures. Ne le prends pas mal, mais tu as vraiment besoin de prendre du muscle et de perdre tes bourrelets.

— Je les aime bien, moi, mes bourrelets, sourit Dylan en portant le dernier morceau d'agneau à sa bouche. De toute façon, j'ai mal partout et je peux à peine me déplacer.

Owen souleva son T-shirt et exposa des abdominaux et des pectoraux parfaitement dessinés.

— J'ai pris dix kilos de muscles en un an. C'est un peu comme porter une armure. Notre division est réputée pour sa dureté. Tous les joueurs soulèvent de la fonte. Ils se testent les uns les autres en début de match et massacrent ceux chez qui ils détectent le moindre signe de faiblesse.

Dylan s'était résigné à jouer au rugby jusqu'à la fin de l'année scolaire, mais il n'avait aucune intention de passer ne serait-ce qu'une seule seconde de son temps libre en compagnie de ses coéquipiers. D'ailleurs cette conversation n'avait que trop duré, et il était impatient de se replonger dans les chansons de Kurt Cobain. Il devait trouver un moyen de se débarrasser d'Owen sans le vexer.

— Un autre soir, peut-être, dit-il. J'ai déjà prévu un truc avec mes potes.

— Quels potes ? gronda Owen, changeant radicalement de ton, avant de frapper du poing sur la table. À partir d'aujourd'hui, nous sommes tes seuls amis.

Dylan sentit la colère le gagner.

— Écoute, mec, puisque tu le prends comme ça, je vais te parler franchement. Je n'ai aucune envie de jouer au rugby, mais Jurgens ne m'a pas laissé le choix. Je ne peux pas l'empêcher de m'humilier en public et de me pourrir tous mes samedis, mais il ne peut pas m'obliger à être bon.

— Attends, qu'est-ce que tu essaies de me dire, là ?

Dylan ignorait où cette bravade allait le mener, mais il était trop tard pour battre en retraite.

— Si Jurgens me sélectionne, je risque d'être un peu maladroit, de lâcher le ballon ou de le passer accidentellement à l'adversaire.

Sans crier gare, Owen attrapa Dylan par les cheveux et lui écrasa le visage dans son assiette. Les élèves qui se trouvaient aux tables les plus proches éclatèrent de rire.

Dylan lâcha un gémissement, se redressa puis chassa les grains de riz qui étaient restés collés à son front. Des étoiles dansaient devant ses yeux.

— Tu penses vraiment pouvoir la jouer comme ça avec le coach ? Avec nous ? Tu crois pouvoir t'en tirer sain et sauf ?

Dylan balaya le réfectoire du regard et constata que tous les enseignants étaient rassemblés à leur table, à l'autre bout de la salle. Il s'était fourré dans une situation délicate, et personne ne lui viendrait en aide.

— Bouffe ton pudding en vitesse, ordonna Owen. Ensuite, tu iras te changer et tu nous retrouveras à dix-neuf heures devant la salle de muscu. Si tu ne viens pas, on te rendra une petite visite dans ta chambre, après l'extinction des feux.

Si Dylan se pliait à ses exigences, il deviendrait son esclave. S'il refusait, il serait passé à tabac au beau milieu de la nuit. Il devait agir sur-le-champ.

— Bien, dit-il, avec un faux air de soumission. J'imagine que je n'ai pas le choix. Je peux juste te poser une question ?

Owen lui adressa un sourire malveillant. Il se délectait de la peur qu'il croyait lire dans les yeux de sa proie.

— Quoi ?

Dylan s'empara de sa fourchette et la planta dans la cuisse d'Owen.

— Prends ça, espèce d'enfoiré ! rugit-il.

Sur ces mots, il se leva et courut vers la table des professeurs sous le regard médusé des autres élèves.

— Tu es mort ! beugla Owen en se lançant à sa poursuite, la fourchette toujours plantée dans sa jambe.

Dylan essayait tant bien que mal de slalomer entre les tables, mais ses jambes ankylosées constituaient un sérieux handicap. Owen refit rapidement son retard, passa les bras autour de sa taille et le plaqua brutalement au sol. Seulement, il n'avait pas réfléchi aux conséquences particulières d'un saut à plat ventre lorsque l'on a une fourchette fichée dans la cuisse. Au contact du carrelage, les quatre pointes de métal se tordirent et écartèrent la plaie de plusieurs centimètres.

Fou de douleur, Owen lâcha prise. Dylan en profita pour se dégager d'un coup de coude et l'atteignit en plein visage.

— Séparez-vous ! ordonna un enseignant en se précipitant vers eux.

À la table la plus proche, un élève de seconde poussa un hurlement aigu. Dylan roula sur le dos et constata que le visage d'Owen ruisselait de sang. Il s'attendait à essuyer de sévères représailles, mais son adversaire, complètement sonné, se contenta de ramper droit devant lui.

Dylan sentit une main se refermer sur son col et le remettre debout sans ménagement.

— Wilton, au bureau du directeur, immédiatement ! gronda le professeur.

Sous le regard d'une centaine de pensionnaires, Dylan fut accompagné *manu militari* hors du réfectoire.

— Il est mal en point, dit une surveillante agenouillée au chevet d'Owen. Qui a la clé du minibus ? Il faut que je le conduise immédiatement à l'hôpital.

15. À feu et à sang

Le directeur ne se trouvant pas dans l'enceinte de l'établissement, Dylan reçut l'ordre de se présenter à son bureau le lendemain à la première heure et fut autorisé à regagner sa chambre. Il bloqua la porte avec le dossier d'une chaise puis y entassa divers objets afin d'être alerté en cas d'intrusion.

Il avait caressé l'idée de fuguer, mais le pensionnat se trouvait à plusieurs kilomètres de toute agglomération, une distance que son mollet blessé ne lui permettait pas de parcourir.

Trop anxieux pour trouver le sommeil, il s'assit devant son bureau et entretint une discussion imaginaire avec son père.

Salut papa. Alors, comment s'est passée ta partie de golf ? Birdie sur le sixième trou ? Génial, tu es le meilleur. Au fait, il faut que je te dise, j'ai eu quelques soucis. J'ai planté une fourchette dans la cuisse d'un élève avant de lui péter le nez. Du coup, je n'ai plus trop la cote, au pensionnat.

Entendant des pas dans le couloir, il attrapa la première arme qui lui tomba sous la main – son trombone – et se tint prêt à recevoir ses agresseurs. Ce n'était qu'une fausse alerte, mais la nuit, à l'évidence, promettait d'être très, très longue…

•••

Le vendredi, à sept heures trente du matin, Summer fut réveillée par la chasse d'eau du voisin. Elle s'étira, rejeta la couette et jeta un œil aux baskets quasi neuves et au sac bourré de vêtements posés près du lit. La veille, pendant qu'elle répétait une chanson avec Coco, Lucy s'était absentée pour rassembler ces affaires pratiquement neuves. Gênée d'avoir inspiré la pitié par son aspect misérable, Summer s'était fait un peu prier avant d'accepter ces cadeaux mais en vérité, elle était folle de joie.

En outre, elle n'avait rien vécu de plus divertissant que cette répétition dans le local des sœurs Wei. Coco et Lucy n'avaient pas tari d'éloges à son égard, et elles avaient même décidé de changer le son d'Industrial Scale Slaughter afin de mettre sa voix en valeur. Le seul élément négatif, c'était Michelle et ses accès de folie furieuse dès qu'elle commençait à s'ennuyer ou quand quelque chose ne se déroulait pas exactement comme elle le souhaitait.

Située au quatrième étage, la chambre de Summer n'avait pas de vis-à-vis. Elle ouvrit les rideaux et demeura longuement devant la fenêtre, laissant les rayons du soleil réchauffer sa peau nue.

Grâce à ses nouvelles copines, elle se sentait plus forte et plus confiante. Elle ignorait si cette amitié durerait, mais pour la première fois de sa vie, elle avait l'impression de compter pour quelqu'un d'autre que sa grand-mère.

⁂

Tous les jours, à l'heure du petit-déjeuner, la maison de Jay était livrée au chaos. Ce matin-là, cherchant l'incident, Kai ne cessait de le provoquer. Quant à sa sœur June, cinq ans, et à son frère Hank, six ans, ils se livraient à un concours de cris si perçants qu'il décida de quitter les lieux au plus vite et de passer chercher Salman, qui vivait à deux rues de là.

Après lui avoir ouvert la porte, son camarade courut jusqu'à la salle de bains pour se laver les dents et nouer sa cravate.

— J'ai entendu une drôle histoire concernant ta mère, hier soir, sourit Salman, quelques minutes plus tard, tandis qu'ils marchaient vers Carleton Road.

— Ah bon ?

— Ouais. Une affaire de galipettes avec un flic à l'arrière d'une camionnette volée. Ça se serait produit neuf mois avant ta naissance.

Jay leva les yeux au ciel.

— C'est ta mère qui t'a raconté ça ? J'aurais préféré qu'elle garde ça pour elle…

— Tu rigoles ? C'est la meilleure de l'année. Et ça explique beaucoup de choses. Par exemple, tu es taillé comme une crevette alors que tes frères sont les terreurs du quartier.

— Pas un mot de tout ça au bahut, OK ? Si Tristan apprend ça, il n'arrêtera plus jamais de se foutre de ma gueule.

— Combien pour mon silence ? sourit Salman.

Jay sortit quelques pièces de monnaie de sa poche.

— Quarante-six pences et ma gratitude éternelle.

— C'est une offre généreuse. Mais je ne veux pas de ton argent. Finalement, je préfère garder un moyen de te faire chanter.

Jay lâcha un profond soupir.

— J'aimerais être aussi balaise que mes frères, juste une journée. Je te parie que Tristan la ramènerait un peu moins.

— Tu n'as qu'à prendre des stéroïdes, ricana Salman. Comme Cartman dans cet épisode de *South Park*.

— Un de mes préférés, approuva Jay.

— Alors, tu vas vraiment bosser sur la fresque de Mrs Hinde ?

Jay secoua la tête. Il sortit son portable de la poche de sa veste.

— En vérité, je suis allé rencontrer un batteur, expliqua-t-il.

— Wow, il est génial, ce portable. Comment un clodo dans ton genre a-t-il pu se l'offrir ?

— Il ne m'a coûté que trente livres. C'est un habitué du pub de ma tante qui me l'a refourgué. Il a attaqué une boutique de téléphonie à la voiture-bélier.

— Tu penses qu'il pourrait m'en trouver un ?

— Je crois que son stock est épuisé. La dernière fois que je l'ai vu, il refourguait des GPS.

Sur ces mots, il s'immobilisa et lança la vidéo de Babatunde. Salman plaça une main en visière sur son front pour se protéger du soleil et reconnut l'un des studios de répétition de Carleton Road. Malgré la faible puissance du haut-parleur, le résultat était impressionnant.

— J'ai entendu parler de ce type, sourit-il. C'est un nouveau de troisième.

— Il s'appelle Babatunde, expliqua Jay. Il n'a pas de groupe. Il a l'air un peu givré, mais je crois qu'il est sympa.

Soudain, Salman comprit de quoi il retournait.

— Mec, je ne voudrais pas être à ta place quand Tristan découvrira que tu lui cherches un remplaçant.

— Je veux faire les choses bien, dit Jay. Alfie prendra toujours le parti de son frère. Alors il faut qu'on parle à Tristan tous les deux. On lui dira qu'on ne veut pas qu'il quitte le groupe, qu'on va le mettre aux claviers, un truc dans le genre.

Salman détourna le regard.

— Il ne marchera pas. Aucune de nos sept chansons n'a besoin de synthés.

— On ajoutera des arrangements rien que pour lui. Et j'écrirai de nouveaux morceaux.

— Tristan n'est pas pianiste.

— Ni batteur, ricana Jay, et ça ne l'a pas empêché de nous pourrir les oreilles.

— Tu es dur, gloussa Salman. Il n'est pas si mauvais que ça.

— Si. Et on n'arrivera jamais à rien si on ne modifie pas la formation.

— Tu prends tout ça un peu trop au sérieux, Jay. Nous trois, on est amis depuis toujours.

— Je sais. Mais la musique, c'est très important pour moi. Toi, Alfie et moi, on a le niveau pour décrocher quelques concerts et gagner des concours comme celui de mercredi. On n'aurait jamais dû perdre face à un groupe de losers qui chantent sur une bande préenregistrée.

— OK, dit Salman. Alors disons que si tu parles à Tristan, je te soutiendrai. Dis-lui simplement que tu as rencontré un super batteur et que tu penses qu'on devrait lui donner sa chance. On verra comment il réagit. Mais ne compte pas sur moi pour déclencher la Troisième Guerre mondiale.

— Très bien. Je lui expliquerai notre projet dès que j'en aurai l'occasion.

∴

Vêtu d'une antique toge universitaire, Sir Donald Donaldson dirigeait le pensionnat de Yellowcote depuis plusieurs décennies. Chaque matin, il arrivait à l'établissement à bord d'une vieille Bentley. À toute heure de la journée, il traînait dans son sillage un teckel et un discret parfum de whisky.

Dylan était assis dans un fauteuil placé devant son bureau. Il observait un silence absolu tandis que Sir Donaldson consultait son dossier. Mr Burton, le responsable des sports, se tenait à ses côtés.

— Pas grand-chose à signaler, dit le directeur. Certains élèves laissent une trace dans l'histoire de cette institution. D'autres ne font qu'y passer, sans se faire remarquer. Exception faite d'une observation favorable de ton entraîneur de rugby lorsque tu étais en cinquième, tu n'as pas beaucoup fait parler de toi.

Dylan ne savait pas quoi répondre. Il résidait à Yellowcote depuis presque trois ans, et il n'avait pas eu affaire à Sir Donaldson depuis son entretien d'admission.

— Tu as perdu ta langue ? demanda le directeur.

Il dévissa le capuchon de son stylo-plume puis se tourna vers Mr Burton.

— Cher collègue, je crains que nous ne soyons confrontés à un sérieux problème de discipline. Les incidents se sont multipliés, ces derniers temps, et la plupart concernent les membres de l'équipe de rugby.

Le responsable des sports hocha la tête avec solennité.

— Ils développent une saine agressivité sur le terrain, mais compte tenu de leur jeune âge, ils éprouvent certaines difficultés à refréner leur tempérament.

— Soit, mais j'estime que la coupe est pleine. Le rugby est une chose importante, je l'admets, mais je crains que les entraîneurs que vous avez recrutés ne privilégient la victoire à tout prix aux dépens des principes élémentaires d'humanité qui régissent notre civilisation. Je me souviens d'un temps où notre équipe régnait sur le championnat sans que ses joueurs ne mettent le pensionnat à feu et à sang.

Dylan était ravi de ce retournement de situation inattendu.

— Notre ligue est devenue extrêmement compétitive au cours des dernières années, plaida Mr Burton. Nos standards d'entraînement de haut niveau attirent de nombreux élèves. Si nous baissons nos exigences, nous risquons de les voir se tourner vers d'autres établissements…

— Notre mission consiste à faire de nos garçons de jeunes gens distingués, pas des brutes écervelées, répondit Sir Donaldson en haussant imperceptiblement le ton. Au cours de l'année dernière, nous avons eu à déplorer plus de dix altercations et actes de violence impliquant vos poulains. Ceci doit cesser. Et pour ce faire, à mon grand regret, je dois prendre des mesures propres à frapper les esprits.

Sachant que l'heure était venue d'entendre le verdict du directeur, Dylan serra les accoudoirs du fauteuil.

— Jeune homme, annonça Sir Donaldson, tu ne pourras pas représenter Yellowcote dans quelque compétition sportive que ce soit pendant deux ans. Ceci vaut aussi pour ton camarade Owen Carter, cela va de soi.

Dylan se retint de laisser éclater sa joie, mais Mr Burton était sous le choc.

— Sir Donaldson, avec tout le respect que je vous dois, Owen Carter est un joueur exceptionnel. Je suis convaincu qu'il a ce qu'il faut pour jouer en sélection nationale écossaise dans les années à venir. Si nous lui interdisons de pratiquer son sport, les autres écoles se battront pour le recruter, ici ou en Angleterre.

— Fort bien, qu'ils nous en débarrassent, s'exclama Sir Donaldson avant de se tourner vers Dylan. Quant à toi, je te prie de faire savoir à tes anciens coéquipiers que nous n'avons pas l'intention de piétiner nos traditions : seuls les élèves au comportement irréprochable seront désormais autorisés à représenter Yellowcote. Cette quête de la victoire à tout prix ne peut qu'attirer la honte sur notre vénérable institution, et j'entends mettre à un terme à cette dérive toutes affaires cessantes.

Dylan hocha la tête avec une solennité de circonstance. Le directeur ignorait manifestement que la séance d'entraînement à laquelle il avait participé la veille était la première depuis qu'il avait obtenu les félicitations de son coach en fin d'année de cinquième.

— Je comprends et respecte votre décision, Sir Donaldson, dit-il, ravi d'être officiellement banni à jamais du terrain de rugby de Yellowcote.

16. Erreur tactique

Tristan et Alfie Jopling vivaient dans une maison de Hampstead, un quartier huppé situé à deux kilomètres de celui de Jay. Leur père dirigeait une importante société de vente de matériel de bureau. Leur mère, elle, possédait sa propre entreprise spécialisée dans la conception de faire-part de mariage, mais cette activité ne semblait pas l'accaparer. Elle passait le plus clair de son temps à son domicile, et l'employait à gâter ses fils.

Des œuvres d'art clinquantes aux tapisseries galonnées de fil d'or en passant par les colonnes en faux marbre, la cuisine équipée à soixante mille livres et la Porsche Cayenne garée dans l'allée, tout dans cette maison témoignait du goût de Mrs Jopling pour les signes extérieurs de richesse.

Portant un plateau garni d'un assortiment de bouchées à l'indienne réchauffées au micro-ondes, de sandwichs Marks & Spencer, d'un grand bol de chips, de canettes de Coca et de bouteilles de jus de fruits, elle ouvrit d'un coup de pied la porte donnant sur le jardin puis se dirigea vers le bâtiment en rondins dont Brontobyte avait fait son local de répétition.

En règle générale, ses quatre membres se contentaient de faire tourner quelques reprises avant de poser les instruments pour jouer aux jeux vidéo. Le repaire de Tristan et Alfie était confortable. Il disposait du chauffage, de l'électricité, d'un système hi-fi complet et d'une télé grand format récupérée après la rénovation du salon.

Voyant sa mère approcher dans le jardin, Alfie fit coulisser la baie vitrée pour la laisser entrer. Dès qu'elle eut posé le plateau sur la table en plastique, les garçons abandonnèrent leurs instruments pour se ruer sur les victuailles.

Au moment où Salman s'apprêtait à s'emparer d'un sandwich, Mrs Jopling lui donna une claque sur la main.

— Pas celui-là, dit-elle. Il est pour Alfie, sans mayonnaise.

Les membres de Brontobyte avaient laissé leurs chaussures à l'entrée du local. Les lieux n'étant pas correctement ventilés, une odeur de sueur et de vieille chaussette embaumait l'atmosphère, mais Mrs Jopling n'était nullement gênée. Elle ne vivait que pour ses fils chéris, et se désespérait de les voir grandir et s'éloigner d'elle peu à peu.

— Alors, sur quoi vous travaillez ? demanda-t-elle en s'asseyant sur un tabouret.

— On essaye de faire sonner quelques morceaux, répondit Tristan.

Jay leva discrètement les yeux au ciel. En vérité, les garçons se trouvaient dans le studio depuis plus d'une heure, et ils n'avaient fait que taper le bœuf sur deux accords. Il avait essayé de les convaincre de retravailler *Christine*, qu'ils avaient massacrée lors du concours de mercredi, mais Tristan avait fait la sourde oreille.

— Merci pour le casse-croûte, Mrs Jopling, dit Salman en avalant les dernières miettes d'un sandwich thon-mayonnaise.

— Mais tais-toi donc, ça me fait plaisir. Au fait, comment va ta mère ? Son opération au pied s'est bien passée ?

— Oui, ce n'était qu'un petit kyste. Elle a déjà repris le boulot.

— Toi aussi tu devrais te trouver un travail, maman, suggéra Alfie. Tu dois t'ennuyer, toute seule dans cette grande maison.

Mrs Jopling fronça les sourcils.

— Mais qu'est-ce que tu t'imagines ? Je m'occupe de vous et de ma société. Mes journées sont bien remplies, crois-moi.

— Et nous serions morts de faim si vous travailliez à l'extérieur, sourit Salman.

— Ma tante Rachel cherche une serveuse.

Jay avait lancé cette suggestion sur un ton innocent, mais c'était en réalité un coup bas destiné à blesser cette snobinarde de Mrs Jopling.

— Il me semble que je suis un peu trop qualifiée pour travailler dans un pub, s'étrangla-t-elle. Je possède un diplôme de manucure et j'ai suivi des cours d'administration des affaires.

— Selon papa, tu as aussi un doctorat de shopping, gloussa Alfie.

— Si tu crois que tu n'as plus l'âge de recevoir une fessée, tu te fourres le doigt dans l'œil, jeune homme ! rugit Mrs Jopling.

D'un coup de langue, Salman imita le claquement d'un fouet, puis il éclata de rire.

— Je suis d'accord. Vous avez besoin d'une discipline plus stricte, les mecs.

— Bon, je vais vous laisser répéter, dit Mrs Jopling en se levant. Ramenez le plateau à la cuisine quand vous aurez terminé. Et ouvrez la fenêtre, par pitié. Ça empeste, là-dedans.

Dès qu'elle eut quitté les lieux, Tristan, qui venait de s'envoyer une longue gorgée de Coca, lâcha un rot à réveiller les morts.

Alfie se tourna vers Salman.

— Tu vas arrêter de faire le fayot avec ma mère ?

— Je ne mords jamais la main qui me nourrit, dit son camarade en se frottant le ventre. Si on était chez moi, on crèverait la dalle. Vous n'avez pas idée de la chance que vous avez.

— Moi, je crois que tu la trouves sexy, dit Tristan.

— J'avoue qu'elle n'est pas trop mal, sourit Salman. J'imagine qu'elle doit avoir pas loin de quarante balais, mais elle a de ces nibards…

Alfie et Tristan grimacèrent.

— Ferme-la ! gronda ce dernier.

— De toute façon, ils sont faux, ces nibards, ajouta Alfie. Ils ont coûté six mille livres pièce à notre père.

— Eh, tu n'as qu'à le crier sur les toits, pendant que tu y es ! Et toi, Salman, tu ferais mieux de t'intéresser aux filles de ton âge, si tu veux avoir une chance de ne pas mourir puceau.

— Mais écoutez-le, celui-là, ricana l'intéressé. Il est sorti avec une meuf une fois et il se la joue Casanova.

Jay posa sa canette de Coca vide sur le plateau.

— Ma cousine Erin en pince pour toi, Tristan. Tu devrais tenter ta chance.

— Je les préfère un tout petit peu plus mûres.

— Comme tout le monde, ricana Salman. Le problème, c'est que les filles sont comme nous. Aucune nana de troisième ou de seconde ne sortirait avec des types comme nous.

— Mais je suis grand pour mon âge, fit observer Tristan. Je suis sûr que si je traînais près de n'importe quel lycée, dans un quartier où on ne me connaît pas, je pourrais facilement sortir avec une fille de seize ans.

— N'importe quoi ! s'esclaffa Alfie. Tu as passé deux jours à baver sur cette fille, pendant les vacances de Noël à Dubaï, et elle ne t'a même pas calculé.

Un sourire illumina les visages de Jay et de Salman.

— Excellent, dit le premier.

— Vas-y, raconte-nous, ajouta le second.

— Il dit n'importe quoi, grogna Tristan. C'est un gamin. Lui non plus n'a jamais embrassé une fille. Il n'a pas même pas de poils là où je pense.

— Qu'est-ce que t'en sais ? bredouilla Alfie, sentant le rouge lui monter aux joues.

— Regardez comme il change de couleur ! se réjouit Tristan.

Sans un mot, Alfie se dirigea vers le fond du local et fit semblant d'accorder sa basse. Tristan retourna à sa batterie, signe que la pause était terminée.

— Vous ne pensez pas qu'on devrait jouer un morceau du début à la fin, pour changer ?

Jay prit son courage à deux mains, sortit son portable de sa poche puis lança :

— Avant ça, j'aimerais vous parler d'un truc.

— Oh, ça a l'air sérieux, railla Tristan. Ta mère n'est pas encore en cloque, rassure-moi ?

Jay ignora cette pique. L'heure était à la diplomatie.

— J'ai rencontré un batteur, hier soir, après les cours, annonça-t-il.

Salman baissa les yeux.

— Oh, attends, laisse-moi deviner, dit Tristan. Je parie que tu le trouves meilleur que moi.

— Pourquoi tu t'énerves avant de savoir ce que j'ai à dire ?

— Parce que je commence à connaître tes méthodes tordues.

— On ne peut pas ignorer ce qui s'est passé mercredi. Prenez juste le temps de regarder jouer ce mec. C'est une pointure.

Jay tendit le portable à Alfie.

— Wow, ses bras bougent à une de ces vitesses ! s'exclama ce dernier. C'est vrai, il est largement plus fort que toi, Tristan.

— Je n'ai jamais prétendu être le meilleur batteur du monde, dit Tristan. Mais il se trouve que je suis celui de ce groupe.

— Tu es l'un de mes plus vieux amis, et je ne veux pas qu'on se sépare, expliqua Jay en grimaçant un sourire. Mais je pensais que tu pourrais chanter et te mettre aux claviers.

— Eh, tu ne m'avais pas dit que tu voulais qu'il me remplace au chant ! s'exclama Salman, sidéré.

— Non, non, ce que je veux dire, c'est que…

Tristan fusilla Salman du regard.

— Si je comprends bien, vous êtes de mèche, tous les deux.

— Non, gémit Salman. Ce n'est pas ce que tu crois. Jay m'a montré la vidéo, ce matin, sur le chemin de Carleton Road. Je lui ai juste conseillé d'aborder franchement la question pendant la répète au lieu de comploter derrière ton dos.

Alfie, qui venait de visionner la vidéo, ne rata pas cette occasion d'enfoncer son frère.

— Si les batteurs étaient des bagnoles, ce type serait une limousine avec du champagne et des filles à poil. Toi, tu serais un vieux taxi défoncé avec du vomi séché sur la banquette arrière.

Tristan se raidit. Il se demandait sur qui, d'Alfie ou de Jay, il allait se jeter en premier.

Ce dernier réalisa que les choses étaient en train de tourner au vinaigre. Alfie semblait favorable au remplacement de son frère à la batterie. Mais Salman ne lui avait pas apporté le soutien espéré. Suggérer que Tristan prenne le micro avait été une erreur tactique majeure.

— Babatunde est super sympa, dit Jay. Pourquoi ne pas l'inviter à une répète, pour voir si la sauce prend ?

Les mâchoires serrées, Tristan bondit de son tabouret, renversa son pied de cymbale puis coinça Jay contre le mur du fond.

— Je pensais que tu étais mon ami, hurla-t-il en l'aspergeant de postillons. Ça remonte à loin, toi et moi. Mais qui me cherche me trouve, et tu me cherches tout le temps, mec. Tu as rencontré ce type et tu as fait cette petite vidéo derrière mon dos. Moi, je joue dans ce groupe pour le fun. Et je ne te laisserai pas tout foutre en l'air.

— Ça va, inutile de le prendre comme ça, dit Salman, s'efforçant de jouer les médiateurs. Jay a eu une idée, c'est tout. Si elle ne te plaît pas, on laisse tomber. On ne va pas se fâcher pour ça.

— Je ne veux pas faire partie du même groupe que ce traître, dit Tristan en jetant à Jay un regard assassin. Alors c'est lui ou moi.

— Mais si Jay s'en va, on n'aura plus de guitariste, fit observer Alfie.

— T'inquiète, on en trouvera un autre. Mais je vous rappelle qu'on répète dans *mon* local. Si vous me virez, vous devrez aller jouer ailleurs.

— C'est aussi mon local, je te signale, objecta Alfie. Papa l'a fait construire pour nous deux.

— Ta gueule. Je te demande juste de choisir. Lui ou moi ?

— Débrouillez-vous entre vous, soupira Alfie. Moi, je m'abstiens. Ça me soûle toutes ces embrouilles. Tout ce que je veux, c'est jouer.

Submergé par la colère, Tristan saisit son petit frère par les épaules et le secoua comme un prunier.

— OK, je vais vous donner mon point de vue, intervint Salman. Jay et Tristan, vous êtes mes plus vieux potes, et je vous en veux de m'obliger à faire un choix. Mais pour moi, ce groupe, c'est surtout une occasion de passer du temps ensemble, de taper le bœuf et de se marrer. Oui, Babatunde est meilleur que Tristan. Mais il n'est pas notre ami. Jay, tu prends tout ça beaucoup trop sérieusement.

— Alors tu votes pour moi ? sourit Tristan.

— Disons que je préfère passer mon temps avec Alfie et toi que jouer avec un type que je ne connais pas, aussi bon soit-il.

Jay avait l'impression d'avoir été poignardé dans le dos. Alfie se décida enfin à prendre parti.

— De toute façon, maman flipperait si on avait un Noir dans le groupe. Telle que je la connais, elle planquerait tous les objets de valeur à chacune de ses visites.

Salman secoua la tête avec consternation. Tristan, l'air satisfait, redressa son pied de cymbale. La gorge serrée, Jay débrancha sa guitare et la rangea dans son étui.

— OK, eh bien je suppose que le problème est réglé, dit-il d'une voix étranglée.

— J'espère qu'on se retrouvera tous les quatre, quand tout le monde se sera calmé, suggéra Alfie.

— Mon cul, aboya Tristan. Je ne lui ferai plus jamais confiance.

Jay mit son sac à l'épaule, puis ouvrit la porte et enfila ses chaussures.

— On se voit au bahut, dit-il.

— Désolé, mec, dit Salman. À plus.

Jay quitta dignement la propriété des Jopling et attendit de se trouver à proximité de l'abribus pour fondre en sanglots.

17. Mammouth laineux

Alors que Brontobyte se désintégrait, Industrial Scale Slaughter était en net progrès.

Lucy et Coco, les aînées du groupe, étaient à la manœuvre. Elles avaient retravaillé les chansons, ralenti les tempos et adouci la sonorité générale pour mettre en valeur le timbre de Summer.

Michelle, qui n'avait jamais éprouvé de réelle passion pour la basse, avait reçu la permission d'accompagner Summer au chant. Coco et Lucy avaient été difficiles à convaincre, mais au bout du compte, ses cris et ses vocalises bizarroïdes étaient plutôt efficaces.

Ces changements apportèrent à Industrial Scale Slaughter un son unique. Elles se détournèrent des reprises de Guns N'Roses et de Rage Against The Machine pour se concentrer sur leurs propres compositions.

Summer trouva la deuxième répétition passionnante. Jamais elle n'avait participé à une activité aussi créative, et elle prit un plaisir immense à lancer des suggestions sans crainte d'être rabrouée.

Michelle était un peu le mouton noir du groupe. Incapable de fixer son attention plus de quelques minutes, elle arpentait le local en gribouillant et raturant son cahier de paroles, ou s'asseyait devant le Mac pour surfer sur des sites dédiés aux musiciens amateurs. Tous les internautes s'accordaient sur un point : dès qu'un groupe possédait un répertoire, il convenait d'assurer un peu de promotion sur Internet – blog, page Facebook, mise en ligne de démos – puis de se confronter au public. Pour ce faire, trois solutions se présentaient : petit concert autoproduit au pub ou au centre culturel local, scènes ouvertes réunissant généralement six ou sept groupes, concours à l'échelle régionale ou nationale.

Michelle parcourut plusieurs fils de discussion postés sur des forums. De l'avis général, l'âge était le principal écueil. La plupart des événements se déroulaient dans des clubs interdits aux mineurs. Restaient les concerts d'après-midi organisés par certaines salles et les tremplins musicaux.

— Il n'y a rien à Dudley et tous les concours de Birmingham sont minables, dit Michelle. Mais j'en ai trouvé un qui m'a l'air plutôt cool : *Rock the Lock, bataille de groupes*, une compétition sponsorisée par Terror FM. C'est ouvert à tous les jeunes jusqu'à dix-huit ans. C'est au Old Beaumont, à Londres, dans le quartier de Camden. Le groupe gagnant jouera un direct, répondra à une interview à la radio et recevra une prime de cent livres en espèces. Les deuxième et troisième empocheront cinquante livres et un bon d'achat sur iTunes. Il faut remplir un formulaire d'inscription, obtenir le consentement parental, bla bla bla, banana, tout un tas de conneries.

— Et c'est quand ? demanda Lucy.

— Un mercredi, dans trois semaines, mais il faut s'inscrire avant mardi prochain.

— C'est un jour de cours, fit observer Summer. Et comment transportera-t-on notre matériel à Londres ?

— Erreur. C'est la première semaine des vacances de Pâques. Et je suis certaine que quelqu'un pourra nous conduire là-bas. Il nous faudra juste une grande bagnole pour ranger la batterie de Lucy.

— Ma mère a une camionnette, annonça Coco.

— J'ai toujours rêvé de visiter Londres, soupira Summer.

Ses trois camarades échangèrent un regard interdit.

— Sans blague, tu n'y es jamais allée ? demanda Lucy.

— En fait, je n'ai quitté Dudley que six fois, avoua Summer, rouge d'embarras. Et pour que les choses soient parfaitement claires, je ne suis jamais sortie d'Angleterre, je n'ai pris ni l'avion ni le bateau – à part ce canot gonflable, quand j'étais chez les scouts –, je suis allée à Birmingham trois fois pour accompagner ma grand-mère à l'hôpital, ma mère est une junkie, je n'ai que trois culottes à ma taille et je ne suis jamais sortie avec un garçon.

Coco prit Summer dans ses bras et lui frotta affectueusement les épaules.

– Ma pauvre petite, dit-elle avec un sourire compatissant tandis que Lucy se joignait à cette embrassade.

Se sentant exclue, Michelle leur jeta une basket.

– Bon, alors, on le fait ce tremplin ?

– Vos parents seraient d'accord ? demanda Summer.

Michelle fit pivoter son fauteuil et lança un rire démoniaque.

– S'ils tiennent à la vie, ils feront ce qu'on leur demandera.

∴

Assis sur la moquette du salon, Jay dévorait un hamburger accompagné de frites préparé dans la cuisine du restaurant. De temps à autre, il s'interrompait pour aider ses plus jeunes frères et sœurs à accomplir des tâches élémentaires, comme dévisser un bouchon ou presser une bouteille de ketchup sans en répandre le contenu sur leurs vêtements.

La pièce était bondée. Six croquettes de poisson et une salade noyée dans la sauce HP sur les genoux, Big Len trônait dans le plus grand fauteuil. June et Hank restaient collés à Jay. Patsy, huit ans, mangeait derrière le canapé, cette tanière où nul ne s'aventurait sans provoquer ses hurlements. Assis sur une chaise, Kai, qui se croyait très drôle, plaçait délibérément les pieds devant l'écran de télévision. Adam et Theo étaient vautrés sur le canapé, encadrant l'un de leurs cousins.

Seuls manquaient à l'appel la mère de Jay, qui travaillait au rez-de-chaussée, et l'aîné de la famille, âgé de dix-neuf ans, qui devait encore purger huit mois et demi de détention dans une institution pénitentiaire pour mineurs.

D'ordinaire, Jay aimait ce vacarme et cette promiscuité. On ne s'ennuyait jamais au sein d'une aussi grande famille. Les dîners étaient toujours émaillés d'esclandres et d'incidents tragi-comiques.

Ce soir-là, Patsy était le centre de toutes les attentions. Le jour même, elle avait plaqué au sol un garçon de sa classe et avait gribouillé sur son visage à l'aide d'un marqueur. Big Len avait dû se rendre à l'école pour s'entretenir avec son institutrice.

Ses frères se moquaient bruyamment d'elle, affirmant qu'elle brûlait d'amour pour sa victime. Depuis sa cachette, elle les invitait en des termes particulièrement grossiers à aller se faire voir.

Jay était trop déprimé pour partager la bonne humeur générale. La musique était toute sa vie, et son exclusion du groupe lui avait brisé le cœur. Hélas, il ne pouvait pas partager sa détresse avec ses proches, sous peine de se faire chambrer pas ses frères.

⁛

Aux alentours de dix-neuf heures, Prakash, le petit ami de Coco, Jack, le soupirant de Lucy, et une foule d'élèves de seconde firent irruption dans la fosse. Mr Wei refusant que ses filles sortent tard le soir, il les autorisait à inviter leur petite bande. En conséquence, la fosse était devenue leur point de ralliement du vendredi soir.

Tous les nouveaux venus savaient qu'Industrial Scale Slaughter cherchait une chanteuse depuis des mois, et ils étaient impatients d'entendre la voix de Summer. Au comble de l'embarras, incapable de fixer le regard sur les spectateurs, elle s'empara du micro puis, lorsque ses camarades eurent lancé l'intro, interpréta les quatre couplets de *Bears, Bikes, Bats and Sex*. Le public applaudit à tout rompre et ne tarit pas d'éloges sur sa prestation.

Tandis que le bavardage s'amplifiait, Summer battit en retraite vers l'ordinateur et s'affala dans un pouf. Elle pensa à sa grand-mère, qui devait au même moment dîner de macaronis réchauffés au micro-ondes, seule dans le salon de l'appartement. Elle se sentait coupable de l'avoir abandonnée. D'habitude, le vendredi soir, elles jouaient au Scrabble ou regardaient un DVD.

— Tu étais géniale, lança une voix masculine.

Summer tourna la tête et reconnut le garçon qu'elle avait vu descendre du bus, quelques instants avant qu'Obernackle ne la surprenne hors de l'enceinte de l'établissement.

— Merci, dit-elle, un peu méfiante.

— Je peux m'asseoir ? demanda-t-il en désignant le pouf voisin. Je m'appelle Sebastian.

Summer hocha timidement la tête. Les visiteurs avaient ôté leurs chaussures avant d'entrer dans la fosse. Elle trouvait les pieds nus de Sebastian étonnamment poilus.

— Ma mère dit que je dois avoir des gènes de mammouth laineux, dit Sebastian en pliant les orteils. C'est bizarre, je ne t'ai jamais vue, au lycée.

— Je suis en troisième, confessa Summer avec embarras.

Elle trouvait Sebastian très séduisant, avec son jean slim gainant ses longues jambes athlétiques. Soudain, des questions se bousculèrent sous son crâne. Sebastian la trouvait-il jolie ou se montrait-il tout simplement amical ? Que ferait-elle s'il tentait de lui prendre la main ou de l'embrasser ? En avait-il vraiment envie ou était-elle en train de se faire des idées ? D'ailleurs, n'était-ce pas un peu louche pour un garçon de seize ans de s'intéresser à une fille de son âge ?

— Qu'est-ce que tu fais, à part chanter ? demanda Sebastian.

— Bof, pas grand-chose. Je passe beaucoup de temps à m'occuper de ma grand-mère. Avant, j'allais à la piscine, mais maintenant, ça m'ennuie.

Un sourire éclaira le visage du garçon.

— Moi aussi, je pratiquais la natation. Et puis j'ai fini par trouver ça monotone.

— C'est vrai que tu as l'air plutôt sportif, gloussa Summer.

Elle regretta aussitôt d'avoir prononcé ces mots. Malgré elle, cette remarque innocente sonnait comme une invitation.

— Tu n'es pas mal non plus, dit Sebastian en posant une main sur son genou.

Cette fois, l'affaire était entendue : ils éprouvaient une attirance mutuelle. Summer était terrorisée. Bon sang, dans quelle situation s'était-elle fourrée ?

— Tout va bien ? demanda Lucy en se plantant à ses côtés. Je vais chercher de quoi picoler au supermarché. Vous voulez un truc en particulier ?

Sebastian était mignon, mais elle était horriblement nerveuse, et l'intervention de sa camarade lui offrait une chance de se défiler avant que les choses ne deviennent plus sérieuses.

— En fait, je dois rentrer chez moi, lâcha-t-elle.

— Oh non, gémit Lucy. La fête ne fait que commencer.

Summer se leva puis se tourna vers Sebastian, dont le visage exprimait une profonde déception.

— Je suis ravie de t'avoir rencontré, dit-elle avant de suivre Lucy, Jack et Michelle dans l'escalier.

Ils traversèrent les locaux déserts de Wei & Wei.

— Sebastian ne t'a pas ennuyée, j'espère, s'inquiéta Lucy.

— Non, t'inquiète. Si je rentre à la maison, c'est juste parce que je ne veux pas laisser ma grand-mère toute seule.

— Pour info, il est sorti avec Coco pendant quelques semaines. Si tu veux, je peux lui filer ton numéro.

— OK, lâcha Summer, pensant aussitôt à ce que risquait de lui coûter une conversation par SMS. Mais il est en première. Il n'est pas un peu trop vieux pour moi ?

— L'âge n'a pas d'importance, répondit Lucy. C'est un chiffre, rien de plus. La seule question qui compte, c'est de savoir si tu te sens bien avec lui et si tu es contente de ce qui est en train de se passer.

Une rafale de vent glacial leur fouetta le visage lorsqu'elles franchirent la porte donnant sur la rue. Une canette vide roula dans le caniveau. L'arrêt de bus se trouvait à moins de dix mètres. Aucun passager n'y patientait.

— La nuit, ce quartier est un *no man's land*, avertit Lucy en brandissant son portable. Si tu veux, je peux t'appeler un Uber sur le compte de Wei & Wei.

Summer n'aurait pas dit non, mais elle avait déjà accepté la nourriture, les boissons et les vêtements que lui avaient offerts Lucy et Michelle. Elle ne voulait pas passer pour une pique-assiette.

— Ça ira. J'ai pris ce bus un million de fois. Tout se passera bien.

— Comme tu voudras, ma grande, dit Lucy. Je te passerai un coup de fil pour confirmer la répétition de dimanche.

— Super, répondit Summer. Je ferai mes devoirs le matin, et je serai libre tout l'après-midi.

— Ça marche, sourit Lucy.

Sur ces mots, elle déposa un baiser sur sa joue puis rejoignit Jack et Michelle, qui marchaient d'un pas décidé vers le supermarché.

18. Puissance 4

Après le dîner, Kai ayant quitté la maison pour se rendre au club de boxe, Jay monta dans sa chambre avec Hank. Il le laissa gagner à Puissance 4 et à la bataille navale jusqu'à ce que Big Len appelle le petit garçon pour qu'il prenne sa douche et mette son pyjama.

Après avoir rangé les boîtes de jeu, Jay éteignit la lumière, plongea à plat ventre sur son lit puis enfouit son visage dans l'oreiller.

Malgré lui, il se repassait la scène qui s'était déroulée dans le local des frères Jopling. Il s'était montré naïf et maladroit. Comment avait-il pu imaginer que Tristan accepterait de lâcher la batterie ?

Lundi matin, le retour au collège promettait d'être cauchemardesque. Ses anciens camarades et lui occupaient des places voisines à presque tous les cours. Il envisagea de passer un coup de fil à Salman pour savoir ce qui s'était dit après son départ, mais il craignait de perdre la face.

— Est-ce que tout va bien ?

Adam se tenait dans l'encadrement de la porte. Hank était accroché à l'une de ses jambes.

— J'ai eu une journée difficile, dit Jay en écartant l'oreiller.

Par chance, son grand frère n'avait pas actionné l'interrupteur. Il ne pouvait pas voir son visage défait et ses yeux rougis.

— Hank a dit que tu avais pleuré.

— Oui, oui, il pleurait, confirma l'enfant. Je suis venu lui dire bonne nuit, mais il avait la tête cachée sous un coussin et il ne m'a pas entendu.

— Tu veux en parler ? demanda Adam.

Jay adorait ses demi-frères et demi-sœurs les plus jeunes, ceux que sa mère avait eus avec Big Len, mais de ses trois grands frères, Adam, avec ses quatorze ans, était le seul dont il se sentait proche.

— De toute façon, tu seras au courant un jour ou l'autre, soupira-t-il en s'asseyant. Eh bien voilà : je me suis fait virer de Brontobyte. Je voulais changer de batteur, alors Tristan a dit que c'était lui ou moi. Et les autres l'ont choisi.

Adam savait que le groupe signifiait beaucoup pour Jay. Il fit un pas en avant et alluma la lumière.

— Dur, dit-il en s'asseyant sur le lit.

Exception faite de ses cheveux blonds, il ressemblait beaucoup à Jay, mais cette analogie s'arrêtait à hauteur du cou. Adam n'était pas un adepte de la boxe, comme Kai et Theo, mais il était naturellement bien charpenté et pratiquait la musculation.

— Si ça peut te consoler, je suis certain que vous ne seriez allés nulle part avec un batteur aussi mauvais.

Jay grimaça un sourire.

— Je suis complètement paumé, gémit Jay. Toi, tu as d'autres distractions que la musique. Les filles craquent pour toi, tu vas à des soirées, tu as plein de potes et tu adores le foot. Moi, j'ai perdu mon groupe et mes deux seuls amis. Et c'est moi qui ai tout foutu en l'air.

— Moi je suis ton ami ! lança gaiement Hank.

— Tu avais un batteur en tête ? demanda Adam.

— Ouais. Le nouveau de troisième.

— Babatunde ?

— Voilà. Je suis allé l'écouter répéter et je l'ai filmé avec mon téléphone.

— Je suis en cours de sport avec lui, dit Adam. Je ne savais pas qu'il jouait de la batterie. Pour ne rien te cacher, je le trouve un peu bizarre. Il s'est pris la tête avec Mr Gilmore parce qu'il ne voulait pas retirer sa capuche pour jouer au ping-pong.

— Il ne la quitte jamais, sourit Jay.

— Je peux voir la vidéo ? demanda Adam.

— Mon portable est sur le rebord de la fenêtre, à côté de mes clés.

— Hank, puisque tu es debout, tu peux aller le chercher ?

Le petit garçon s'empara de l'appareil et pianota sur l'écran tactile.

— Passe-le-nous, insista Jay. Tu ne sais même pas comment ça marche.

— Si, je sais. C'est le même que Theo. L'autre fois, j'ai regardé un film avec une dame qui portait un slip en fourrure, et un monsieur qui lui faisait des…

— Oublie ça immédiatement ! gronda Adam. Et surtout, n'en parle jamais à ton père. Tu aurais de gros ennuis, je te le garantis.

— Oui, je sais, répondit Hank. Theo a dit qu'il me ferait avaler une cuillère de moutarde si je touchais encore à son téléphone.

Jay s'empara de l'appareil et lança la vidéo.

— Je veux voir, chouina l'enfant en se glissant entre ses deux grands frères.

— Ouah, il déchire ! s'exclama Adam. Si tu ne le recrutes pas immédiatement, tu vas te le faire piquer.

— Ce n'est pas comme ça que Tristan et Salman voient les choses, soupira Jay.

— Pourquoi ne pas former un nouveau groupe ?

— Mais avec qui ?

— Ben, toi à la guitare, moi à la basse et ce boss à la batterie.

Jay s'accorda quelques secondes pour considérer cette suggestion. Adam était un bassiste acceptable, un peu en dessous d'Alfie, mais avec Babatunde pour compléter la rythmique, ce nouveau groupe surclasserait Brontobyte.

— Sérieusement, ça te dirait qu'on joue ensemble ? demanda-t-il.

— En fait, ça fait un moment que l'idée me trotte dans la tête. Je n'ai pas touché ma basse depuis un bail, et je vais finir par oublier comment on en joue.

— Il nous faudrait aussi un chanteur.

— On pourrait en parler à Erin. Comme ça, ça resterait dans la famille.

Leur cousine Erin avait deux mois de moins que Jay. Big Len leur donnait des cours de guitare en commun depuis leur dixième anniversaire.

— Ce serait cool d'avoir une chanteuse, mais elle a laissé tomber la musique, dit Jay. Elle est branchée théâtre, maintenant.

— Ça ne coûte rien de demander. Si elle n'est pas intéressée, on trouvera quelqu'un d'autre.

À cet instant, Big Len fit irruption dans la chambre.

— Hank, gronda-t-il, je t'ai juste autorisé à dire bonne nuit à tes frères. June et Patsy sont déjà au lit. Alors bouge-toi les fesses !

Le petit garçon roula des yeux épouvantés. Il serra rapidement Jay et Adam dans ses bras puis quitta la pièce en trottinant.

— Ne te couche pas trop tard, Adam, ajouta Big Len. Je te rappelle que tu as foot demain matin.

— Désolé. Je n'ai pas vu passer l'heure.

Big Len jeta un coup d'œil dans le couloir pour s'assurer que Hank ne traînait pas en chemin, puis il adressa un sourire à Jay et Adam.

— Je vous ai entendus, quand j'étais dans l'escalier. Vous allez monter un nouveau groupe ? Foncez, les garçons. Et si jamais vous cherchez un manager…

En ce vendredi soir, les passagers chahutaient joyeusement dans le bus bondé. Des adolescents installés sur la banquette du fond sifflaient des canettes de bière et lançaient des remarques salaces à une infirmière aux traits tirés.

Aux alentours de vingt heures, Summer descendit à l'arrêt situé à proximité de la cité puis, désireuse de se faire pardonner sa longue absence, fit un détour par la supérette Spar pour acheter une barre de Toblerone.

Un homme quitta le magasin derrière elle puis lui emboîta le pas. Avec la barbe noire qui lui mangeait le visage, ses mains profondément enfoncées dans les poches de son blouson et sa capuche fourrée rabattue sur la tête, il avait quelque chose d'inquiétant. Pour en avoir le cœur net, Summer fit halte devant le magasin d'alcool, dans une zone brillamment éclairée par un lampadaire, et tapa nerveusement du pied sur le trottoir, comme si elle attendait quelqu'un.

L'homme continua à marcher en direction de la cité. Summer attendit une trentaine de secondes avant de se remettre en route. Alors qu'elle se trouvait dans la zone désolée qui séparait la zone commerciale et les bâtiments d'habitation, elle perçut du coin de l'œil un mouvement qui lui fit tourner la tête : l'inconnu avait repris sa traque.

Si elle parvenait à conserver quelques mètres d'avance sur son poursuivant, elle avait encore une chance d'atteindre son immeuble, de composer les quatre chiffres du digicode et de lui échapper en se glissant dans le hall.

Hélas, comble de malchance, la porte avait été laissée ouverte, sans doute par les techniciens venus réparer l'ascenseur ou par un locataire en train de déménager. De toute façon, l'homme était si proche qu'elle n'aurait pas le temps de la refermer, et le rez-de-chaussée était un dédale de couloirs desservant des caves où une habitante avait été agressée le soir de Noël.

Convaincue qu'elle ne pourrait pas semer un homme adulte dans l'escalier jusqu'au quatrième étage, elle décida de ne pas entrer dans l'immeuble et de couper à travers la pelouse centrale afin de rejoindre au plus vite l'endroit où, espérait-elle, devait traîner la petite bande de la cité. Elle s'élança d'un pas vif sur l'herbe gorgée de pluie, redoutant de heurter un obstacle dans la pénombre.

L'homme la suivit. Désormais, ses intentions ne faisaient plus aucun doute : il en avait après elle. Alors qu'elle prenait de la vitesse à la faible lueur d'un réverbère, elle aperçut une bouteille de bière cassée et ralentit sa course afin de la ramasser.

Quand elle se redressa, l'inconnu se mit à courir dans sa direction.

19. Anges gardiens

Jay ouvrit la fenêtre située sur le palier, entre le premier et le deuxième étage. Il en enjamba la traverse et posa les pieds sur l'étroite corniche en zinc qui permettait de rejoindre en toute discrétion la maison voisine. Adam lui emboîta le pas. Leur mère et leur tante Rachel leur avaient formellement interdit de recourir à ce procédé, mais les membres de la famille allaient et venaient ainsi entre les habitations mitoyennes depuis des générations, et personne ne s'était jamais blessé.

La répartition des pièces des étages supérieurs du White Horse Pub était strictement identique à celle du restaurant. Seule nuance, Rachel étant mère de quatre filles, on trébuchait ici sur des escarpins à talons hauts plutôt que sur des chaussures de foot. En outre, comme par miracle, la cuvette des toilettes restait toujours baissée.

Leur traversée achevée, Jay et Adam empruntèrent l'escalier menant au deuxième étage et frappèrent à la chambre qu'Erin partageait avec sa sœur aînée. Ils s'étonnèrent de la trouver plus en désordre que les leurs, à tel point qu'ils eurent les plus grandes difficultés à pousser la porte bloquée par un monticule de vêtements.

Erin s'y trouvait seule. Assise à son bureau, elle bûchait sur un devoir sur la Seconde Guerre mondiale. Elle était ravissante, avec ses yeux noirs et ses cheveux bruns tombant en cascade sur ses épaules. Elle avait défait les premiers boutons de sa chemise d'uniforme, si bien qu'on pouvait apercevoir son nombril et son soutien-gorge turquoise.

Jay jeta un œil à son devoir par-dessus son épaule.

— Hitler a envahi la Pologne en 1939, pas en 1940, fit-il observer.

D'un trait de stylo, Erin raya la date erronée.

— Je déteste l'histoire, grogna-t-elle. Tous ces trucs se sont passés il y a si longtemps… Franchement je n'en ai rien à foutre. Alors, qu'est-ce que vous faites là, vous deux ? Vous avez quelque chose derrière la tête ?

— Qu'est-ce qui te fait penser ça, cousine ? sourit Adam.

— L'habitude, sans doute… Je vous préviens tout de suite, il est hors de question que je vous remplace au restau. La dernière fois, mes cheveux ont pué l'huile de friture pendant une semaine.

— Rien à voir, dit Jay. On monte un groupe, Adam et moi. Vu que tu chantes et que tu joues de la guitare, on a tout de suite pensé à toi.

Erin fit pivoter sa chaise de façon à faire face aux garçons. Malgré lui, Jay la trouva carrément sexy, avec ses pieds nus aux orteils vernis.

— Je croyais que tu jouais dans le groupe de Tristan.

— Brontobyte n'est pas *son* groupe. Au départ, c'est moi qui en ai eu l'idée. Lui, il a juste trouvé ce nom débile.

— En tout cas, Jay n'en fait plus partie, expliqua Adam.

— Alors que va devenir Brontobyte ? s'étonna Erin. Tristan et les autres continuent ?

— Aucune idée, dit Jay.

— Et honnêtement, on n'en a plus grand-chose à cirer, ajouta Adam.

Jay hocha la tête en direction d'Erin.

— Pour elle, c'est différent. Elle a toujours trouvé Tristan craquant. Elle ne voulait jamais jouer avec moi, quand on était gamins, mais dès qu'il venait à la maison, elle se pointait aussi sec.

— J'avoue que j'ai un petit faible pour lui, sourit Erin, en rougissant imperceptiblement.

— Je ne comprends pas, s'étonna Adam. Il est presque aussi nul que Jay.

— Merci de me soutenir, frérot, maugréa Jay.

Erin resta de longues secondes perdues dans ses réflexions.

— À part vous, qui fera partie de ce nouveau groupe ?

— On est en train de recruter un batteur, un élève de troisième de Carleton Road. Je crois qu'il est partant.

— Et vous avez trouvé un nom ?

Jay haussa les épaules.

— Non, on n'y a pas encore réfléchi.

Erin se rongea pensivement l'ongle du pouce.

— Eh bien… lâcha-t-elle sans achever sa phrase.

— Allez, quoi, accepte ! la pressa Adam. Franchement, qui n'aurait pas envie de jouer dans un groupe ? On va s'éclater !

— Je ne dis pas non, sourit la jeune fille. Le problème, c'est que ma troupe de théâtre prépare un spectacle important pour la rentrée des vacances de Pâques. Et si je décroche un bon rôle, je n'aurai pas assez de temps à vous consacrer. Vous pouvez me laisser réfléchir un jour ou deux ? Je ne voudrais pas accepter sur un coup de tête et vous planter dans quelques semaines.

— Bien sûr, on comprend, dit Jay.

— Parfait, conclut Erin en se tournant vers son bureau. Maintenant, si vous voulez bien me laisser, j'ai une tonne de devoirs en retard.

Les deux frères quittèrent la chambre et s'engagèrent dans l'escalier.

Tandis qu'ils commençaient à descendre les marches, Adam chuchota à l'oreille de Jay.

— C'est moi, ou notre petite cousine est de plus en plus mignonne ? Sans blague, tu as vu ses jambes ?

Jay se garda bien d'avouer qu'il avait été frappé par la beauté d'Erin.

— Jamais je ne pourrai penser à notre cousine de cette façon-là, dit-il, feignant l'indignation. Tu devrais te faire soigner, Adam.

∴

Summer détalait à perdre haleine, son sac de classe battant violemment dans son dos. Elle ne se trouvait plus qu'à quelques mètres du bâtiment où elle espérait trouver du secours. Si les garçons de la bande n'étaient pas dans les parages, elle se dirigerait vers la maison individuelle la plus proche et frapperait à la porte de toutes ses forces. Mais aurait-elle le temps d'atteindre son objectif ?

Son poursuivant gagna rapidement du terrain. Elle l'entendit haleter dans son dos, puis une formidable poussée latérale lui fit perdre l'équilibre. Elle tituba, ne parvint à rester debout qu'en prenant brièvement appui sur un muret de parpaings, mais l'homme la saisit par le poignet.

Son souffle empestait l'alcool. Il était moins âgé que ne le laissait supposer sa barbe, une vingtaine d'années tout au plus. Son front était constellé de boutons d'acné.

— Je te tiens, petite salope ! hurla-t-il en tentant de plaquer une main sur sa poitrine.

Summer brandit la bouteille cassée, lui entailla profondément le poignet puis, se remettant à courir, prit quelques mètres d'avance.

— À l'aide ! cria-t-elle à pleins poumons.

Un garçon d'une quinzaine d'années surgit de la pénombre. Il resta saisi devant le chemisier taché de sang de Summer.

— Eh, qu'est-ce qui t'arrive ? demanda-t-il.

Elle ne connaissait pas son prénom, mais son visage lui était familier. Derrière eux, elle aperçut Kevin et trois membres de sa bande accourir depuis leur lieu de rassemblement habituel, près de la rampe d'accès au parking souterrain.

— Un type m'a agressée, s'étrangla Summer. Il est après moi !

Sur ces mots, l'homme apparut, pantelant et sanguinolent. À la vue des adolescents, il tenta de rebrousser chemin, mais ses Reebok étant incrustées de boue, il se contenta de patiner sur place, un éclair de panique dans le regard.

Le garçon le plus grand de la bande, un véritable colosse, le retint par la capuche et le plia en deux d'un violent coup de genou à l'abdomen. Tandis que Kevin réconfortait Summer, ses complices s'acharnèrent sur le jeune homme. Il reçut plusieurs coups de pied dans la tête et dans les parties intimes.

— Sale pervers ! hurla le géant.

Summer tremblait comme une feuille. La correction tournait à la frénésie. Elle redoutait que ses sauveurs ne commettent l'irréparable et ne le payent chèrement.

— Arrêtez, vous allez le tuer ! cria-t-elle. Contentez-vous de le retenir et d'appeler la police.

Deux adultes robustes jaillirent de l'immeuble le plus proche. Ils ignoraient ce qui était arrivé à Summer. Tout ce qu'ils avaient vu, c'était une bande d'adolescents défavorablement connus du voisinage tabasser un homme sans défense.

— Eh, attendez un peu, bande de petits salauds ! cria l'un d'eux, un quinquagénaire aux tempes argentées portant des chaussures de chantier.

Terrorisé, le barbu avait rampé derrière un container à ordures.

Compte tenu de leur haute taille et de leur musculature impressionnante, les deux ouvriers semblaient largement en mesure de terrasser les cinq garçons.

Lorsque Kevin tira Summer par la manche de son manteau, ses camarades avaient déjà détalé.

— Suis-moi, dit-il. On ne peut pas rester ici. Les flics nous ont à l'œil. S'ils nous attrapent, on finira devant le tribunal.

— Je suis sûre qu'il voulait me violer ! protesta Summer en s'élançant dans son sillage.

L'idée que son agresseur puisse s'en tirer à si bon compte la révoltait, mais elle voulait avant tout rester loyale envers les garçons qui lui avaient sauvé la mise.

— Vous avez besoin d'aide, monsieur ? demanda l'un des ouvriers.

Le barbu, sous le choc, bredouilla quelques paroles inintelligibles.

— Ne vous inquiétez pas. Mon collègue va appeler la police.

Summer et ses cinq anges gardiens empruntèrent la rampe du parking. Compte tenu du nombre record de vols de voiture, les occupants de l'immeuble avaient depuis longtemps abandonné les boxes aux graffeurs, aux skateurs et aux rats. Les grilles d'évacuation des eaux usées étant bouchées et l'éclairage hors service, les fuyards pataugeaient à l'aveuglette dans l'eau croupie.

— Si on se fait serrer, fermez-la, et tout devrait bien se passer, dit le géant. Si vous merdez, les flics ne nous rateront pas.

— Ce pervers doit avoir un casier long comme le bras, dit l'un de ses complices. J'espère qu'ils finiront par le foutre en taule.

— J'ai entendu ses côtes craquer, ricana un autre garçon. On aurait dû faire une vidéo.

Kevin raffermit sa prise sur le poignet de Summer.

— Reste près de moi, dit-il. On n'y voit rien, mais je connais cet endroit comme ma poche. Il manque une plaque d'égout, sur la droite. C'est là qu'un skateur s'est pris une gamelle de dingue, l'année dernière.

— Ouais, s'esclaffa l'un de ses amis. J'ai failli en crever de rire.

Tandis que les sirènes d'une voiture de patrouille hurlaient à l'extérieur, Kevin ne lâcha pas le bras de Summer. En dépit de l'obscurité, les membres de la bande semblaient savoir précisément où ils allaient.

Après avoir progressé sur une cinquantaine de mètres, ils foulèrent un sol incliné menant au niveau supérieur, poussèrent une porte coupe-feu et émergèrent à quelques mètres de l'ascenseur hors service.

— J'habite ici depuis des années, s'émerveilla Summer, et je ne connaissais pas ce raccourci.

— L'entrée VIP, gloussa un garçon au nez tordu et au pantalon de survêtement beige souillé de sang.

Glacée par cette vision, Summer resta de marbre. Jusqu'où aurait été la correction si les ouvriers ne les avaient pas forcés à décamper ?

— OK, lança le géant. Maintenant, que chacun rentre chez soi. Si vous devez vous rendre dans un autre bâtiment, sortez un par un, de façon à ce que les flics ne vous voient pas ensemble. Et gardez en tête ma règle d'or : personne ne doit rien savoir, y compris les autres mecs de la cité. Pigé ?

Ses amis hochèrent la tête puis se dispersèrent. Kevin se tourna vers Summer.

— Je te raccompagne, dit-il.

Elle envisagea de décliner sa proposition, par politesse, mais elle n'avait pas cessé de trembler et elle se sentait sécurisée par sa présence.

— Désolé que mes potes se soient lâchés comme ça, s'excusa Kevin en poussant la porte donnant accès à la cage d'escalier. Lee et Milo ne sont pas très nets. Tôt ou tard, ils passeront par la case prison, mais on peut compter sur eux à cent pour cent, quand ça commence à chauffer.

— J'espère qu'ils ne t'entraîneront pas avec eux, dit Summer. Je crois que je t'avais mal jugé, Kevin. En fait, tu es un type bien.

Lorsqu'ils eurent atteint le palier du quatrième étage, elle se précipita vers la porte de l'appartement puis déverrouilla la grille de sécurité.

— Bon, il faut que je file, dit poliment Kevin avant de pointer un doigt vers le sol. C'est dingue, mais figure-toi que j'habite juste en dessous.

— Ah. Je ne savais pas. En tout cas, dis à tes amis que je les remercie de tout mon cœur.

Éperdue de reconnaissance, elle avança vers lui sur la pointe des pieds puis déposa un baiser sur ses lèvres. Enfin, l'abandonnant à un profond état de stupeur, elle disparut à l'intérieur de l'appartement.

— Oh, OK, bonne nuit alors, bredouilla Kevin juste avant qu'elle ne claque la porte.

Summer laissa tomber son sac dans l'entrée.

— C'est toi, ma chérie ? lança Eileen.

— Oui, grand-mère. Qui veux-tu que ce soit ?

Ses mains étaient écorchées, ses genoux tachés de boue, et les tennis que Lucy lui avait offertes étaient bonnes pour la poubelle.

Luttant contre les larmes, Summer respira profondément. Elle pensa au groupe et à ses nouvelles amies. Elle se rejoua l'agression dont elle avait été victime, pensa à la façon dont elle avait réagi, et en éprouva une certaine fierté.

Elle n'était pas à proprement parler heureuse, mais la tristesse qui l'accompagnait comme un boulet depuis tant d'années semblait bel et bien s'être envolée.

20. Triste à mourir

D'une grande bataille, on ne retient que le nom du vainqueur, et rarement les conditions dans lesquelles il a remporté la victoire. Dylan avait planté Owen avec une fourchette, lâchement battu en retraite vers la table des profs puis s'était débarrassé de son adversaire d'un coup de coude au visage porté à l'aveuglette. Pourtant, aux yeux des résidents de Yellowcote, Dylan était désormais celui qui s'était dressé contre l'un des élèves les plus durs du pensionnat et l'avait laissé sur le carreau, le nez cassé et huit points de suture à la cuisse.

Durant le week-end, redoutant que les camarades d'Owen n'exercent des représailles, il prit soin de ne jamais se trouver seul. Il passa le plus clair de son temps dans les lieux les plus fréquentés du pensionnat, comme le réfectoire et la bibliothèque, où il reçut d'innombrables marques de soutien. À son grand soulagement, les membres de l'équipe de rugby, sans doute intimidés par les menaces de Sir Donaldson, le laissèrent tranquille.

Le lundi midi, au sortir du réfectoire, Dylan décida de faire un détour par les toilettes avant de se mettre en quête d'un élève à qui il pourrait taxer une cigarette.

Alors qu'il se tenait devant un urinoir, il entendit grincer la porte d'une cabine, puis des bruits de pas résonner dans son dos.

— Je savais que tu finirais par passer par ici, dit Owen.

Glacé d'effroi, Dylan tourna brièvement la tête vers son ennemi juré. Ce dernier portait un masque protégeant son nez cassé. Il avait troqué son uniforme pour un T-shirt et un jean baggy, le seul vêtement convenant à l'épais bandage qui recouvrait sa cuisse blessée.

— Tu as gagné, dit Owen. Mon père va me trouver un autre pensionnat, pour que je puisse continuer à jouer au rugby.

Dylan se reboutonna sans dire un mot puis essaya de rejoindre les lavabos, mais son rival lui bloqua le passage. Alors, il réalisa que personne n'était entré ni sorti des toilettes depuis plusieurs minutes, et comprit que les membres de l'équipe de rugby avaient formé un barrage devant l'entrée afin de laisser leur camarade régler son différend en toute tranquillité.

— J'adorerais te démonter la gueule, dit Owen. Mais si Donaldson rajoute une ligne à mon dossier, toutes les écoles me claqueront la porte au nez.

Sur ces mots, il lança un coup de poing qui se figea à deux centimètres du visage de Dylan.

— N'oublie jamais que tu n'es qu'une sous-merde et que j'aurais pu te massacrer, gronda-t-il. Là-dessus, je te souhaite une vie bien pourrie, sale loser.

Sur ces mots, il attrapa un gobelet en plastique posé sur le lavabo et aspergea Dylan à hauteur de la braguette, tachant son pantalon d'une large auréole sombre. Puis, secoué par un rire dément, il quitta les lieux à grandes enjambées.

Quelques secondes plus tard, deux garçons de sa bande firent irruption dans les toilettes.

— Alors, Wilton, on ne sait pas se retenir ? gloussa l'un d'eux en considérant avec amusement l'auréole sur le pantalon de Dylan.

— T'es vraiment dégueulasse, sourit son complice.

— Allez vous faire foutre, grogna Dylan en se précipitant vers la sortie.

Il n'était pas question de les dénoncer. À Yellowcote, les balances étaient considérées comme des parias. En outre, il n'était pas disposé à décrire l'humiliation dont il venait d'être victime. Il ne lui restait plus qu'à regagner sa chambre pour se changer en se tenant à l'écart d'éventuels témoins.

Hélas, si Owen avait fait place nette, tous ses camarades de troisième semblaient s'être donné rendez-vous dans le couloir.

— Trop crado ! cria l'un d'eux en le mitraillant à l'aide de son iPhone. Allez, fais-moi un petit sourire.

Dylan se traîna vers l'escalier en laissant derrière lui des traces de pas humides. Un garçon lui fit un croche-pied, si bien qu'il perdit l'équilibre et bouscula involontairement un élève d'une dizaine d'années.

Il n'avait pas pleuré depuis plusieurs années. Pourtant, lorsqu'il eut trouvé refuge dans sa chambre et ôté son pantalon trempé, il s'effondra sur la moquette et versa toutes les larmes de son corps.

Une heure plus tard, vêtu d'un uniforme impeccable, Dylan fit son entrée dans l'auditorium de Yellowcote. Il posa son étui de trombone au pied de la scène puis, du bout des doigts, palpa le manche du canif glissé dans la poche de sa veste. À sa vue, plusieurs membres de l'orchestre échangèrent des clins d'œil complices.

— Eh bien, toutes mes félicitations ! lança Miss Hudson, visiblement furieuse, en se tournant vers l'horloge murale suspendue à l'un des murs latéraux. Quinze minutes de retard. Voilà une excellente entrée en matière. Dans mon bureau, immédiatement.

Elle s'adressa à deux élèves de sixième assis au premier rang de l'orchestre.

— Je vous charge de maintenir la discipline en mon absence. Je n'en ai que pour cinq minutes.

Lorsqu'il se retrouva seul en présence de son professeur de musique, Dylan baissa les yeux en signe de soumission.

— Excusez-moi, mademoiselle, mais j'ai eu un contretemps.

— C'est vraiment le cadet de mes soucis, répondit Miss Hudson. Je suppose que tu es très content de ta petite combine. Tu as manipulé Sir Donaldson pour qu'il te vire de l'équipe de rugby. J'ai parlé à Mr Jurgens, ce matin. Il est furieux d'avoir perdu Owen. Si j'étais toi, j'éviterais de le croiser.

— J'avoue que je ne suis pas l'élève le plus populaire du pensionnat, en ce moment, grommela Dylan.

Miss Hudson lui tendit une clé attachée à un triangle de plastique.

— Studio de répétition numéro un. L'acoustique n'est pas terrible, alors nous l'avons transformé en espace de rangement.

— Et qu'est-ce que je suis censé y faire ? demanda Dylan.

— Ce qui te plaira. Pour ma part, j'ai dans mes rangs un tromboniste de cinquième qui fait parfaitement l'affaire.

— Alors je dois juste rester dans cette pièce à ne rien faire ?

— À toi de voir. Tu peux travailler ton instrument, envoyer des SMS à ta petite copine ou faire tes devoirs. Tout ce que je te demande, c'est de laisser le studio dans l'état où tu l'as trouvé.

L'air profondément abattu, Dylan s'empara de la clé.

— Eh bien quoi ? demanda Miss Hudson. Ça ne te convient pas ? Ne rien faire, c'est pourtant ton activité favorite, non ? Moi, pendant ce temps-là, j'aurai la paix, et je pourrai me consacrer aux élèves qui s'intéressent réellement à la musique.

Dylan demeura silencieux. En vérité, il commençait à se lasser des après-midi passés dans sa chambre à fumer en regardant le plafond. L'idée de se retrouver seul pendant des heures dans un local confiné le déprimait au plus haut point, et il déplorait que Miss Hudson ait une aussi piètre opinion de lui.

— Allez, débarrasse-moi le plancher, dit-elle, l'invitant d'un geste à quitter le bureau.

Il longea le couloir desservant les studios de répétition et entra dans la salle numéro un, un espace de six mètres sur six dont les trois fenêtres étaient obstruées par des rayonnages. Lorsque Dylan actionna l'interrupteur, seuls deux des quatre néons fixés au plafond s'allumèrent. Il tira la chaise à roulettes rangée sous un bureau, renversant sur la moquette la pile de partitions et l'antique lecteur de cassettes qui y étaient posés.

Il s'assit et pensa au couteau qui se trouvait dans la poche de sa veste. Il l'avait emporté pour se protéger d'Owen et de ses complices. C'était une idée stupide. Il se promit de ne jamais en faire usage. Les risques étaient trop grands de provoquer un drame et d'atterrir en prison.

Il le sortit de sa poche, le déplia et étudia son reflet déformé par la courbe de la lame. Et si Owen revenait à l'assaut ? Dylan se remémora ses derniers mots : *Je te souhaite une vie bien pourrie, sale loser.* S'agissait-il vraiment de paroles d'adieu ?

Dylan replia le canif puis le jeta à l'autre bout du studio. L'arme heurta le montant d'une étagère métallique avant de disparaître dans un fatras de boîtes en carton et de pupitres déglingués.

Il essaya de tuer le temps en écoutant de la musique sur son iPhone, mais il n'avait pas la tête à ça. Si seulement il avait apporté ses cahiers, il aurait pu faire ses devoirs en avance. Hélas, il était condamné à faire avec les moyens du bord. En désespoir de cause, il se décida à explorer le bric-à-brac entassé sur les étagères.

Il dénicha un carton rempli de justaucorps, un sac de composants électroniques, plusieurs recueils de musique ancienne, des bongos auxquels manquaient les peaux, une caisse de tambour où étaient rangés des objets hétéroclites puis, dans une zone poussiéreuse et difficilement accessible, deux toques de forme carrée dont l'usage était tombé en désuétude une trentaine d'années plus tôt.

Puis il trouva une boîte à chaussures contenant des photos. La plupart avaient été prises lors d'une représentation de la comédie musicale *Cats* donnée par les filles de Rustigan, un pensionnat situé à proximité de Yellowcote. Dylan les trouvait très sexy, avec leurs justaucorps satinés et leurs joues ornées de moustaches de chat tracées au crayon. Au dos d'un cliché, il découvrit la date du spectacle : 1986. Ces adolescentes devaient avoir des enfants plus âgés que lui.

Au fond de la boîte, il trouva des coupures de journaux et un exemplaire de la revue interne de Rustigan. L'une des filles aperçues sur les photographies figurait en couverture. Sous son portrait, une légende funeste : *Louise McFarland (1970-1990) nous a quittés après deux ans de lutte contre le cancer.*

Dylan sentit la tête lui tourner. Cette élève vive et jolie déguisée en chat avait rendu l'âme un quart de siècle plus tôt. Bon sang, ça, c'était vraiment triste à mourir.

21. Spectre sonore

Summer n'avait parlé à personne de la tentative de viol dont elle avait été victime. Ni à sa grand-mère, de peur que celle-ci ne se fasse un sang d'encre chaque fois qu'elle quitterait la maison, ni aux sœurs Wei, dont elle ne voulait pas susciter la pitié.

Si elle était fière d'avoir résisté à son agresseur, cet épisode l'avait ébranlée. Elle s'était réveillée en sueur au beau milieu de la nuit et avait dû inspecter le moindre recoin de sa chambre avant de pouvoir se remettre au lit.

Malgré ses craintes, elle décida de ne rien changer à ses habitudes et regagna seule l'appartement après la répétition du dimanche soir.

Le lundi matin, elle s'étonna de ne pas croiser Kevin dans les couloirs du bahut. À l'heure du déjeuner, elle alla trouver le géant qui avait mené le tabassage en règle. Ce dernier se trouvait dans le préau, en grande conversation avec trois élèves de première.

— Je peux te parler seul à seul ? demanda-t-elle.

— C'est qui cette meuf ? ricana l'un des garçons. Ne me dis pas que tu as encore engrossé une de ces...

— Ferme-la, gronda le colosse avant d'entraîner Summer à l'écart. Désolé, ce sont des abrutis.

— C'est quoi ton prénom, au fait ?

— Joe. Tu as un problème ?

— Kevin n'est pas en classe aujourd'hui. Il ne lui est rien arrivé ?

— Son père est dans l'armée, expliqua Joe. Hier, il est revenu de l'étranger avec son régiment. Je suppose qu'ils ont dû fêter ça en famille, et qu'il a eu une panne de réveil.

— OK, je suis soulagée, sourit Summer. Je m'inquiétais pour lui, vu ce qui s'est passé vendredi. Personne n'a été interrogé par la police ?

Joe secoua la tête.

— Le pervers s'est barré, et on s'est fait la malle. Pourquoi les flics se fatigueraient-ils à enquêter ? Au pire, le médiateur de la police nous fera la morale la prochaine fois qu'il se pointera dans la cité.

— Je suis quand même un peu inquiète de savoir que ce tordu est toujours en liberté.

— Après la raclée qu'il s'est prise, je pense qu'il n'est pas près de remettre les pieds sur notre territoire. Les copains et moi, on est toujours dans le coin.

Tu n'as qu'à nous passer un coup de fil quand tu dois rentrer tard, et on t'escortera jusqu'à chez toi.

— Merci, c'est très gentil, dit Summer, éperdue de gratitude, en sortant un stylo et un cahier de son sac à dos.

Joe prit appui sur un muret pour y inscrire son numéro de portable. Ses camarades, qui observaient la scène à quelque distance, crurent qu'il était en train de fixer un rendez-vous amoureux.

— Eh, machine ! cria l'un d'eux. Ne t'approche pas de cet abruti. Il a des morpions.

— Et un paquet de maladies honteuses, ricana le garçon qui se tenait à ses côtés.

Joe se précipita sur lui et lui flanqua une gifle sonore. Sa victime encaissa le coup, puis se mit en garde, comme si elle voulait engager le combat.

— Essaye seulement de me toucher, pour voir, lança Joe.

Summer était partagée : d'une part, elle était choquée par le comportement violent de son ange gardien ; de l'autre, elle était soulagée de l'avoir à ses côtés.

⁘

Entendant la porte du studio s'ouvrir, Dylan sursauta et renversa la boîte de photos. Il fit volte-face, convaincu qu'Owen était venu lui régler définitivement son compte, et découvrit Leo Canterbury, un élève de seconde aux cheveux blonds et à la silhouette un peu lourde. La plupart des résidents de Yellowcote le prenaient à tort pour un imbécile à cause de son embonpoint et de sa diction traînante. Pourtant, comme tous les garçons du pensionnat, il avait réussi l'examen d'entrée de l'établissement, une batterie de tests et d'exercices plutôt exigeants.

— Salut Dylan, lança-t-il en découvrant son camarade planté au milieu d'un océan d'objets hétéroclites. Alors, c'est vrai ce qu'on dit à propos d'Owen ? Il paraît que tu lui as…

Dylan ne le laissa pas achever sa phrase.

— Ouais, dit-il. Je me suis un peu énervé.

— Tant mieux. On va enfin être débarrassés de ce salaud.

— Tant qu'il n'est pas parti, je ne serai pas tranquille.

— T'inquiète, il a déjà trouvé un autre bahut. Ça n'a pas été difficile, avec ses vingt sélections en équipe d'Écosse des moins de seize ans. Son père s'est copieusement engueulé avec Sir Donaldson. Il n'est revenu ici que pour récupérer ses affaires.

Dylan écarquilla les yeux.

— Tu en es sûr ?

Leo hocha la tête.

— Sûr et certain. Quand je suis monté chercher ma guitare, il faisait ses adieux à ses potes dans le couloir. Sans blague, tu as fait du bon boulot.

— Toi aussi, il t'a pourri la vie ?

— Tu parles. Toujours sur mon dos, à me coller des baffes ou à me traiter de gros lard, de ballon dirigeable, de porc, de Dumbo, j'en passe et des meilleures. Crois-moi, tu n'es pas le seul à te réjouir de son départ. Au fait, qu'est-ce que tu fiches ici ?

— Je suis censé travailler mon trombone, mentit Dylan. Je cherchais un pupitre mais on dirait qu'ils sont tous cassés.

— Et moi, je cherche un câble XLR, dit Leo en balayant la pièce du regard. Selon Miss Hudson, il y en a une boîte par ici.

— Reste à savoir où, sourit Dylan. Je vais t'aider à chercher.

Les garçons se mirent aussitôt à l'ouvrage. Dylan dénicha un carton plein de câbles près de la porte mais, vérification faite, il s'agissait de cordons d'alimentation et de connectique informatique. Une dizaine de minutes s'écoulèrent avant que Leo n'exprime son découragement.

— Je ne trouve que des câbles RCA. Selon moi, un câble est un câble. Pourquoi Max insiste-t-il pour que je lui ramène un XLR ?

— Le XLR transmet un signal symétrique, soit deux câbles en parallèle, expliqua Dylan. C'est l'idéal pour supprimer les bruits parasites et les interférences.

Leo se frotta pensivement le menton puis il hocha la tête.

— OK, si tu le dis.

— Pourquoi as-tu besoin de ce câble ?

— Pour enregistrer une maquette, avec mon groupe.

— Ton groupe ?

— Ouais, Pandas of Doom.

— Quel style ?

— Du rock, dit Leo, mais pas grand public. Plutôt rétro, punk ou low-fi. Oh, mais j'imagine que tu n'as aucune idée de ce dont je parle, n'est-ce pas ?

Dylan lui adressa un sourire satisfait.

— Genre White Stripes, Velvet Underground, Iggy and the Stooges ?

— Exactement, s'esclaffa Leo. Comment tu connais ces groupes ?

— J'ai grandi avec, répondit Dylan. Ma belle-mère ne jure que par ces vieilleries.

— On a essayé d'enregistrer *Psycho Killer* des Talking Heads, mais les guitares sonnent comme du carton. Max a beau modifier la position des micros, c'est comme si la batterie bouffait tout le reste.

— Logique. Dans une pièce aussi petite, une batterie occupe tout le spectre sonore. Même pour une simple démo, vous devez enregistrer chaque instrument séparément, puis mixer les pistes. Comme ça, vous pourrez contrôler le volume de chaque instrument, ajouter des effets, de l'écho ou de la reverb sur la voix, doubler les guitares, changer la tonalité… Bref, tu peux tout modifier.

— En fait on n'y connaît rien, soupira Leo. Max se la joue pro, mais on a fait une vingtaine de prises, et le résultat fait pitié.

Dylan vit alors une opportunité de fuir la remise où il était assigné.

— Je ne suis pas un ingénieur du son professionnel, mais j'ai déjà enregistré quelques maquettes. Je peux peut-être vous filer un coup de main.

22. Marcher sur l'eau

Aux yeux de Dylan, les Pandas of Doom formaient un curieux assemblage. Le leader autoproclamé du groupe était un garçon filiforme aux cheveux longs prénommé Max. Membre de l'équipe de cross-country, il portait un T-shirt rétro orné des trois bandes Adidas et de taches de crème anglaise, et un pantalon s'arrêtant au-dessus des chevilles.

Eve, la sœur jumelle de Max, complétait le trio. Plus massive que son frère, elle portait l'uniforme de Rustigan, bas gris, jupe plissée et chemise rose pâle. Assise derrière la batterie, elle ne quittait pas ses baguettes des yeux, comme si l'apparition de Dylan l'avait pétrifiée.

— Comme se fait-il que tu en saches autant sur les techniques d'enregistrement ? demanda Max sur un ton cassant.

À l'évidence, il n'aimait pas beaucoup la concurrence et redoutait que Dylan ne sape son autorité.

Ce dernier, qui n'avait aucune intention de se lancer dans une bataille d'ego, posa une main sur la poignée de la porte.

— OK, si tu ne veux pas de moi, je me tire, dit-il.

Leo le retint par le bras.

— Ne fais pas attention à son attitude. Max ne maîtrise pas encore toutes les subtilités de la vie en société.

— Eh bien, mon père travaillait dans l'industrie musicale, alors j'ai passé une partie de mon enfance dans des studios d'enregistrement. J'ai mixé quelques morceaux, pour des spectacles scolaires, et j'ai même mis en boîte plusieurs de mes compos, pendant les vacances d'été.

— Tu joues de quel instrument ? demanda Leo.

— Un peu de tout, mais surtout du piano. Pour mes maquettes, j'ai utilisé une boîte à rythmes, mais j'ai interprété les parties de claviers, de basse et de guitare.

Max afficha un air suspicieux.

— Rien que ça, vraiment ? Et à Yellowcote ?

— J'ai joué du trombone dans l'orchestre mais je me suis fait virer par Miss Hudson pour motif disciplinaire.

— Du trombone ! ricana Max. Tu peux également marcher sur l'eau, j'imagine ?

— Max, arrête ton cirque, grogna Leo. On essaye d'enregistrer cette maquette depuis jeudi, et on n'a pas une seule prise potable.

— Ma politique, c'est de faire en sorte qu'on me foute la paix, expliqua Dylan. J'ai rejoint l'orchestre pour échapper à l'équipe de rugby, et j'ai choisi le trombone parce que les parties sont super simples. Si j'avais choisi le piano, j'aurais eu cinquante pages de partitions à me rentrer dans le crâne avant chaque concert.

— OK, j'ai pigé, tu es un feignant, lança Max sur un ton accusateur.

De nouveau, Dylan se tourna vers la porte.

— Bon, à la prochaine, les mecs.

Cette fois, Leo n'essaya pas de l'en empêcher, mais Eve bondit de son tabouret de batterie.

— Max, cria-t-elle, tu pourrais arrêter de saboter toutes nos opportunités, avec ton caractère à la con ? Dylan nous propose un coup de main. Tu peux me dire ce qu'on a à perdre ?

Frappé par la vigueur de cette intervention, Dylan pivota sur ses talons. Eve s'était déjà rassise, comme si rien ne s'était produit.

Max haussa les épaules et afficha une mine boudeuse.

— OK, comme vous voudrez.

Dylan, qui adorait manipuler le matériel d'enregistrement, était plus enthousiaste qu'il ne le laissait paraître. Histoire de marquer les esprits, il se planta nonchalamment devant le piano d'étude et joua les premières notes de *The Entertainer* de Scott Joplin.

— Pas mal ! gloussa Leo tandis que Max leur tournait carrément le dos.

Une console numérique seize pistes était installée près de la fenêtre. Avec ses rangées de boutons, ses faders, ses potentiomètres, ses molettes et son écran LCD quatre pouces, l'appareil avait de quoi impressionner. Par chance, Dylan avait utilisé un équipement identique pour enregistrer et mixer quelques effets audio pour le spectacle de Noël des élèves de primaire.

Sans l'ombre d'une hésitation, il remit les faders à zéro et créa un nouveau projet sur le disque dur de la console. L'opération achevée, il considéra le micro placé devant la batterie.

— Si vous utilisez un seul micro, il faut le placer en hauteur pour capturer l'ensemble des éléments. Mais on va en utiliser deux. Un enregistrement en stéréo donne plus de relief.

— Plusieurs micros ? s'étonna Leo.

Dylan sourit. À l'évidence, malgré son attitude arrogante, Max s'était escrimé sur la table de mixage pendant des heures sans connaître les principes les plus élémentaires de la prise de son, des informations que chacun pouvait trouver en quelques minutes sur Google.

— Dans un vrai studio, il y aurait deux micros dynamiques pour l'ensemble, et un micro statique par élément de batterie, expliqua Dylan. Il y en aurait huit à dix au total. Mais on va se contenter de ce qu'on a.

— Et pourquoi ne pas utiliser des micros statiques ? intervint Max.

— Pardonne-moi si je me trompe, mais tu ignorais leur existence il y a deux secondes, et voilà que tu me donnes des conseils techniques. En réalité, un ingénieur du son professionnel passerait une demi-journée à accorder et à sonoriser cette batterie. Le truc, c'est que vous enregistrez une maquette, pas le nouvel album de Radiohead. On va faire simple, et avec un peu de chance, on devrait avoir mis en boîte deux ou trois morceaux potables avant le dîner.

— Super, je vais aller chercher un autre micro dans la remise, dit Leo en quittant le studio.

— Faites comme vous le sentez, grogna Max en croisant les bras.

Une dizaine de minutes plus tard, Leo acheva l'installation du matériel. À cet instant, Miss Hudson passa brièvement la tête dans l'entrebâillement de la porte. Dylan redoutait qu'elle ne le renvoie illico en salle numéro un, mais elle se contenta de lui adresser un sourire entendu, signe qu'elle était satisfaite qu'il ait trouvé un moyen de se rendre utile.

Dylan se posta derrière la console et s'adressa à Eve.

— Fais tourner le motif principal, pour que je règle le niveau d'entrée.

Il pressa le bouton *record* de la première tranche et hocha la tête avec un air satisfait.

La chanson *Psycho Killer* s'ouvrait sur une ligne de basse extrêmement sommaire, à laquelle venaient successivement se joindre la batterie et une guitare légèrement saturée. Pour l'aider à garder le tempo, Eve, casque sur les oreilles, se fia à l'enregistrement réalisé le matin même. Les yeux fermés, elle marqua les temps à la grosse caisse tout au long de l'introduction.

Elle arbora l'air grave et fragile d'une harpiste d'orchestre philharmonique puis, le moment étant venu d'introduire cymbales et caisse claire, elle serra les mâchoires et se mit à secouer la tête en cadence.

Dylan était plutôt satisfait. À en juger par les vumètres de la console, les niveaux d'entrée étaient corrects et le jeu parfaitement en place.

— Eh, c'était pas mal du tout ! s'exclama-t-il lorsque les cinq minutes du morceau se furent écoulées.

Il enregistra la prise sous le libellé *batterie 1*, bascula sur la sono puis enfonça la touche *play* afin que chacun puisse entendre le résultat.

— On va doubler ou tripler l'enregistrement, histoire de pouvoir choisir le meilleur. Ensuite, on déplacera les micros pour prendre la guitare et la basse.

23. Trahison

Après les cours, Jay et Adam attendirent Babatunde devant le portail de Carleton Road.

— Alors, comment ça s'est passé avec tes copains ? demanda Adam.

— L'horreur, répondit Jay en composant un SMS adressé à sa cousine Erin. Tristan refuse de m'adresser la parole. En gym, il a piqué sa crise quand Salman m'a choisi pour un exercice.

— Il t'a choisi ? C'est cool, il te reste un ami.

— Tu parles. Comme il en avait marre d'être pris entre deux feux, il s'est mis avec une fille. Du coup, Tristan s'est retrouvé avec Peter Frink, le type tout maigre qui pue la sueur à dix mètres. Tu aurais dû voir sa tête...

— Au fait, Erin ne s'est toujours pas décidée ? demanda Adam.

— Non, pas de nouvelles. Je viens de la relancer par SMS.

À cet instant, le portable de Jay se mit à sonner. Sur l'écran, il découvrit une photo d'Erin faisant la grimace, les lèvres gonflées par un quartier d'orange.

— Quand on parle du loup, dit-il.

Il porta l'appareil à son oreille.

— Ah, tu tombes bien. On est devant Carleton Road, Adam et moi. On attend Babatunde.

— Désolée cousin, mais je ne jouerai pas dans votre groupe, annonça Erin.

Puis, au second plan, un garçon lança :

— Dis à Jay que je l'emmerde !

L'intéressé faillit en lâcher son téléphone.

— Erin, tu es avec Tristan ?

— Ouais. Comme tu sais, Brontobyte cherchait quelqu'un pour remplacer son guitariste.

— Tu as pris ma place ? s'étrangla Jay. Et l'esprit de famille, qu'est-ce que tu en fais ?

Adam n'en croyait pas ses oreilles.

— Elle a rejoint Brontobyte ?

— Désolée, les gars, dit Erin. Tu avais raison, c'est cool de jouer dans un groupe. Le truc, c'est que je ne veux pas chanter. Alors j'ai choisi la proposition de Tristan.

Sidéré, Jay entendit Tristan brailler :

— T'as même pas de chanteur, connard de branleur de merde !

— Erin, comment ce type peut-il te plaire ? soupira Jay. Je sais que tu le trouves canon, mais c'est un fils à papa qui croit que tout lui est dû. Il ne s'intéresse qu'à lui-même.

— Ah bon ? Et s'il est aussi horrible que ça, pourquoi tu le considérais encore comme ton meilleur ami il y a trois jours ?

L'argument d'Erin était imparable.

— OK, laisse tomber, amuse-toi bien, lâcha Jay avant de mettre un terme à la communication.

Il se tourna vers Adam et secoua la tête avec consternation.

— Alors là, je suis scié, dit-il.

— On aurait dû s'en douter. On sait bien qu'Erin a toujours craqué pour Tristan.

— Tais-toi, par pitié. S'ils sortent ensemble, je crois que je vais faire une dépression. Et qu'est-ce qu'on va faire sans chanteur ?

— Tiens, voilà notre batteur, dit Adam.

Babatunde franchit le portail de Carleton Road. Surprise, il était accompagné de Theo.

Theo ressemblait beaucoup à Adam, avec dix centimètres de plus et les cheveux bruns indomptables de Jay. Il cultivait un look de mauvais garçon sexy : quatre boucles d'oreilles, iroquoise courte et scorpion tatoué sur la nuque. Son uniforme était froissé, sa cravate défaite et les pans de sa chemise pendaient librement hors de sa ceinture.

— Je ne savais pas que tu avais un autre frère, dit Babatunde. Du coup, j'ai pris Theo pour Adam.

— Il est venu me trouver et il a commencé à me parler musique, comme si on se connaissait depuis toujours, sourit Theo. Maintenant, ce que j'aimerais savoir, c'est pourquoi personne ne m'a parlé de ce nouveau groupe.

— Qu'est-ce que ça peut te foutre ? demanda Adam. Tu n'as pas joué une note de musique depuis l'école primaire.

— On monte un projet sérieux, ajouta Jay. C'est pour ça que j'ai quitté Brontobyte.

Adam plaça une main sur sa bouche et simula une quinte de toux.

— Virer, il s'est fait virer, murmura-t-il.

— Moi aussi, je peux être sérieux, quand je veux, dit Theo. Vous vous souvenez, la dernière fois, quand le juge m'a qualifié d'*honorable concitoyen* ?

— Je crois que c'était de l'ironie, fit observer Adam. La vérité, c'est que tu es complètement cinglé.

— Moi aussi, je t'aime, s'esclaffa Theo. Tu sais que tu dois être le seul à pouvoir me parler sur ce ton sans que je lui éclate la tête contre un mur ?

Jay se tourna vers Babatunde.

— On a un problème. Notre chanteuse nous a plantés.

— On finira bien par trouver quelqu'un, dit Adam.

— Eh, mais je suis un super chanteur ! s'exclama Theo avant de brailler une série de vocalises, révélant une voix rauque mais à l'ample tessiture.

— J'ai entendu pire, sourit Babatunde. Tu pourrais faire un essai.

Mais Jay et Adam ne partageaient pas cet enthousiasme. Theo était un délinquant récidiviste, un individu incontrôlable qui collectionnait frasques et délits. Il ne pouvait pas faire partie de leur ambitieux projet.

— Super, dit Theo. Si vous pensez que je ne fais pas l'affaire, je n'insisterai pas, et vous pourrez prendre quelqu'un d'autre.

— Tu veux dire qu'on sera libres de choisir une fois que tu auras piqué ta crise, saccagé le studio de répétition et distribué quelques baffes ? ironisa Jay.

Compte tenu de la personnalité pour le moins explosive de Theo, il avait conscience d'être allé beaucoup trop loin.

— Pardon ? gronda ce dernier en portant une main en coupe à son oreille. J'ai dû mal entendre.

— Ça va, Theo, intervint Adam. Avoue que tu te comportes de façon un peu bizarre, de temps en temps.

Babatunde, quant à lui, n'appréciait pas le tour que prenait la conversation.

— J'ai joué dans trois groupes avant d'atterrir dans ce lycée, dit-il. La mayonnaise ne prend pas toujours.

Je ne sens pas trop d'alchimie entre vous, les mecs. Il vaut sans doute mieux qu'on en reste là.

Theo joignit les paumes et posa un genou à terre.

— OK, je promets solennellement de vous traiter avec tout le respect que vous méritez. Sauf si vous fumez mon herbe ou si vous vous tapez ma copine, auquel cas je me réserve le droit de vous écraser comme des cafards.

— OK, on va te donner ta chance, lâcha Jay.

— T'inquiète, frérot. Maman me foutrait à la porte si je touchais à un cheveu de ta tête.

Babatunde claqua dans ses mains.

— Très bien, affaire réglée. Alors, les filles, vous allez me forcer à vous écouter vous prendre le bec pendant une heure ou vais-je enfin pouvoir me défouler sur une batterie ?

— Je suis garé ici, dit Theo en désignant le parking.

— Garé ? s'étrangla Jay. Tu… tu as une voiture ?

— Ouais, j'ai une voiture. Tu sais, un truc en ferraille, avec quatre roues, des portières et un volant.

— Le seul hic, c'est que tu n'as pas encore dix-sept ans, que tu n'as ni le permis, ni de quoi payer l'assurance, et que tu es en liberté conditionnelle.

— Jay, sourit Theo, tu commences à nous les briser avec ces mesquineries réglementaires. Si tu ne veux pas monter dans ma caisse, tu n'as qu'à prendre le bus.

24. Comme des poignards

Les Pandas of Doom eurent le temps d'enregistrer deux chansons avant qu'Eve ne regagne Rustigan pour son entraînement de hockey. Lorsque la cloche annonça l'heure du dîner, Dylan avait réalisé deux mix provisoires tout à fait convenables. Le premier morceau était la reprise de *Psycho Killer*, la seconde une composition originale signée Max et Eve intitulée *Time for Bed* sur laquelle Dylan avait posé quelques arrangements aux claviers.

Dylan prenait son repas à sa table habituelle, près de la fenêtre. Assis devant lui, Leo et Max se partageaient les écouteurs d'un iPhone.

— C'est un peu plat, dit Max.

Il s'était exprimé sur un ton aussi désagréable que possible, mais le discret sourire qui flottait sur ses lèvres trahissait le fond de sa pensée. Leo, lui, ne manifestait aucune réserve. Radieux, il secouait la tête en cadence tout en piochant dans une montagne de pommes de terre à la crème.

— Tu as fait du bon boulot, Dylan, dit-il. Sans tes arrangements, *Time for Bed* sonnerait horriblement creux.

— Je ne suis pas convaincu, lâcha Max. C'est un peu trop sophistiqué. Et comment fera-t-on sur scène, sans claviériste ?

— Je sais où en trouver un, dit Leo en hochant la tête en direction de Dylan.

— Jouer dans un groupe est un engagement sérieux. Et l'engagement, ça n'a pas vraiment l'air d'être son truc.

Dylan haussa les épaules. Pendant la réalisation du mixage, il s'était surpris à aimer le son et la compo du groupe. En vérité, il brûlait de rejoindre Pandas of Doom et d'y apporter sa touche, mais le comportement de Max l'incitait à tempérer son enthousiasme.

— C'était chouette, cet après-midi, lâcha-t-il sobrement, ignorant la remarque de son rival. Vous aimez Black Flag ?

Leo hocha la tête.

— *Damaged* est un super album.

— Cent pour cent d'accord, approuva Dylan. Et toi, Max ?

Ce dernier préféra changer de sujet plutôt que d'admettre qu'il n'avait jamais entendu parler de ce groupe.

— Ouais, on aurait peut-être besoin d'un claviériste. Ça donnerait plus d'ampleur à notre son.

— Cool, se réjouit Leo. Qu'est-ce que tu en dis, Dylan ?

— Pourquoi pas. On pourrait se faire une répète, pour voir comment ça tourne. Et Eve, vous pensez qu'elle sera d'accord ?

— Je crois qu'elle t'aime bien, sourit Leo. Elle n'est pas très causante, mais elle sait se faire comprendre quand la tête de quelqu'un ne lui revient pas.

— Je lui ai envoyé les MP3 par e-mail.

— Il faudra quand même que j'en discute avec elle, ajouta Max.

Leo se pencha au-dessus de la table et serra chaleureusement la main de Dylan.

— Bienvenue chez les Pandas of Doom, mec !

.:.

Big Len franchit la porte du restaurant et donna un baiser à Heather. C'était l'heure creuse, entre la sortie des cours et le coup de feu de dix-neuf heures.

— Comment s'est passée ta journée ? demanda-t-elle.

Big Len brandit un sac en plastique rempli de monnaie.

— J'ai récolté soixante-deux livres au bingo, expliqua-t-il. Ces retraitées étaient surexcitées. Ça valait le coup de traverser la Tamise.

— J'aurai bientôt besoin d'un coup de main, dit Heather. Les garçons répètent à la cave.

— Oh, le nouveau groupe ? s'exclama Big Len en se précipitant vers l'escalier menant au sous-sol. Il faut absolument que j'entende ça !

Des cris et des accords de guitare résonnaient dans le local souterrain aux briques nues et au lino craquelé. June et Patsy sautèrent dans les bras de leur père. Hank, à plat ventre sous la batterie, aidait Babatunde à recouvrir la grosse caisse de papier aluminium, un procédé censé en durcir le son.

Après avoir embrassé ses filles, Big Len se présenta au nouveau batteur.

— On m'a dit que tu étais excellent, dit-il. Désolé de ne rien avoir de mieux à te proposer que ces vieux fûts.

— Tout va bien, ne vous inquiétez pas pour moi. Cette batterie a du caractère.

— Je l'ai sauvée de la décharge quand les studios Lovegroove ont fermé, il y a une bonne vingtaine d'années.

— Jay m'a dit que vous étiez musicien de studio. Vous jouez toujours ?

Big Len fit une moue embarrassée.

— Il chante dans les salles des fêtes et les maisons de retraite, gloussa Adam.

— Je n'en suis pas très fier. Je joue à ces vieux quelques chansons de leur jeunesse, je les encourage à reprendre le refrain, et quand ils sont bien chauds, je sors le matériel de bingo. Tout ça n'est pas très rock'n'roll, mais ça me rapporte de quoi faire bouillir la marmite et je ne suis pas obligé de travailler la nuit.

— Tout le monde doit gagner sa vie, sourit Babatunde en se penchant pour inspecter le travail de Hank. Bon, ça m'a l'air parfait. On reprend *Christine* ?

— Je suis impatient d'entendre ça, sourit Big Len en s'asseyant sur la première marche de l'escalier, entre Hank et Patsy, June sur les genoux.

— Ne t'attends pas à des miracles, avertit Jay. On ne joue que depuis une demi-heure, et on n'a pas encore réussi à atteindre le refrain sans se planter.

Theo s'éclaircit la gorge et relut la feuille sur laquelle étaient imprimées les paroles. Jay et Adam prirent leurs instruments. Les trois jeunes enfants s'enfoncèrent les doigts dans leurs oreilles.

— Prêts ? demanda Babatunde.

Il lança le tempo par quatre coups de baguettes, puis Big Len comprit que Jay avait fait preuve de fausse modestie. Bien sûr, la mise en place n'était pas comparable à celle d'un groupe chevronné, mais la solide rythmique imposée par Adam et Babatunde convenait à merveille aux riffs de Jay. Theo n'allait-il pas ruiner cet équilibre ?

Le prends pas mal, on va pas s'mentir,
T'as rien d'un canon mais j'ai déjà vu pire,
Christine, Christine.

À la grande surprise de Big Len, Theo était loin d'être mauvais. Certes, ça ne sonnait pas tout à fait pro, mais le rock repose en grande partie sur l'attitude et la présence scénique. Or, il crachait les mots comme des poignards. Son jeu de scène, inspiré de la boxe, avait quelque chose d'héroïque. Il semblait avoir été étudié pour mettre en valeur sa musculature. Theo incarnait le parfait *bad boy*, celui que toute adolescente rêverait d'apprivoiser.

Le groupe, qui n'avait pas encore travaillé le refrain et le final, s'interrompit à la fin du premier couplet. June et Patsy applaudirent à tout rompre. Hank glissa deux doigts dans sa bouche et produisit un sifflement strident.

— C'était très bon, annonça Big Len en se levant.

Jay était aux anges. Il tenait sa revanche sur Erin et Tristan. Tout bien pesé, en quittant Brontobyte, il avait l'impression d'avoir échangé un tricycle contre une Ferrari Testarossa.

Theo et Adam s'en tapèrent cinq.

— Quelques répétitions, et on va tout déchirer ! s'exclama ce dernier. Et Erin peut aller se faire foutre !

— Eh, surveille un peu ton langage, gronda Big Len. Il y a des gamins, ici.

Jay se tourna vers Babatunde.

— Alors, qu'est-ce que tu en dis ?

— On a besoin de travailler les détails, mais on a toutes les cartes en main.

Big Len se planta au milieu du local.

— Votre attention, les garçons. Je suis allé boire un café chez Starbucks avec mon ami Steve, tout à l'heure. Il est propriétaire du Old Beaumont, une salle de concert de Camden Lock. Quand j'ai évoqué votre groupe, il m'a parlé d'un tremplin rock réservé à des musiciens de votre âge. Ça s'appelle Rock the Lock et ça aura lieu pendant les vacances de Pâques.

Il glissa une main dans la poche de son blouson et en sortit une serviette en papier.

— Il m'a filé une adresse Internet. Je crois que vous devriez y jeter un œil.

— Rock the Lock ? dit Jay. J'en ai entendu parler. Il y a de nombreux concours dans le coin, mais il paraît que c'est le meilleur. On pourrait s'inscrire, non ?

— C'est dans trois semaines, fit observer Adam. Tu crois que ça suffira ?

— Sans problème. Les candidats ne doivent jouer que deux ou trois morceaux. On sera au point d'ici là.

Babatunde lâcha un bref roulement de caisse claire et frappa la cymbale crash.

— J'en suis, dit-il.

Theo hocha la tête en signe d'approbation.

— Pour avancer, rien de mieux que de se fixer des objectifs, renchérit Adam.

— OK, on se lance. Mais n'en parlez pas à Erin. Je n'ai aucune envie de partager la scène avec ces abrutis de Brontobyte.

Trois semaines plus tard

25. Le meilleur père de l'univers

Summer avait réglé son réveil sur sept heures du matin, mais lorsqu'il sonna, surexcitée par la perspective de sa première visite à Londres, elle avait déjà pris sa douche et s'était séché les cheveux. Elle passa une énième fois en revue les cartes d'anniversaire reçues la veille. Il y en avait huit, soit le double de l'année précédente.

— Je peux aller aux toilettes ? lança sa grand-mère Eileen depuis le couloir. Je ne voudrais pas te mettre en retard.

— Vas-y, j'ai terminé, répondit Summer en poussant la porte de la chambre. Je vais préparer tes œufs brouillés, et des sandwichs pour le déjeuner. Je ne sais pas à quelle heure je serai de retour, mais il y a des lasagnes surgelées en cas d'urgence.

— Tu ferais mieux de te couvrir, dit Eileen. Tes cheveux ne sont même pas secs. Tu vas attraper froid.

Vêtue d'une minijupe noire à sequins et d'un T-shirt frappé du logo de The Clash, Summer se tourna vers la fenêtre.

— Regarde dehors, grand-mère. Il fait un temps superbe. Et le type de la météo a dit qu'il n'y avait rien à craindre.

— Tu es ravissante, sourit Eileen.

— J'ai emprunté la robe à Lucy et j'ai cassé ma tirelire pour m'offrir ces bas. Le type les vendait quatre livres cinquante, mais j'ai marchandé si longtemps qu'il est descendu à cinquante pences.

De peur de se tacher en préparant le petit-déjeuner, elle enfila un tablier puis trottina joyeusement jusqu'à la cuisine. Elle venait de déposer une poêle sur le feu lorsqu'elle entendit la respiration sifflante de sa grand-mère, signe annonciateur d'une énième crise d'asthme.

— Tout va bien ? demanda-t-elle.

— Ne t'inquiète pas pour moi, répondit Eileen, adossée au mur, près de la télévision.

Si ses paroles se voulaient rassurantes, son souffle était court et son visage d'une pâleur effrayante.

— Viens par ici, murmura Summer en prenant sa grand-mère dans ses bras. Je vais t'aider à t'installer.

Afin d'éviter de trop longs déplacements jusqu'à la salle de bains, le fauteuil et la réserve d'oxygène étaient installés à l'entrée du salon, mais ces quatre pas leur prirent plus de trente secondes. Lorsque Eileen se fut calée entre ses coussins, Summer plaça le masque sur son visage et tourna la valve de la bouteille.

— Respire lentement, aussi profondément que possible, dit-elle.

Sa grand-mère souffrait de semblables attaques au moins une fois par mois. Il pouvait alors s'écouler plusieurs heures avant qu'elle soit capable de se déplacer sans assistance.

Eileen souleva son masque et grimaça un sourire.

— Ne t'inquiète pas, mon ange, haleta-t-elle. J'irai mieux dans un instant. Tu ferais mieux de te préparer. À quelle heure vient-on te chercher ?

— À huit heures. Mais je les ai prévenues que je ne viendrais pas si tu étais malade.

— Tu vas bien au collège quand je suis dans cet état.

— Ce n'est qu'à quelques minutes en bus. Je ne suis jamais absente plus de trois heures, entre l'appel du matin et le déjeuner. Si je vais à Londres, tu ne pourras pas aller aux toilettes ou te servir à boire avant ce soir.

— Ce n'est pas un problème. Je me débrouillerai.

Malgré elle, Summer en voulait un peu à sa grand-mère. Pourquoi fallait-il qu'elle subisse une crise ce jour-là ?

— Non, je vais appeler mes copines, dit-elle en essayant de se souvenir de l'endroit où elle avait laissé son portable.

Alors, une forte odeur de brûlé lui chatouilla les narines.

— Et merde ! rugit-elle. J'ai laissé cramer les œufs !

∴

Jay jeta un œil à l'extérieur de la couette. À deux mètres du lit superposé, Kai faisait des pompes sur la moquette.

— Qu'est-ce que tu regardes ? grogna ce dernier avant de rouler sur le dos pour débuter une séance d'abdos.

— Rien, j'essaye juste d'émerger. Je crois que c'est ton odeur qui m'a réveillé. Tu ne pourrais pas au moins te changer avant de te coucher, quand tu reviens de la salle de boxe ?

— Ferme-la et admire ce corps parfait. Tu devrais te mettre à la muscu, si tu veux avoir une chance de choper. Ça a l'air plutôt tranquille pour toi, côté meufs.

Jay se sentait blessé par ce coup bas. Il n'avait jamais embrassé une fille, alors que son frère avait déjà eu plusieurs petites copines.

Sans prévenir, leur mère poussa la porte et cria :

— Petit-déjeuner servi dans dix minutes, à la poubelle dans onze. Je vous conseille de bouger vos fesses et de descendre en vitesse.

Elle marqua une pause, agita une main devant son visage et ajouta :

— Bon sang, Kai, combien de fois t'ai-je demandé de prendre une douche ?

— Mais maman, c'est Jay qui…

— N'accuse pas ton frère. Je reconnaîtrais ton odeur à cinquante mètres.

Sur ces mots, Heather l'attrapa par l'oreille et le traîna *manu militari* jusqu'à la salle de bains.

— Et ne verrouille pas la porte ! aboya-t-elle. Il arrive que des gens aient envie d'aller aux toilettes, dans cette maison.

— Je n'ai même pas de serviette, protesta Kai.

— Tu n'as qu'à ramasser l'une de celles qui traînent par terre, répliqua Heather. Et ne fais pas le dégoûté, ça ne tromperait personne.

Un peu dans le gaz, Jay roula hors du lit puis se traîna jusqu'au couloir. Il vit sa mère entrer dans la chambre voisine. Ses manières pouvaient sembler un peu rudes, mais elle était mère de huit enfants, avait un restaurant à faire tourner et guère de temps à consacrer aux subtilités de l'éducation.

— Debout vous deux ! Petit-déjeuner servi dans dix minutes, à la poubelle dans… Adam, où est passé ton frère ?

— Theo n'est pas rentré de la nuit.

— Comment ça, *il n'est pas rentré de la nuit* ? Tu sais où il est ?

— Aucune idée. Je ne suis pas son garde du corps. Il n'est pas revenu après la boxe. Kai est mieux placé pour te répondre.

— Qu'est-ce que j'en sais, moi ? brailla ce dernier depuis la salle de bains, tandis que Hank et June galopaient en pyjama dans le couloir.

— Vous deux, je vous déconseille de descendre à la cuisine avant de vous être habillés ! tempêta Heather.

Hors d'elle, elle se tourna vers Kai.

— Et je fais quoi, moi, si le responsable de conditionnelle de Theo appelle ? Je te rappelle qu'il est censé rentrer à la maison tous les soirs à vingt et une heures.

Puis, voyant Jay avancer comme un zombie dans sa direction, elle ajouta :

— Ah, tu tombes bien, toi ! Je suis descendue à la cave pour chercher une bouteille d'huile de friture. C'est le foutoir complet : des verres, des paquets de chips, des boîtes de conserve, des jouets, des baskets. Quand vous aurez pris votre petit-déjeuner, Adam et toi me ferez le plaisir de nettoyer votre merdier.

— Mais c'est le jour du concours, fit observer Jay.

— Raison de plus. Vu que vous ne quitterez pas cette maison avant d'avoir tout rangé, je vous conseille d'accélérer la cadence.

— Bien dit, maman ! cria Kai depuis la salle de bains. C'est comme ça qu'il faut leur parler.

— Toi, je te conseille de ne pas la ramener, rugit Heather. Si tu n'es pas sous la douche dans dix secondes, je viendrai te récurer avec la brosse des toilettes !

∴

Dès que Mr Wei entendit la voix de Summer à l'autre bout du fil, il réalisa qu'elle était au bord des larmes. Il se trouvait dans une vaste cuisine équipée. À ses côtés, assise sur un tabouret de bar, Michelle se goinfrait de céréales au chocolat.

Un filet de lait coulait de son menton sur le col de sa chemise de nuit.

— Summer, essaye de te calmer, dit Mr Wei. Je suis sûr qu'on va trouver une solution.

Il plaça une main sur le micro du combiné, se tourna vers sa fille et désigna la cage d'escalier.

— Va chercher ta mère en vitesse, ordonna-t-il.

Michelle lâcha sa cuillère et grimpa au premier étage.

— Je suis désolée, gémit Summer. J'ai tellement honte. On a travaillé si dur pour ce concours. Mais je ne peux vraiment pas abandonner ma grand-mère dans cet état.

Quelques secondes plus tard, Mrs Wei déboula dans la cuisine. C'était une femme aux épaules larges, à l'air revêche et aux longs cheveux noirs tombant jusqu'aux reins.

— Ne quitte pas, dit Mr Wei.

— Navrée, mais je ne peux pas patienter. Je n'ai que soixante pences de crédit. Vous pouvez me rappeler ?

— Entendu. J'ai ton numéro. Il s'est affiché.

À l'instant où il raccrocha le combiné, Lucy, armée d'une brosse à cheveux, fit son apparition.

— La grand-mère de Summer ne se sent pas très bien, expliqua-t-il. Nous ne serons pas de retour avant vingt et une heures, et elle ne peut pas rester seule aussi longtemps.

Mrs Wei haussa les épaules.

— Et en quoi est-ce que ça me concerne ?

— Comme elle ne vit qu'à dix minutes d'ici, je me disais que tu pourrais passer la voir de temps en temps.

— Pas question que je mette les pieds dans cette cité, répondit Mrs Wei.

— Maman ! protesta Lucy. On ne peut pas jouer sans Summer.

— Ouais, tu pourrais faire un effort, ajouta Michelle. La vérité, c'est que tu as toujours détesté notre musique.

— Ça, je ne peux pas dire le contraire, soupira Mrs Wei. De mon point de vue, ce n'est que du bruit. Si vous étiez capables de jouer quelque chose qui tienne debout, je vous aiderais volontiers. N'est-ce pas moi qui vous ai payé ces leçons de violon et de piano ?

Lucy la fusilla du regard. Elle ouvrit le réfrigérateur, se saisit d'une bouteille de jus d'orange et en but deux longues gorgées au goulot.

— Je vois, grogna-t-elle. Deux Chinoises en robe à fleurs jouant du classique. Tu n'as pas mieux, comme stéréotype ?

— Ce serait toujours mieux que de passer des heures dans un sous-sol pour produire ces sons affreux. Et je ne parle même pas de ces garçons qui défilent les soirs de week-end.

— Sans blague, maman, de quel siècle tu débarques ? gronda Lucy, exaspérée.

Mrs Wei se tourna vers son mari.

— J'ai des cours à préparer et des copies à corriger. Si j'avais voulu devenir infirmière, j'aurais suivi des études en conséquence.

— Tu n'as jamais pensé à t'étouffer dans ton sommeil, maman ? cria Michelle.

Mrs Wei lui adressa un regard vide.

— Réglez la question avec votre père. Après tout, c'est lui qui vous a autorisées à monter un groupe de rock.

Tandis que son épouse quittait la pièce, Mr Wei décrocha le combiné et composa le numéro de Summer.

— Alors, comment se porte ta grand-mère ?

— Elle a repris des couleurs, et elle dit qu'elle se sent mieux, mais je ne peux pas la laisser seule pendant douze heures.

— Je comprends. Mais je me dis que si je venais la chercher, elle pourrait passer la journée au bureau. Il y a des toilettes pour handicapés, des DVD et une cantine qui sert une nourriture délicieuse. Qu'est-ce que tu en dis ?

— Pourquoi pas ? L'ascenseur a été réparé et il y a une bouteille d'oxygène pleine dans l'entrée. Oui, je crois que ça devrait aller.

— Parfait, conclut Mr Wei en levant le pouce à l'adresse de ses filles. Je saute dans la voiture dans une minute. Je t'aiderai à descendre ta grand-mère et son matériel. La mère de Coco sera devant chez toi à huit heures, comme prévu, pour vous conduire à Londres avec le matériel et les instruments.

— Je ne saurai jamais comment vous remercier, dit Summer d'une voix étranglée par l'émotion.

— Ne t'inquiète pas pour ça. C'est un plaisir de vous rendre ce service.

Sur ces mots, Mr Wei mit un terme à la communication. Ses filles, le prenant en tenaille, criblèrent ses joues de baisers.

— Le meilleur père de l'univers ! s'exclama Michelle.

26. Char d'assaut

À l'instant où Jay sortit de la cuisine, un caleçon sale fendit les airs, le frappa en plein visage et termina sa course dans l'assiette où se trouvait son sandwich à l'œuf et au bacon. Il leva les yeux et découvrit Kai dans l'escalier, prêt à lui lancer une paire de chaussettes roulée en boule.

— Espèce d'abruti, tu as foutu en l'air mon petit-déjeuner ! hurla Jay avant de jeter le sandwich en direction de son frère.

Le projectile atteignit Kai à hauteur de la cuisse et laissa une traînée de ketchup sur son jean propre.

— Maman, ils recommencent à se battre ! lança Patsy.

Kai dévala les marches, attrapa Jay par le cou et le jeta sur la moquette.

— Lâche-moi ! cria Jay en essayant de tordre les doigts de son frère en arrière.

Son adversaire le retourna sur le ventre, planta un genou dans son dos et lui infligea une douloureuse clé de bras. Alerté par ce tapage, Adam franchit la porte du salon, gifla sèchement Kai, l'attrapa par les épaules et le traîna en arrière.

— Si tu as tellement envie de te battre, choisis un adversaire à ta mesure.

Kai n'était pas du genre à baisser les armes, fût-ce devant un ennemi plus grand et plus fort. Il parvint à se dégager et à frapper Adam à la tempe. Ce dernier était plus âgé de deux ans, mais il ne pratiquait pas la boxe. Il commença à se demander s'il n'avait pas présumé de ses capacités quand son frère, d'une volée de coups, le contraignit à reculer vers l'escalier qui descendait au restaurant.

Jay se redressa, prit son élan et porta à Kai un formidable coup de pied entre les omoplates. Tout air chassé instantanément de ses poumons, sa victime s'effondra sur le sol. Il s'apprêtait à profiter de cette position de faiblesse lorsqu'une énorme main se referma sur le col de sa chemise et le poussa sans ménagement vers la cuisine.

— Arrêtez ça immédiatement, gronda Big Len. Bon sang, vous n'êtes pas un peu trop vieux pour ces conneries ?

Des pas se firent entendre au deuxième étage, puis la voix de Heather résonna dans la cage d'escalier.

— Est-ce que je pourrai un jour rester aux toilettes deux minutes sans que vous ne commenciez à vous entre-tuer ? hurla-t-elle en dévalant les marches.

Adam, le premier qui se trouvait sur son chemin, reçut une claque à l'arrière du crâne.

— Non mais regardez-moi ce foutoir ! Il y a de la bouffe plein la moquette. Et ces vêtements tachés, c'est moi qui vais les laver, bien entendu. Si vous ne pouvez pas vous sentir, vous ne pourriez pas simplement vous ignorer ?

Étendu sur le sol du couloir, Kai, une main sur la poitrine, semblait éprouver des difficultés à reprendre son souffle.

— Adam, tu es plus grand que lui, tempêta Heather. Tu n'as pas appris à mesurer ta force ?

— C'était un accident. Il s'est jeté sur mon genou.

Jay se refusait à laisser Adam endosser la responsabilité de la bagarre.

— C'est lui qui a commencé, comme d'habitude, dit Jay en pointant un doigt vers Kai.

— Tu m'as jeté ton sandwich à la figure, plaida ce dernier. Tu as flippé à cause d'un caleçon, mec. Un simple bout de tissu. Tu es une vraie gonzesse.

Jay se précipita vers Kai, mais Big Len le retint par le bras.

— Je ne veux pas de tes foutus caleçons dans ma bouffe ! cria-t-il. Putain, j'en ai tellement marre que tu me pourrisses la vie ! Je te déteste !

Heather ferma les yeux, secoua violemment la tête puis se tourna vers Big Len.

— Je ne me sens plus capable de supporter ça tous les matins, dit-elle. Je suis à bout de nerfs.

Sur ces mots, au bord des larmes, elle remonta à l'étage.

Big Len, l'air profondément contrarié, aida Kai à se relever.

— Je vous félicite, les mecs, dit-il. Votre mère bosse sept jours par semaine tout en s'occupant de ses huit mômes, et vous, les plus grands, non seulement vous ne levez jamais le petit doigt pour lui filer un coup de main, mais vous faites tout ce qui est en votre pouvoir pour lui pourrir la vie.

— Je vais nettoyer ce bordel, dit Jay. Et remplir le lave-vaisselle.

— Excellente initiative. Adam, assure-toi que les petits sont correctement habillés et qu'ils terminent leur petit-déjeuner. Kai, va ranger la cave.

Contrairement à ses frères, l'intéressé n'éprouvait aucune culpabilité.

— Eh, mais je n'ai encore rien mangé ! protesta-t-il.

— Parfait. Ça te fera les pieds. Quand on passe son temps à foutre la merde, il faut en assumer les conséquences.

— Tu n'es pas mon père, cracha Kai. Je n'ai pas à t'obéir.

Big Len haussait rarement le ton, mais sa patience avait des limites. Il attrapa son beau-fils sous les bras et le souleva à une dizaine de centimètres du sol.

— Ton père ? Je le connaissais bien, tu sais. S'il te voyait traiter ta mère de cette façon, je te garantis que tu te réveillerais à l'hosto.

Sur ces mots, il libéra Kai, qui disparut au sous-sol sans dire un mot. Jay ramassa les morceaux d'œuf, de pain et de bacon éparpillés dans l'escalier puis les jeta dans la poubelle de la cuisine. Derrière le bar, Big Len était en train de lui préparer un autre sandwich.

— Et voilà, dit-il sur un ton paternel. J'y ai mis ce que j'ai trouvé dans le frigo, vu que tu as jeté le dernier œuf sur ton frère.

Jay lui adressa un sourire reconnaissant puis souleva la tranche supérieure du sandwich pour y ajouter du ketchup.

— Tu sais, je suis désolé pour ce qui s'est passé. Mais Kai n'arrête pas de me chercher, et vu qu'on partage la même chambre, je ne peux pas lui échapper.

Big Len but une gorgée de café et hocha lentement la tête.

— C'est un sale petit con, je ne peux pas dire le contraire.

— Et maman est aveugle. C'est lui qui me pousse à bout, mais elle nous engueule tous les deux. Franchement, ce mec est taillé comme un char d'assaut. Il faudrait que je sois complètement débile pour aller le provoquer.

— Ta mère sait bien que Kai est un crétin, sourit Big Len. Mais elle vous aime tous autant, c'est plus fort qu'elle.

— J'irais m'installer à la cave, si elle n'était pas aussi humide.

Un coup de klaxon retentit dans l'allée qui desservait le pub et le restaurant. En jetant un coup œil par la fenêtre, Jay y découvrit l'imposante Porsche Cayenne de Mrs Jopling. Tristan et Alfie étaient assis sur la banquette arrière. Derrière la vitre du hayon, on apercevait des instruments et des éléments de batterie.

— On dirait que quelqu'un a ébruité notre petit secret, sourit Big Len en regardant Erin, T-shirt moulant et leggings vert foncé courir vers le véhicule, un étui de guitare à la main.

— Bonne chance ! cria la tante Rachel depuis la porte donnant sur la cuisine du White Horse.

Jay ouvrit la fenêtre et lança :

— Vous allez où, les losers ?

Tout sourire, Erin lui adressa un doigt d'honneur.

— Au même endroit que vous, bande de nazes, dit-elle.

— Mais qui vous a mis au courant ?

— Je crois que tes sœurs sont encore trop jeunes pour tenir leur langue.

Sur ces mots, laissant le siège passager inoccupé, elle s'installa à l'arrière de la Porsche et se blottit contre Tristan. Aux yeux de Jay, cette scène, plus encore que la nouvelle de la participation de Brontobyte à Rock the Lock, était extrêmement déprimante. Il ferma la fenêtre et s'adressa à son beau-père.

— Je ne suis pas inquiet. Si on ne parvient pas à battre un groupe qui s'est choisi ce gros de nul de Tristan pour batteur, on ferait mieux de cramer nos instruments.

— Sans chanteur, ça va quand même être coton, fit observer Big Len tandis que la voiture de Mrs Jopling se mettait en mouvement.

Puis il passa la tête dans le couloir.

— Adam, je peux te parler une minute ?

Ce dernier entra dans la cuisine. Le petit Hank, dont le visage était barbouillé de ketchup, trottinait dans son sillage. Jay le fit asseoir sur un tabouret de bar et lui nettoya le visage à l'aide d'un chiffon humide.

— Tu sais où est Theo ? demanda Big Len.

Adam ne comprenait pas pourquoi on lui posait sans cesse des questions sur son frère aîné. Ils s'entendaient bien, mais ils évoluaient dans des univers complètement différents.

— Kai pense qu'il s'est trouvé une fille, après l'entraînement de boxe. Il n'est pas rentré de la nuit. Alors je suppose qu'il s'est payé du bon temps.

— Nom de Dieu, ce petit con va finir par nous ramener un mioche de plus à la maison. Vous imaginez un peu la réaction de votre mère ?

— Ça veut dire quoi, *se payer du bon temps* ? demanda Hank.

— J'espère qu'il n'a pas encore eu des ennuis avec la police, dit Jay, ignorant la question embarrassante de son petit frère.

— Theo est encore mineur, fit observer Adam. Les flics ont l'obligation de contacter les parents ou le tuteur légal au moment de l'arrestation. S'il s'était fait pincer, on aurait déjà eu de ses nouvelles.

Big Len jeta un œil à l'horloge murale.

— En tout cas, vu qu'on doit se présenter au Old Beaumont dans une heure, il vaudrait mieux qu'il ne tarde pas trop…

27. Arrêt d'urgence

Coco occupait le siège avant, à côté de sa mère Lola. Le vieux monospace Peugeot filait sur la M1 en direction de Londres. Assise sur la banquette du milieu entre Michelle et Lucy, Summer considérait avec amusement l'embouteillage qui s'était formé en sens inverse, en direction de Birmingham. La dernière banquette avait été escamotée afin d'embarquer les guitares et la batterie.

— J'ai fait un rêve complètement dingue, la nuit dernière, annonça Michelle. Figurez-vous que j'étais dans une…

— La ferme, par pitié, l'interrompit Lucy en s'enfonçant les doigts dans les oreilles. Je ne veux pas entendre parler de ton subconscient complètement tordu.

Michelle croisa les bras et afficha une mine boudeuse.

— Eh bien, puisque c'est comme ça, vous ne saurez rien. Vous ne savez pas ce que vous manquez.

Quelques secondes plus tard, un camion à la remorque chargée de gravats se déporta sans crier gare dans la file du monospace.

— Bordel, mais qu'est-ce qu'il fout, ce con ? s'exclama Lola en écrasant la pédale de frein.

Elle observa quelques secondes de silence puis, un peu honteuse d'avoir employé un tel vocabulaire devant les amies de sa fille, elle lança la conversation sur un mode plus courtois.

— Moi, je ne me souviens plus jamais de mes rêves, dit-elle.

— C'est l'alcool qui a dû te griller les neurones, ricana Coco.

— C'est vrai, ma chérie, je perds la mémoire, en ce moment. Figure-toi que j'ai déjà oublié que tu m'avais demandé une rallonge d'argent de poche pour… pour quoi, déjà ?

À l'instant où les filles éclataient de rire, le camion vibra violemment en franchissant un nid-de-poule, si bien que des briques, des câbles électriques et des morceaux de treille métallique furent éjectés de la remorque et tombèrent en pluie sur la chaussée. N'ayant pas le temps de changer de file, Lola dut se résoudre à serrer le volant en espérant conserver sa trajectoire. Plusieurs débris heurtèrent juste après le bas de caisse, secouant violemment le monospace.

Lola jeta un coup d'œil anxieux au rétroviseur intérieur et vit un énorme bout de pneu rebondir sur la voie centrale. Aussitôt, elle sentit que le véhicule ne répondait plus correctement à ses manœuvres.

— Accrochez-vous, dit-elle en relâchant l'accélérateur. Je crois que le pneu avant gauche a éclaté.

Surpris par ce soudain ralentissement, le conducteur qui se trouvait derrière elle lança un coup de klaxon. Lola comprit qu'il était hors de question de piler, sous peine de provoquer un carambolage. Elle tourna légèrement le volant vers la bande d'arrêt d'urgence et décéléra progressivement.

Terrifiée, Summer sentit les ongles de Lucy s'enfoncer dans son poignet. Lola poursuivit sa manœuvre en prenant soin de ne pas braquer le volant, de crainte que le monospace ne se renverse.

Lorsque le compteur afficha soixante kilomètres heure, elle atteignit enfin la voie réservée aux véhicules en détresse. Elle s'autorisa à enfoncer la pédale de frein jusqu'à l'arrêt du véhicule. Alors que ses passagères lâchaient un soupir de soulagement, elle retira la clé de contact.

— J'ai un tout petit peu envie de vomir, confessa-t-elle avant de reprendre contenance. Bon, faites gaffe en sortant et rassemblez-vous derrière le rail de sécurité.

Coco et Lucy furent les premières à évacuer le monospace. Tandis que cette dernière composait le numéro des secours, Summer évalua l'ampleur des dégâts. L'une des jantes était à nu, et la carrosserie était déformée à hauteur de l'aile gauche. Le pare-chocs ne tenait plus que par un écrou, et le pneu arrière droit présentait des signes de crevaison lente.

— Ça aurait pu être pire, dit-elle tandis que Coco serrait sa mère tremblante dans ses bras.

— Oh, je crois que tu saignes, murmura Michelle en désignant son avant-bras.

En baissant les yeux, Summer découvrit quatre demi-lunes écarlates, là où Lucy avait planté ses ongles.

⁂

Theo n'était jamais aussi satisfait que quand il avait passé la nuit avec une fille. Nu comme un ver, il était étendu sur un lit une place. Ses vêtements étaient dispersés sur la moquette, à côté d'une couette ornée de pingouins et de la veste d'uniforme vert bouteille d'un lycée pour filles. Sa conquête d'un soir prenait une douche dans la salle de bains voisine. Il avait vainement essayé de l'y rejoindre, mais elle avait poussé le verrou avec autorité. Au bout de dix minutes, elle regagna la chambre vêtue d'un épais peignoir rose.

— Wow, qu'est-ce que tu es sexy… sourit Theo.

— Tu veux prendre une douche avant de t'en aller ? demanda-t-elle, refusant à l'évidence de rentrer dans son jeu.

— Ouais, ce ne serait pas du luxe. Je n'ai pas droit à une tasse de thé et un casse-dalle ?

— Tu ne veux pas non plus que je te cire les pompes ?

Tandis qu'elle explorait le contenu d'un tiroir à la recherche de sous-vêtements, Theo essaya vainement de se rappeler son prénom. Felicity ? Fiona ? Flannery ? Tout ce dont il se souvenait, c'est qu'il était affreusement snob et qu'il commençait par un F.

— Oh, je vois, dit-il. Pour toi, je ne suis qu'un tas de muscles que tu as ramassé devant la salle de boxe, un produit jetable qui a déjà dépassé la date limite.

— Arrête de délirer, OK ? Je t'enverrai un SMS dans l'après-midi. Mais pour le moment, mes parents sont en bas, et je ne crois pas me souvenir qu'ils m'aient autorisée à inviter des garçons dans ma chambre. Je passe le bac le mois prochain, et mon père m'a promis une Honda Jazz si je le décroche.

Elle se baissa pour ramasser les vêtements de Theo puis les lança dans la salle de bains.

— Tu as dix minutes, dit-elle.

L'air renfrogné, il se traîna hors du lit. Il posa un baiser sur les lèvres de la fille et fit courir une main dans son dos.

— Mmmh, tu sens super bon, gloussa-t-il.

— Contrairement à toi, grogna la fille avant de lui donner une claque sur les fesses.

Soudain, des bruits de pas précipités se firent entendre dans l'étroit escalier menant à la chambre aménagée sous les combles.

— Planque-toi ! s'étrangla la jeune fille en poussant Theo dans la salle de bains.

Elle balaya la pièce du regard puis, d'un coup de pied, glissa le sac de boxe sous le lit. Un garçon d'une dizaine d'années vêtu d'un T-shirt et d'un bas de pyjama fit irruption dans la pièce. Ses cheveux partaient dans toutes les directions, comme s'il venait de se réveiller.

— Phœbe…

— On ne t'a jamais appris à frapper, Marcus ? cria-t-elle.

Phœbe, pensa Theo, embusqué derrière la porte de la salle de bains. Il n'était pas tombé si loin, finalement.

— Le petit-déjeuner est prêt, dit le petit garçon. On part chez grand-mère dans une demi-heure. Maman dit qu'il faut que tu descendes tes bagages.

— Marcus, tu ne peux pas débarquer ici sans prévenir, protesta Phœbe. Merde, quoi, j'aurais pu être à poil.

— Ça m'aurait bien fait marrer, ricana Marcus.

La jeune fille leva les yeux au ciel.

— Dégage, minus. Je descendrai dès que je serai habillée.

À l'instant où Marcus se tournait pour sortir, un téléphone sonna sous la couette. Il fit volte-face, se tourna vers le bureau et constata que le portable de sa sœur se trouvait sur le dock de recharge.

— Tu peux m'expliquer ? demanda-t-il, un sourire narquois au coin des lèvres.

Phœbe ne put s'accorder que deux secondes de réflexion.

— C'est le téléphone de Naomi. Elle l'a oublié ici le dernier jour du trimestre. Je dois lui rendre après les vacances.

— Wow, elle n'est pas pressée. Et pourquoi tu ne réponds pas ?

À court d'arguments, Phœbe poussa Marcus vers la porte.

— Et toi, pourquoi tu ne t'occupes pas de tes oignons ?

Elle venait de commettre une erreur fatale : en vertu d'une loi intemporelle, un petit frère fait toujours l'inverse de ce que suggère une grande sœur quand elle prétend le dominer.

Vif comme l'éclair, Marcus plongea sur le lit, souleva la couette et réalisa que la sonnerie provenait de la poche arrière d'un jean à la coupe indubitablement masculine. Lorsqu'il leva les yeux, il aperçut Theo qui lorgnait dans l'entrebâillement de la porte de la salle de bains. Un sourire maléfique éclaira son visage.

— Comment tu es cramée, ma vieille ! s'exclama-t-il sur un ton triomphal.

Phœbe se jeta sur son frère et le ceintura fermement.

— Si tu la boucles, je te filerai cinquante livres.

— Je ne te crois pas, dit Marcus. Et puis franchement, c'est trop bon. Papa t'a toujours considérée comme sa préférée. J'ai comme l'impression que les choses vont changer, dans les heures à venir.

À cet instant, Theo jaillit de la salle de bains.

— Phœbe, tu veux que je lui fasse fermer sa petite gueule ? gronda-t-il.

— Tu crois vraiment que ça nous tirerait d'affaire ? répondit-elle en libérant son frère.

L'enfant se rua dans l'escalier en criant à pleins poumons :

— Maman, papa ! Il y a un mec dans la chambre de Phœbe. Et il est complètement à poil !

— Theo, habille-toi en vitesse, pesta Phœbe.

Au rez-de-chaussée, Marcus semblait rencontrer quelque difficulté à convaincre ses parents.

— Je te jure, papa. Je suis sûr qu'elle a couché avec ce type !

Theo ne prit même pas la peine d'enfiler ses chaussettes. Il glissa ses pieds nus dans ses baskets. Un étage plus bas, le père de Phœbe lança :

— Phœbe, ma chérie ? Est-ce que tout va bien, là-haut ?

Sidérés, Phœbe et Theo le virent débouler dans la chambre. C'était un individu de taille moyenne, portant un pantalon en toile et des chaussures bateau.

— Mais tu es qui, toi ? cria-t-il. C'est quoi ce bordel ? Qu'est-ce qui se passe ici ?

L'état du lit, les vêtements éparpillés sur le sol, la tenue légère de Phœbe… La réponse était évidente.

— J'ai dix-sept ans, couina Phœbe. Je n'ai rien fait d'illégal.

— Tu ne feras pas de galipettes avec des garçons tant que tu vivras sous notre toit !

La mère de Phœbe entra à son tour. Elle adressa à son mari un regard lourd de reproches.

— Donald, c'est une grande fille. Par pitié, n'en fais pas tout un drame.

Mais l'intéressé, peu sensible à ces arguments, se précipita sur Theo.

— Eh bien, tu as perdu ta langue ? Tu n'as rien à dire pour ta défense ?

Theo lui lança un sourire arrogant.

— J'aime beaucoup votre maison, monsieur. Mais votre fille aurait besoin d'un lit un peu plus large.

— Oh, mais je vois que nous avons affaire à un petit comique ! rugit Donald, tremblant de rage. Ramasse tes affaires et sors de chez moi, espèce de petite ordure !

— Papa, nous ne sommes plus dans les années cinquante ! intervint Phœbe.

Donald planta un doigt dans la poitrine de Theo.

— J'étais dans la Royal Air Force, minus. Si je te revois ici, je te garantis que tu vas déguster.

— Ça va, répondit l'intéressé d'une voix traînante. N'allez pas nous faire une crise cardiaque pour ça, Donald. Je ne suis pas le premier à m'envoyer en l'air avec votre petite princesse.

— Eh, qu'est-ce que tu racontes ? s'étrangla Phœbe.

— Espèce de petit con arrogant ! rugit Donald. Je vais t'apprendre la vie, moi, tu vas voir.

Le coup de poing qu'il lança aurait eu raison de tout individu normalement constitué, mais Theo avait remporté d'innombrables trophées de boxe. Il esquiva aisément l'attaque puis répliqua par un violent crochet à l'abdomen. Il aurait pu viser la tête et étendre son adversaire pour le compte, mais son seul but était de le repousser vers le lit de Phœbe.

— Ravi de vous avoir connu, s'esclaffa-t-il.

Tandis que Donald était étendu sur le matelas de sa fille, incapable de retrouver son souffle, Theo vérifia que son portable, ses clés et son portefeuille se trouvaient dans sa poche avant de récupérer son sac de boxe. Enfin, il se tourna vers Phœbe et sa mère, dont les visages ruisselaient de larmes.

— Désolé, mais c'est lui qui a lancé la première pierre, dit-il. Qu'est-ce que j'étais censé faire ?

Dès qu'il se fut engagé dans l'escalier, le frère de Phœbe passa à l'attaque, lui sauta dessus et le martela de coups de poing inoffensifs. Theo aurait pu s'en débarrasser d'une claque bien placée, mais il préféra poursuivre calmement sa progression vers la porte d'entrée.

Lorsqu'il eut quitté la maison, son jeune adversaire rendit les armes. Il longea la rue bordée de demeures de style néo-Tudor occupées, selon lui, par des banquiers et des chirurgiens plastiques. Il était navré d'avoir gâché ses chances avec Phœbe, mais ravi d'avoir une histoire croustillante à raconter à Adam et à ses copains du club de boxe.

Une Nissan Pathfinder était garée au premier croisement. Theo l'avait « empruntée » quatre mois plus tôt. L'employé d'une concession lui avait fourni en toute illégalité une vignette et une plaque d'immatriculation en échange d'une Golf GTI fauchée sur le parking d'un supermarché situé à proximité de Hyde Park.

La cabine du véhicule embaumait le kebab qu'il avait dégusté la veille en compagnie de Phœbe. D'un coup de pied, il poussa la boîte en polystyrène dans le caniveau, tourna la clé de contact et se souvint qu'il venait de recevoir un appel auquel il n'avait, compte tenu des circonstances, pas pu répondre. Il jeta un coup d'œil à l'écran de son portable et pressa la touche *bis*.

— Salut, frérot, dit Adam. J'espère que je ne t'ai pas trop dérangé quand je t'ai appelé, tout à l'heure…

28. Mauvaises ondes

Londonien de fraîche date, Babatunde, qui découvrait le système de transport local, se présenta au Old Beaumont trente-cinq minutes avant l'ouverture des portes.

Le bâtiment de brique noircie situé le long du Grand Union Canal avait connu des hauts et des bas. Cette ancienne salle de cinéma bombardée pendant la Seconde Guerre mondiale et restaurée à la fin du conflit avait été ravagée par un incendie puis laissée à l'abandon pendant seize ans avant de devenir un temple du punk et de la new wave durant les années quatre-vingt.

Babatunde ne connaissait pas Camden Town. Pour tuer le temps, il traîna entre les stands de nourriture exotique aux rideaux fermés puis entra dans un restaurant de la chaîne Pret A Manger. Il s'y offrit un café et un croissant à la mozzarella puis se dirigea vers le fond de la salle.

— Babatunde ! lança une voix familière.

Il tourna la tête et eut la surprise de découvrir, installés dans le même box, Mr Currie, Erin, Tristan, Alfie, Salman et une femme portant un chapeau de cow-boy en cuir et des lunettes de soleil qui ne pouvait être que Mrs Jopling. Il emprunta un tabouret à la table voisine et vint s'asseoir à leurs côtés.

— Qu'est-ce que vous faites ici, monsieur ? demanda-t-il.

— Mrs Jopling m'a recruté à titre privé pour que je donne quelques conseils à Brontobyte, répondit le prof de musique, l'air un peu coupable.

— Oh, je vois, ricana Babatunde en mordant dans son croissant. Si je comprends bien, vous ne serez pas complètement impartial, pendant ce concours.

— Non, qu'est-ce que tu vas t'imaginer ? Je suis fier que deux groupes de Carleton Road participent à ce tremplin. Tout ce que je souhaite, c'est qu'ils se hissent sur le podium.

Mrs Jopling affichait un rictus étrange, un peu comme si elle venait de mordre dans un citron. Tristan, lui, regardait d'un œil noir Erin chasser les miettes de croissant sur le sweat-shirt de Babatunde.

— Tu as une tache de sauce tomate sur le nez, gloussa-t-elle.

En parfait décalage avec son look étrange, ses lunettes rétro et la capuche qui lui couvrait la tête en toutes circonstances, Babatunde s'exprima avec une extrême courtoisie.

— Vous devez être la mère de Tristan et Alfie, dit-il en se tournant vers Mrs Jopling.

— C'est exact, grogna-t-elle. Et toi, tu es batteur, comme mon Tristan.

— Il est meilleur que moi, admit ce dernier.

— Ce n'est pas ta faute, s'empressa de le rassurer Mrs Jopling. Il a au moins deux ans de plus que toi.

— Alors, dis-moi, Babatunde, pourquoi es-tu venu vivre à Londres ? demanda Mr Currie.

— Mon père a eu un poste au Royal Free Hospital.

— Ah oui ? lança Mrs Jopling avec un sourire condescendant. Et quel type de poste ? Infirmier ? Brancardier ?

Babatunde esquissa un sourire.

— Chirurgien. En fait, il dirige les consultations du nouveau service d'oncologie. Ma mère est généraliste, mais elle est restée à Nottingham en attendant sa mutation.

— Des parents médecins, sourit Erin. Vous devez être drôlement riches.

— Comptes-tu suivre leur exemple ? demanda Mr Currie.

Babatunde haussa les épaules.

— Malheureusement, mes deux petits frères ont pris tous les neurones.

— Eh, mais oui, je crois que j'ai vu ton père à la télé ! s'exclama Alfie. Il est noir, c'est ça ?

Cette question absurde suscita l'hilarité générale.

— Si, je vous jure, bredouilla Alfie, rouge d'embarras. Il est passé aux infos, quand le maire et le prince Andrew ont inauguré ce nouveau service de l'hôpital.

— En tout cas, grinça Mrs Jopling, je suis ravie d'entendre que des gens de… de ton origine s'en tirent aussi bien.

Babatunde n'était pas dupe. Jay lui avait parlé de la mère des frères Jopling, de sa mesquinerie et de son aversion pour certaines peaux un peu trop pigmentées à son goût. Elle était parfaitement conforme à ce portrait.

— Alors, quel est le nom de votre nouveau groupe ? demanda Salman.

— La question n'a pas encore été tranchée. Jay, Adam et Theo n'arrêtent pas de se disputer à ce sujet. Moi, j'aime bien Pony Baloney. Adam a suggéré It's Too Loud And I Can't Understand the Words[3], mais il est évident que c'est beaucoup trop long. On a même essayé de laisser faire le hasard, en tirant des morceaux de papier sur lesquels chacun avec inscrit ses mots favoris. Mais comme Theo a un sérieux problème psychiatrique, ça formait des titres de films X.

3. Littéralement, « C'est trop fort et je ne comprends pas les paroles. » (*N.d.T.*)

— Ah, Theo, soupira Erin en levant les yeux au ciel. C'est la fierté de notre famille.

Tristan éclata de rire.

— Vous êtes mal barrés, dit-il. Un groupe sans nom, ça n'a aucun sens.

— Nous, ce n'est pas beaucoup mieux, gloussa Erin. Brontobyte, c'est le truc le plus geek de tous les temps. Quand j'ai dit à mes potes que je jouais dans un groupe, ils étaient super excités, mais quand ils ont su le nom, ça a été le malaise général.

— Ce nom a été adopté bien avant que tu ne rejoignes le groupe, jeune fille, fit observer Mrs Jopling, l'air hautain.

— Vous n'êtes peut-être pas complètement objective, répliqua Erin, sans chercher à masquer son animosité. Tristan pourrait écrire son nom sur le mur avec de la crotte de chien que vous prendriez ça pour un chef-d'œuvre.

Alfie, Salman et Babatunde éclatèrent de rire, mais Mrs Jopling était hors d'elle.

— Ne t'avise plus jamais de me parler sur ce ton, s'étrangla-t-elle. Si c'est là le langage qu'emploient les gens de ta famille, je constate une fois de plus que nous ne sommes pas du même monde.

— Et qu'est-ce que vous savez de ma famille ? grogna Erin.

— Allons, calmons-nous, intervint Mr Currie. Pas de mauvaises ondes, je vous prie. Le jour est vraiment mal choisi. Alors respirons profondément et comptons jusqu'à dix, vous voulez bien ?

Michelle, dont la principale qualité n'était pas la patience, tuait le temps en arrachant des touffes d'herbe derrière le rail de sécurité, douchant sa sœur Lucy de terre séchée.

— Si tu recommences, je t'étrangle, avertit cette dernière, excédée.

Portable à l'oreille, Lola était en communication avec les services d'urgence.

— Mais nous sommes là depuis presque une heure, dit-elle. Les policiers sont passés, mais ils sont repartis après avoir effectué le constat… Combien de temps, vous dites ?… Mais ce n'est pas possible ! Vous m'avez déjà dit ça il y a trente-cinq minutes ! Bien sûr que j'attends. Je suis plantée au bord de l'autoroute. Où voulez-vous que j'aille ?

Sur ces mots, d'un geste rageur, elle rangea son téléphone dans sa poche.

— La dépanneuse est coincée dans les embouteillages, à onze kilomètres d'ici, annonça-t-elle. Personne n'est foutu de me dire quand elle arrivera.

Folle de rage et de frustration, Michelle escalada le remblai qui bordait l'autoroute et se mit à hurler comme une possédée. Alors, à sa grande surprise, elle réalisa qu'elle se trouvait à moins de cent mètres d'un lotissement récemment sorti de terre.

— Eh, Lucy, regarde un peu ça, cria-t-elle en effleurant l'icône Maps de son iPhone.

— Et alors ? demanda Lucy en la rejoignant au sommet de la butte.

Michelle montra la carte affichée sur l'écran de son portable.

— Je croyais qu'on était paumées en pleine cambrousse, mais on a atterri à cinq kilomètres du centre-ville de Rugby, dit-elle. Ce qui veut dire qu'on pourrait embarquer la basse et la guitare puis prendre un taxi pour rejoindre la gare. On pourrait être à Camden à onze heures.

— Si on trouve un taxi rapidement et si on n'attend pas le train trop longtemps… objecta Lucy. Et même si on arrive au Old Beaumont dans les temps, comment fera-t-on pour jouer sans batterie ?

— L'un des autres groupes nous prêtera la sienne, dit Michelle en consultant un plan du métro en ligne. On leur fera un peu de charme si nécessaire, ce ne sera pas compliqué. Le train arrive à la gare de Euston. C'est à une station de Camden Town, sur la ligne nord.

– OK, ça m'a l'air jouable. Essaie de trouver le numéro d'une compagnie de taxis du coin. Pendant ce temps, je vais parler aux autres.

29. Signal d'alarme

Composé de deux voitures, le train avait quitté la gare d'Édimbourg-Waverey cinquante minutes plus tôt. Il roulait au pas sur une voie unique dans la lande écossaise. En ce jour de vacances scolaires, il faisait un temps superbe. Les wagons étaient bondés de cyclistes et de randonneurs.

Max et Eve Fraser partageaient une banquette. Leurs sacs se trouvaient à leurs pieds, leurs guitares en équilibre précaire sur une pile de valises, dans le compartiment à bagages. Leo était assis deux rangs derrière eux, à côté d'un gamin de trois ans dont les bottes en caoutchouc étaient ornées d'yeux de grenouille animés.

Ils descendirent à l'arrêt qui leur avait été indiqué, un simple quai de bois perdu en pleine campagne. Lorsque le contrôleur les eut aidés à débarquer leurs bagages, ils balayèrent les lieux d'un œil inquiet.

— Qu'est-ce qu'il fabrique ? dit Eve. Il avait promis d'être à l'heure.

Le seul passager descendu du train en même temps qu'eux se dirigea vers l'une des trois voitures garées sur le parking. Quand le train se remit en route dans un nuage de fumée de diesel, ils découvrirent Dylan juché sur un tracteur ultramoderne, de l'autre côté de la voie.

— Eh, vous êtes venus ! s'exclama-t-il gaiement avant de descendre du véhicule et de traverser les rails.

— Wow, fais gaffe ! s'étrangla Leo.

— Ne t'inquiète pas. Le prochain train ne passera que dans quarante minutes, si par miracle il n'est pas tombé en rade. De toute façon, ils ne dépassent jamais quinze kilomètres heure, dans ce secteur, à cause des vaches qui se baladent sur la voie.

— Tu as l'air d'un vrai gentleman-farmer, sourit Leo en considérant les hautes bottes en cuir et le ciré couleur chamois de son camarade.

Les trois visiteurs attrapèrent sacs et étuis, puis ils suivirent Dylan jusqu'au tracteur.

— Un avec moi dans la cabine, dit-il avant de désigner la remorque. Les autres à l'arrière avec les bagages.

— Je monte à l'avant ! s'écria Leo.

— Tu es sûr que c'est sans danger ? s'inquiéta Max. Il n'y a même pas de ceintures.

— Je conduis des tracteurs dans le domaine depuis que j'ai dix ans, et je n'ai encore jamais tué personne, répondit Dylan.

— Tu veux dire que ta famille possède toutes ces terres ? demanda Leo, qui s'était déjà hissé dans la cabine.

— La propriété commence de ce côté de la voie ferrée, et elle s'étend jusqu'aux pylônes électriques, tout là-bas, sur la troisième colline.

Sur ces mots, Dylan mit le contact puis, se penchant à la vitre, cria :

— Accrochez-vous, derrière, ça risque de secouer !

Il enfonça la pédale d'accélérateur et lança le tracteur en plein champ. Le décor était pittoresque, avec ses vieux murs de pierre délimitant d'antiques parcelles où paissaient des moutons. Il effectua une halte pour ouvrir un portail métallique, puis emprunta la route privée menant au château.

En cinq siècles d'existence, la bâtisse avait perdu trois de ses quatre tourelles d'angle, mais conservé une longue section de l'épais mur d'enceinte. Il formait désormais l'un des flancs d'une immense demeure entourée d'un parc. Au centre d'un lac se dressait une pagode surmontée d'une statue de sirène aux seins nus.

— La vache, ça, c'est une baraque, soupira Leo. Mais qui aurait cru que tu venais de la campagne ?

— Entre huit et dix ans, j'ai vécu comme un sauvage avec les garçons du village voisin. On attrapait des lapins, on faisait exploser des pétards dans des bouses de vache, ce genre de trucs. À l'époque, je ne craignais ni la boue ni le froid.

— Et tes parents, qu'est-ce qu'ils font exactement ?

À cet instant, la roue avant droite s'enfonça dans une ornière, et la remorque fut si violemment chahutée qu'Eve et Max manquèrent de basculer jambes par-dessus tête.

— Désolé, derrière ! lança Dylan.

Il adressa à Leo un sourire complice puis reprit le fil de la conversation.

— Ma mère est américaine. Elle vit en Californie avec mes deux demi-frères. Je ne les ai pas vus depuis presque quatre ans. Ma belle-mère est artiste plasticienne. Un fœtus en latex de sept mètres de long, ça te dit quelque chose ?

Leo secoua la tête.

— Bref, elle est très célèbre dans le milieu, poursuivit Dylan. Mon père, lui, est propriétaire d'une boîte d'édition musicale.

— C'est officiel, je crève de jalousie, dit son camarade d'une voix blanche tandis que le tracteur ralentissait à l'approche du château.

Dylan brandit le boîtier commandant les portes automatiques des écuries reconverties en garage. À la grande surprise de Leo, le véhicule emprunta une rampe abrupte menant à un vaste parking souterrain évoquant le repaire du méchant dans un épisode de

James Bond. Il y avait là des Ferrari, des Porsche, des Lamborghini et des véhicules encore plus rares, comme une limousine blindée de fabrication russe et une voiturette en forme de balle de golf géante. Tout au fond étaient alignées une soixantaine de motos de collection, des Triumph d'avant-guerre aux customs Harley-Davidson les plus exotiques.

Vêtu d'un bleu de travail, le père de Dylan s'affairait sous une moto de course Norton hissée sur un pont hydraulique. C'était un homme de haute stature, au crâne dégarni compensé par une épaisse moustache. Ses mèches éparses de cheveux gris et bouclés étaient retenues dans un filet.

— Nettoie les pneus au Kärcher, ordonna-t-il tandis qu'Eve et Max descendaient de la remorque. Je ne veux pas que ce garage empeste la bouse de vache.

— Papa, je te présente les membres du groupe dont je t'ai parlé. Eve, Max et Leo.

— Je ne vous serre pas la main, mais le cœur y est, sourit le père de Dylan en exhibant ses mains tachées de cambouis.

Comme à son habitude, Eve baissa les yeux et se balança nerveusement d'un pied sur l'autre. Leo et Max, eux, scrutaient avec stupeur le visage de leur hôte, car ils lui trouvaient quelque chose d'étrangement familier.

Max fut le premier à avoir le déclic.

— Terraplane ! s'exclama-t-il.

— Jack Blade ! ajouta Leo, avant d'éclater de rire. Bon sang, Dylan, on peut dire que tu es un sacré cachottier.

Si Eve ne reconnaissait pas les traits de l'homme qui se tenait devant elle, elle connaissait son nom. Jack Blade était le guitariste et le fondateur de Terraplane, un groupe créé en 1981 qui avait connu un succès planétaire dès sa quatrième année de carrière. Trois de leurs albums figuraient dans le top vingt-cinq du magazine *Rolling Stone*. Ils avaient vendu presque deux cents millions d'albums et produit un film d'animation qui avait battu Steven Spielberg au box-office.

Dans le communiqué de presse annonçant leur séparation, ils avaient exprimé leur conviction d'avoir tout expérimenté et leur désir de mettre un terme à leur collaboration au sommet de leur gloire. Depuis, chaque année, en dépit des centaines de millions de dollars que leur proposaient les producteurs, ils refusaient de se reformer.

— Pourquoi tu ne nous as rien dit ? demanda Max.

Tuyau en main, Dylan se dirigea vers le tracteur.

— Parce que je suis moi, et pas le fils de Jake Blade, dit-il. Je n'ai aucune envie d'entendre parler de mon père à longueur de journée, qu'on me mendie des autographes ou que des types dont je n'ai rien à foutre veuillent devenir mes amis sous prétexte que je suis pété de thune. Alors ne dites rien aux autres quand on retournera à Yellowcote, OK ? Maintenant, virez-moi vos bagages, ça va arroser.

•••

— Le taxi est arrivé, cria Michelle depuis la butte herbeuse qui dominait les six voies de l'autoroute et le monospace Peugeot en rideau.

Lucy et Summer gravirent le talus en portant les instruments. Quelques mètres plus bas, Coco serrait sa mère dans ses bras.

— Tu es sûre que tu vas t'en sortir toute seule ?

— Je ne risque rien, la rassura Lola. Et la dépanneuse ne devrait plus tarder.

Coco déposa un baiser sur sa joue, puis elle rejoignit ses amies au sommet du remblai.

— Bonne chance, les filles ! lança Lola.

Elles dévalèrent la hauteur et se dirigèrent vers le taxi stationné à proximité d'une aire de jeux. Lorsqu'elles eurent embarqué à bord du véhicule, Lucy consulta sa montre et s'adressa au chauffeur.

— Vous pensez qu'on sera à la gare pour le train de dix heures trois ?

— Je vais faire de mon mieux. Mais je ne peux rien vous promettre, vu qu'il y a des travaux en centre-ville.

Tandis que le taxi filait sur la route menant à Rugby, Lucy fouilla dans son sac à la recherche du formulaire téléchargé sur le site Internet du concours Rock the Lock. Elle le trouva sous sa trousse à maquillage, mais le document ne comportait aucun numéro de téléphone, juste une adresse e-mail et un paragraphe indiquant que les groupes devaient impérativement se présenter au Old Beaumont à dix heures trente.

— Michelle, cherche le numéro du Old Beaumont, ordonna-t-elle.

Cette dernière pianota sur son iPhone pendant quelques secondes puis s'écria :

— C'est bon, je l'ai !

Hélas, elle tomba sur un serveur vocal permettant de réserver des places pour les concerts à venir. Pendant, ce temps, Coco, surfant sur son propre portable, avait découvert un document indiquant que le Old Beaumont était la propriété d'une société baptisée Regal Entertainment Ventures.

Elle en composa le numéro de téléphone, servit à la secrétaire une explication alambiquée et demanda à s'entretenir avec le patron. L'employée, réticente, la mit en attente. Sept minutes s'écoulèrent au cours desquelles elle dut écouter une œuvre de Bach quelque peu répétitive, avant que l'employée ne se décide à lui communiquer les coordonnées d'un dénommé Steve Carr.

À neuf heures cinquante-quatre, le taxi atteignit le centre de Rugby. Le chauffeur immobilisa son véhicule puis désigna une zone commerciale piétonne.

— Il y a beaucoup de travaux devant la gare, expliqua-t-il. Je vous conseille de descendre ici et d'emprunter l'allée entre les magasins Debenhams et Shoeland. Vous n'êtes qu'à deux cents mètres.

Lucy lâcha un billet de dix livres pendant que Summer et Coco récupéraient les étuis dans le coffre. Quelques minutes plus tard, elles s'engouffrèrent dans la gare par une porte latérale et jetèrent un œil au panneau d'affichage. Il était neuf heures cinquante-neuf et l'express à destination de Londres de dix heures trois était annoncé à l'heure, quai numéro deux.

Découragée par la file d'attente qui s'était formée devant le guichet, Michelle se dirigea droit vers les portillons automatiques.

— On peut acheter des billets dans le train ? demanda-t-elle à l'employé en gilet jaune fluo chargé de dissuader les resquilleurs.

— Oui, mais vous devrez payer plein tarif, et ce n'est pas donné.

— Tant pis, ça ira.

— Comme vous voudrez. Votre train va entrer en gare. Je ne traînerais pas, si j'étais vous.

Sur ces mots, l'homme déverrouilla l'un des portillons que les quatre filles franchirent en toute hâte.

Tandis qu'elles franchissaient la passerelle d'accès, elles constatèrent que le train était à quai, portières ouvertes. Lorsqu'elles tentèrent de descendre l'escalier, elles se trouvèrent ralenties par le flot des passagers qui venaient de débarquer.

– Dégagez ! brailla Michelle en se frayant un passage à coups de coude.

Elle s'engouffra dans un wagon au moment où le chef de quai soufflait dans son sifflet. Summer et Coco parvinrent à monter à bord de la voiture voisine.

Michelle tenta d'entraver la fermeture des portes pour permettre à Lucy de la rejoindre, mais cette dernière se heurta à la vitre.

– Écartez-vous de la rame ! aboya le chef de quai.

À l'instant où le train se mettait en mouvement, Michelle, cédant à la panique, se hissa sur la pointe des pieds et tira d'un coup sec la poignée du signal d'alarme.

30. Une craie sur un tableau noir

Big Len dut débourser dix livres pour accéder au parking du Old Beaumont, une simple bande de gravier qui séparait la salle de concert du Grand Union Canal. Il s'était déjà acquitté des droits d'inscription du groupe, soit quarante livres. Pour les spectateurs, le prix du billet ne s'élevait qu'à trois livres, mais les stands proposant boissons, sandwichs, produits de merchandising et bornes de jeux vidéo devaient rapporter bien davantage aux organisateurs du concours.

Chargé de la grosse caisse de Babatunde, il poussa d'un coup de pied la porte de service du club. Derrière lui, Jay portait deux pieds de cymbales.

— Ils doivent se faire mille à mille cinq cents livres de bénef, avec un événement pareil, estima Big Len, fort de sa longue expérience dans l'industrie musicale. C'est une idée à creuser, tu ne crois pas ?

Le Old Beaumont pouvait accueillir trois mille spectateurs répartis dans les gradins et le parterre. De part et d'autre de la scène, les murs d'enceinte culminaient à cinq mètres de hauteur. Il flottait dans cette salle un parfum authentiquement rock'n'roll fait de bière et de sueur.

— Cool, sourit Jay. C'est vachement grand.

Pour les jeunes musiciens habitués à jouer dans de minuscules studios de répétition, ce concours était une occasion unique de brancher leurs instruments sur une sono de vingt-cinq mille watts et d'éprouver, pendant quelques minutes, l'impression d'être de vraies rock stars.

— On s'y croirait, sourit Babatunde.

Devant la scène, en attendant de recevoir les consignes des organisateurs, les participants et leurs parents avaient déposé éléments de batteries, claviers et guitares. Près d'un mur latéral, deux jeunes femmes vêtues aux couleurs de Terror FM montaient une table d'exposition en aluminium. Le stand suivant était déjà dressé. On y vendait toutes sortes de produits siglés Rock the Lock, des T-shirts aux bonnets de hipster en passant par les médiators et les sangles de guitare.

Un individu grand et maigre fit son apparition sur scène, micro en main. Il portait un pantalon à motif écossais et un Perfecto blanc.

— Alors, vous êtes prêts à tout déchirer ? s'exclama-t-il.

Pour toute réponse, une vague rumeur s'éleva du parterre.

— Je vais demander à tous les participants de bien vouloir se rassembler devant la scène.

Jay se joignit à la foule compacte. Par le plus grand des hasards, il se retrouva à proximité d'Alfie et de Salman qui, à son grand soulagement, lui adressèrent un salut amical.

— Bonjour tout le monde, poursuivit l'homme au blouson blanc. Je m'appelle Steve Carr et je vous souhaite la bienvenue à Rock the Lock, l'étape londonienne 2014 des tremplins organisés par Terror FM. Aujourd'hui, nous accueillons dix-huit groupes. La compétition se déroulera en deux parties, l'une ce matin, l'autre cet après-midi. Je prierai ceux qui seront programmés pour la seconde session de débarrasser leur matériel pour le moment. Les autres, vous entreposerez vos instruments derrière la scène, en passant par la porte située ici, sur le côté.

Un murmure de mécontentement parcourut l'assistance.

— Chaque groupe peut être accompagné par deux adultes maximum. Durant le concours, la scène sera divisée en deux zones. Si votre ordre de passage est impair, vous vous installerez en zone A, sur ma gauche. S'il est pair, logique, vous jouerez en zone B, sur ma droite. Chaque groupe disposera de quinze minutes pour s'installer et effectuer la balance avec l'ingénieur du son, puis de dix minutes pour jouer les morceaux de son choix. Dès la fin de votre prestation, vous débarrasserez votre équipement aussi rapidement que possible. Si votre set dépasse le temps qui vous est imparti, la sono se coupera automatiquement. Si vous traînez pour vous installer, vous jouerez moins longtemps, cela va de soi.

Dans le parterre, les participants échangèrent des regards anxieux.

— Le premier groupe jouera à dix heures quarante-cinq, le suivant à onze heures, et ainsi de suite. Le dernier groupe de la matinée terminera sa prestation à treize heures. La session de l'après-midi débutera à treize heures quarante-cinq et s'achèvera à seize heures. Les résultats seront annoncés dans la foulée, et nous procéderons à une petite cérémonie de remise des prix. Des questions ?

Seule une mère de famille prit la parole pour se plaindre du tarif exorbitant du parking. Steve Carr ne prit même pas la peine de réagir à cette intervention.

— Les groupes joueront dans l'ordre alphabétique, annonça-t-il. The Albinos ouvrira le concours en zone A, suivi de Brontobyte en zone B.

Jay adressa un sourire à Salman et Alfie.

— Bonne chance, les mecs. Si vous donnez le meilleur de vous-mêmes, vous avez peut-être une chance de terminer deuxième, derrière nous.

Pour toute réponse, Salman lui tira la langue.

Lorsque Jay se dirigea vers la scène, il sentit deux doigts se planter dans ses côtes. Il fit volte-face et se retrouva nez à nez avec Tristan. Adam, qui avait assisté à la scène, vint au secours de son frère.

— Tu cherches les ennuis ? gronda-t-il.

Réalisant qu'il avait mal évalué la situation, Tristan roula des yeux effrayés, mais Mrs Jopling vint à son secours.

— Va te préparer, Trissie, dit-elle. Ne te laisse pas perturber par ces brutes.

Adam éclata de rire puis parla d'une voix enfantine.

— Écoute ce que dit ta maman, Trissie, mon petit Trissou, mon Trissinounet d'amour !

Mrs Jopling le fusilla du regard.

— Vous deux, je vous conseille de laisser mes garçons tranquilles, dit-elle. Vous avez déjà causé assez de problèmes comme ça.

Lorsqu'elle eut tourné les talons, Heather fit son apparition, tenant le petit Hank par la main. Tandis qu'Adam allait à leur rencontre, Big Len tira Jay par le bras et le présenta à Steve Carr.

— On travaillait ensemble aux studios Lovegroove, il y a un bail, expliqua-t-il.

— Ravi de faire ta connaissance, Jay, sourit Steve. Dis-moi, nous avons un léger problème avec ton formulaire d'inscription. Le nom du groupe n'y figure pas. Du coup, je ne sais pas où vous placer sur la liste alphabétique.

— Oh, c'est vrai, j'avais oublié, répondit-il en cherchant ses camarades du regard.

— Choisis ce qui te passe par la tête, le pressa Big Len. C'est juste pour la journée.

— Une précision, ajouta Steve, le nom doit commencer par une lettre entre C et M, vu que les A et les B sont déjà en train de se préparer, et que les N à Z jouent cet après-midi.

Jay repensa à toutes les suggestions au sujet desquelles ils s'étaient écharpés la veille, et réalisa que les exigences de Steve Carr excluaient Pony Baloney.

— Jet, lâcha-t-il sans trop réfléchir.

— Eh bien voilà, c'est parfait, dit Steve. Ça vous met en huitième position. Tenez-vous prêts à vous installer en zone B à midi et quart.

•••

Le train ne parcourut que quelques mètres avant de s'immobiliser. Une voix féminine jaillit des haut-parleurs destinés à l'information des passagers de la rame.

— Le signal d'alarme a été activé. Veuillez demeurer dans les voitures et attendre les instructions du personnel.

Michelle étudia d'un œil anxieux l'autocollant figurant sous la poignée : *Toute utilisation abusive sera punie d'une amende de mille livres*. Son père réglerait l'addition mais elle devrait sans doute faire une croix sur la moitié de ses cadeaux d'anniversaire.

Summer et Coco franchirent la porte de communication avec le wagon voisin et se dirigèrent vers Michelle. Un contrôleur en uniforme gris remontait la travée centrale dans le sens opposé, un distributeur de tickets portable suspendu autour du cou.

— Qu'est-ce qui s'est passé ? demanda-t-il, le souffle court.

D'un geste discret, Michelle fit signe à ses camarades de se tenir à l'écart.

— Ma sœur est restée sur le quai, gémit-elle. Je suis désolée, mais je ne pouvais pas partir sans elle.

Sa voix était si grinçante et haut perchée, semblable au son produit par une craie sur un tableau noir, que le contrôleur recula d'un pas.

— Bon, commence par te calmer, ma petite, dit-il sur un ton apaisant.

Il porta son talkie-walkie à sa bouche et demanda au conducteur d'actionner l'ouverture des portes.

Lucy sauta aussitôt à bord, suivie de près par le chef de quai.

— Tu ne devrais pas la laisser monter, lança ce dernier à l'adresse de son collègue. Je l'ai vue courir vers la porte et essayer de passer en force après mon coup de sifflet. Elle aurait pu finir sur les rails, et j'aurais perdu mon boulot.

— On doit rendre visite à notre mère à l'hôpital, geignit Michelle. Elle souffre d'un cancer du sein. On ne sait pas si elle va s'en sortir.

Tout dans ce mensonge était savamment calculé pour inspirer un mélange d'embarras et de pitié. Le contrôleur se tourna vers son collègue.

— Bon, on ne va pas bloquer la rame éternellement, dit-il.

Il jeta un regard oblique à Michelle, se demandant s'il ne s'était pas laissé berner par une excellente comédienne.

Le train quitta Rugby avec neuf minutes de retard. Sous le regard lourd de reproches des passagers, les filles placèrent les étuis dans le porte-bagages et s'installèrent dans un espace pour quatre disposant d'une tablette centrale.

Coco sortit son portable et composa le numéro de Steve Carr. L'air anxieux, ses camarades l'écoutèrent décrire les conditions de l'accident survenu sur l'autoroute.

— Du coup, on risque d'être en retard, conclut-elle.

— Pas de souci, la rassura Steve. C'est une situation particulière, je ne peux pas appliquer bêtement le règlement. Je peux vous faire passer en dernière place de la matinée. Il suffit que vous soyez ici avant douze heures trente.

Coco lâcha un soupir de soulagement. Si le train arrivait à l'heure, elles disposeraient d'une heure pour se rendre au Old Beaumont. Lorsqu'elle aborda le problème de la batterie, Steve s'entretint avec un certain Big Len qui accepta volontiers de leur prêter la sienne.

— On est sauvées, les filles ! s'exclama-t-elle en mettant un terme à la communication. L'organisateur a l'air super cool. Il nous a offert le temps et le matériel qui nous manquaient.

— Je ne peux pas dire que je sois enchantée de jouer sur une batterie que je ne connais pas, s'inquiéta Lucy, mais à part ça, on s'en sort bien.

L'homme chauve vêtu d'un costume gris qui occupait le siège situé derrière elle se pencha au-dessus du dossier et désigna un autocollant invitant chacun à *respecter la tranquillité des autres passagers*.

— Excusez-moi, dit-il, j'essaye de lire et je n'arrive pas à me concentrer.

— Veuillez nous pardonner, s'excusa Summer. Nous avions un problème urgent à régler.

— Il y a pourtant un autocollant sur chaque fenêtre, insista le voyageur.

— La tranquillité des autres passagers… répéta Michelle, l'air pensif. Est-ce que ça inclut les ringards au crâne en peau de fesse dans votre genre ?

Sur ces mots, sans aucune logique, elle se mit à caqueter et à battre des bras comme une pure démente. Déstabilisé par ce comportement, l'homme retourna à sa liseuse.

Tous les yeux étaient désormais tournés vers Michelle. Partagées entre la honte et l'hilarité, Summer et Coco ne savaient plus où se mettre. Lucy, elle, donna à sa sœur un violent coup de pied sous la table.

— Arrête de te faire remarquer ! gronda-t-elle.

— Côôôt ! répliqua Michelle.

Elle ne se tut que lorsque le contrôleur déboula dans la travée. Ayant remarqué les étuis rangés dans les porte-bagages et trouvé ses protégées en compagnie de deux autres filles, il savait désormais qu'il avait été floué, et il était de très méchante humeur.

— Si vous continuez à faire du scandale, je vous débarque au prochain arrêt, menaça-t-il. Maintenant, présentez-moi vos billets.

— On n'en a pas, dit Lucy sortant son porte-monnaie de sa poche. À la gare, on nous a dit qu'on pouvait les acheter dans le train.

Le contrôleur pressa plusieurs boutons de sa machine à tickets.

— Vous avez quel âge ?

Lucy désigna Coco.

— Nous deux, on a seize ans. Les deux autres ont quatorze ans.

— Deux adultes et deux enfants. Ça vous fera cent soixante-seize livres et quatre-vingts pences.

— Pardon ? s'étrangla Lucy.

— Si vous aviez acheté vos tickets à la gare, vous n'en auriez eu que pour soixante-dix livres.

Lorsque les filles eurent rassemblé tout leur argent sur la tablette, elles ne comptèrent que cent cinquante-deux livres.

— On n'aura plus rien pour rentrer à Birmingham, s'inquiéta Summer.

Le contrôleur porta son talkie-walkie à sa bouche.

— Est-ce que le chef de train peut venir en voiture B ? C'est urgent, merci.

Coco lui adressa un regard implorant.

— Qu'est-ce que vous allez faire de nous ?

— C'est à mon supérieur d'en décider, expliqua-t-il. Comme vous ne pouvez pas payer, elle demandera sans doute à la PTB de vous prendre en charge à Milton Keynes.

— La PTB ? répéta Summer.

— La police des transports britanniques, sourit le contrôleur.

31. Lâchez vos décibels

Dylan et ses invités avançaient dans une large galerie dont le toit était soutenu par d'antiques poutres de chêne. Des œuvres contemporaines étaient exposées sur les murs et suspendues au plafond, dont un chien en ballons signé Jeff Koons et une mouche bleue géante à laquelle manquaient les trois pattes droites.

— Ce couloir fait le tour complet du bâtiment, expliqua Dylan. Celui qui l'a fait construire y faisait courir ses chevaux durant l'hiver.

— Et ton père, il a des chevaux ? demanda Eve d'une voix à peine audible.

— Non, mais il lui arrive d'organiser des courses de moto avec ses copains dans la galerie. C'est comme ça que Dave Ingram a cassé les pattes de la mouche, à Noël dernier. Ma belle-mère était furax, vous n'imaginez même pas.

— Dave Ingram ? répéta Leo, les yeux ronds comme des soucoupes. Tu veux dire… le guitariste ?

— Ouais, c'est mon parrain.

— Ouah, la chance ! Il est meilleur que Hendrix et Clapton réunis.

Max contemplait d'un air circonspect une installation constituée de centaines d'abattants de WC.

— Et ton père, ça ne le gêne pas un peu d'avoir amassé une telle fortune grâce à la musique pendant que les autres se tuent au boulot pour un salaire minable ?

— Eh, tu peux parler, Max, ricana Leo. Ton père est avocat spécialisé dans les affaires de divorce, et il n'est pas à plaindre. Au moins, les albums de Terraplane rendent les gens heureux.

— Et voilà le studio de répétition et d'enregistrement, annonça Dylan en poussant une double porte en noyer. C'est une ancienne salle de bal.

— Magnifique, soupira Leo en découvrant une coursive bordée de grands canapés de cuir s'achevant par un bar.

Les murs étaient tapissés d'affiches d'obscurs films écossais.

— Mon père est un passionné de cinéma, dit Dylan. Il investit dans des productions indépendantes, et il compose les bandes originales. Il pense que c'est un mode d'expression plus complet que les morceaux limités à quatre ou cinq minutes.

— Alors, tu penses qu'on reverra Terraplane sur scène un jour ? demanda Leo.

— Je ne sais pas trop. Ses cinq membres s'entendent toujours très bien, mais d'après mon père, c'est une excellente raison de *ne pas* se reformer. Et surtout, n'évoquez jamais le sujet en sa présence. Il passe son temps à raconter des histoires de fêtes déglinguées, de chambres d'hôtel dévastées, bref, de tout ce folklore rock, mais ça, c'est un sujet tabou.

La coursive dominait une salle si vaste qu'un orchestre philharmonique au grand complet aurait pu y prendre place. Les murs étaient recouverts de tuiles en mousse favorisant l'acoustique et l'insonorisation. D'épaisses portes percées de hublots permettaient d'accéder à des pièces de taille plus réduite.

— Voici le plateau principal, expliqua Dylan. Là et là, les cabines où l'on enregistre les voix et les instruments solos. De ce côté, la console numérique. De l'autre, la vieille table de mixage analogique des studios Lovegroove. Vous en avez déjà entendu parler ?

— Évidemment, soupira Max. C'étaient les plus célèbres du pays, après Abbey Road.

— Et c'est là que Terraplane a enregistré tous ses albums, ajouta Dylan. Quand ils ont fait faillite, mon père a acheté une partie du matériel pour l'installer ici.

— Par nostalgie ?

— Non, cette table fonctionne toujours, et elle restitue un grain particulier, très différent des prises de son numériques. Mais elle a une cinquantaine d'années, et une fâcheuse tendance à tomber en panne. Et vu que de nombreuses pièces sont fabriquées à la main, mon père fait venir deux ingénieurs spécialisés lorsqu'il l'utilise pendant une session d'enregistrement.

— Bon, dans ce cas, on se contentera de la console numérique, dit Max.

— Voilà, tu as tout compris. Vous voulez manger un morceau, ou vous préférez commencer par installer le matériel ?

— J'ai bouffé trois McMuffin à la gare d'Édimbourg, glousse Leo en se frottant le ventre. Je suggère qu'on s'y mette immédiatement.

Eve inspectait les éléments d'une batterie.

— Je l'ai installée hier soir, expliqua Dylan. Elle est configurée exactement comme celle que tu utilises à Yellowcote, mais il y a plein de fûts et de cymbales dans la remise, si tu veux y jeter un œil.

Eve posa son sac à dos sur le parquet et en sortit les baguettes Zildjian Travis Barker qu'elle utilisait depuis des années. Elle avait l'habitude d'en mordiller les extrémités, comme d'autres mâchonnent leur stylo-bille, et elles étaient constellées de minuscules traces de dents.

— Et il doit aussi y avoir une centaine de paires de baguettes neuves, ajouta Dylan.

Eve secoua la tête en silence et pressa les siennes contre sa poitrine, les berçant comme un nouveau-né.

Dylan pouvait comprendre qu'elle se montre timide devant des étrangers, mais ils se fréquentaient quotidiennement depuis trois semaines. Son comportement lui semblait de plus en plus bizarre.

Max sortit sa guitare de son étui.

— J'ai composé deux nouvelles chansons, annonça-t-il avec un sourire satisfait. Vous allez voir, elles sont plutôt réussies.

— Toujours aussi modeste, ricana Leo.

En sortant un sweat-shirt de son sac, il fit rouler sur le sol une canette noir et or.

Dylan la ramassa.

— *Rage Cola*, dit-il en lisant l'inscription qui y figurait. *Attention, cette boisson peut être dangereusement rafraîchissante.* Sans blague, ils les recrutent où leurs publicitaires ?

— C'est un nouveau produit, il faut bien qu'ils se fassent connaître, expliqua Leo. Je n'y ai jamais goûté. Ils distribuaient ces échantillons à la gare.

Dylan était sur le point de lui rendre la canette quand il découvrit le texte figurant à l'arrière.

— *Rock War, lâchez vos décibels*, lut-il à haute voix. *Nous recherchons douze groupes composés de musiciens de moins de dix-huit ans pour participer à un grand show télévisé. Connectez-vous sur ragecola.com pour mettre en ligne votre profil, voter pour vos candidats favoris et gagner des téléchargements gratuits.*

— Ce sera sans moi, ricana Max. Je déteste ces émissions. *X Factor*, *The Voice*… Les chances de gagner sont d'une sur un million, vu que tout repose sur le look, pas sur le talent. De toute façon, les gagnants sont immédiatement catalogués vedettes de télé-réalité et leur carrière tombe à l'eau.

Dylan relut le texte figurant sur la canette.

— Mon oncle Teddy dit toujours qu'il n'y a pas de mauvaise publicité.

— Et qu'est-ce qu'il en sait ? lança Max.

— Eh bien, comment dire ? Il se trouve que Teddy est le manager de Terraplane et d'une vingtaine d'autres groupes. Il a vendu son label à une major pour trente millions de livres. Alors Max, ne te vexe pas, mais il est possible qu'il connaisse un peu mieux l'industrie musicale que toi.

Chose rare, Eve lâcha un bref éclat de rire.

— On devrait au moins jeter un coup d'œil à ce site, dit Leo. Il faut saisir toutes les opportunités.

— Plus tard, peut-être, grogna Max en sortant de son sac le cahier sur lequel il consignait paroles et grilles d'accords. Je suis venu ici pour répéter, pas pour surfer sur Internet.

Leo claqua les talons, adressa à Max un salut militaire et aboya :

— À vos ordres, mon général !

32. Beau gosse

Au volant de son imposante Nissan, Theo était aux anges. Il roulait au pas dans la rue principale de Camden. Le soleil brillait, la sono crachait un CD des Foo Fighters poussé à plein volume. Il avait passé la nuit avec une fille sexy et s'apprêtait à jouer les rock stars en compagnie de ses frères. Comble du bonheur, une jeune femme qui patientait à un arrêt de bus lui adressa un sourire enjôleur.

La vie aurait-elle pu être plus agréable ?

Lorsqu'il aperçut le Old Beaumont, il envisagea un instant de garer la voiture volée à quelques rues de là puis, gagné par un sentiment de toute-puissance, opta pour le parking. Ne trouvant pas de place disponible, il abandonna le véhicule près de l'issue de secours, à proximité de l'entrée de service.

Il connaissait parfaitement les lieux, où il avait assisté à plusieurs concerts. N'ayant pas pu prendre de douche, il fila droit vers les toilettes et s'aspergea le visage d'eau fraîche.

— Eh, mais voilà le beau gosse ! s'exclama Adam, surgi de l'une des cabines, en lui adressant un claque dans le dos. J'espère que la fille avec qui tu as passé la nuit valait le coup, parce que maman est là et elle n'est pas de très bonne humeur.

Theo se raidit.

— Merde, tu aurais pu me couvrir.

— Tu la connais. Ce matin, elle a débarqué dans ma chambre en gueulant. Qu'est-ce que je pouvais faire ? Prétendre que tu étais planqué sous le lit ? Alors, cette meuf ?

Les deux frères s'engagèrent dans le couloir menant à la salle.

— Ouais, sourit Theo, elle valait le coup. J'ai pris des photos d'elle à poil pendant qu'elle dormait. Je les posterai sur Facebook un peu plus tard.

— En fait, tu n'es pas vraiment humain, c'est ça ? grimaça Adam.

The Albinos, quatre garçons au look propret portant des sweat-shirts à capuche, achevaient leur prestation. L'ensemble était juste, en place et équilibré, mais plutôt fade.

Pour l'heure, seule une centaine de concurrents, d'amis et de parents répartis dans les gradins et le parterre assistaient au concours. Par respect pour les tympans fragiles des spectateurs les plus jeunes, le volume de la sono était modéré, si bien que l'on pouvait entretenir une conversation sans trop hausser la voix.

Une odeur de bacon grillé provenant d'un stand de nourriture à emporter chatouilla les narines de Theo.

— Je crève la dalle, dit-il. Tu pourrais me prêter un peu de pognon ?

Par expérience, Adam savait que prêter de l'argent à Theo revenait à le jeter à la poubelle.

— Désolé, mais je suis à sec, mentit-il.

Finalement, Theo trouva un billet de cinq livres au fond d'une de ses poches. Tandis qu'il faisait la queue devant l'étal, une grande blonde portant un T-shirt aux couleurs de Rage Cola vint à sa rencontre. Elle lui tendit un flyer et sortit une canette de la petite glacière qu'elle portait en bandoulière.

— N'hésite pas à tenter ta chance, dit-elle en dévoilant des dents blanches et parfaitement alignées.

— C'est quoi, ça ? gloussa Theo. Ton numéro de téléphone ?

Très professionnelle, la jeune femme ne cilla pas.

— Tu as entendu parler de l'émission *Rock War* sur Channel 3 ? demanda-t-elle. Ça va être énorme. Douze groupes de moins de dix-huit ans seront choisis pour participer à la compétition. Les gagnants signeront un contrat avec une major et passeront Noël aux Caraïbes pour enregistrer leur album. Le concours commencera pendant les vacances d'été.

Pendant que son frère commandait un sandwich au bacon, Adam jeta un œil au flyer.

Theo prit une énorme bouchée puis se tourna vers le parterre. Heather, Jay, Babatunde, Hank et Big Len étaient regroupés au pied des marches menant aux gradins.

— Je crois que le moment est venu d'affronter le dragon, chuchota-t-il à l'oreille de son frère.

Sur ces mots, il se dirigea vers sa mère.

— Maman ! C'est super gentil d'être venue nous soutenir !

Heather pointa vers lui un doigt menaçant.

— N'essaye même pas de la jouer cool avec moi, Theodore ! Je te rappelle que j'ai signé tes papiers de libération conditionnelle et que j'ai promis que tu respecterais le couvre-feu. Tu imagines dans quelle situation je me serais trouvée si ton responsable judiciaire était venu frapper à la porte ?

— Désolé, j'avais… j'avais oublié.

— Bon sang, tu n'as pas trouvé d'excuse plus débile ? rugit Heather en lui flanquant une claque à l'arrière du crâne. Tu es privé de sortie jusqu'à la fin des vacances.

Theo grimaça.

— Tu n'as pas le droit. J'ai seize ans !

— Si tu veux continuer à vivre sous mon toit, tu observeras *mes* règles, insista Heather.

— Eh bien tant pis pour toi, je vais déménager, lança Theo avec un air de défi.

Sa mère éclata de rire.

— Ah bon ? Et où ça ? Qui pourrait bien vouloir de toi, mon pauvre garçon ? Tu n'as ni boulot, ni argent. Regarde les choses en face, pour une fois. Si tu continues à violer les clauses de ta libération conditionnelle, tu finiras par plonger pour de bon, comme ton père et ton grand frère.

À cet instant, The Albinos plaquèrent leur dernier accord, et leur prestation fut saluée par des applaudissements nourris. Les membres de Brontobyte, qui avaient déjà pris place en zone B, effectuèrent quelques essais de sonorisation.

— Figure-toi que j'ai rencontré une fille qui serait ravie qu'on vive ensemble, mentit Theo. Et je réfléchis sérieusement à sa proposition.

Jay, qui ne manquait rien de la dispute, se sentait extrêmement mal à l'aise. Le matin même, il avait vu sa mère au bord de la crise de nerfs.

— Eh, baisse d'un ton, tu veux ? lança Big Len à l'adresse de Theo.

Mrs Jopling ne put s'empêcher de ramener son grain de sel.

— Certaines familles aiment bien se faire remarquer, on dirait, dit-elle en haussant les sourcils de façon hautaine.

Big Len répliqua du tac au tac.

— Toi, la princesse, je te conseille de la boucler.

Jay était soulagé. Rien de tel que l'intrusion d'une étrangère pour resserrer les liens familiaux.

— T'es venue sans ton mari ? hurla Heather au visage de sa rivale. Avec qui il s'envoie en l'air, cette fois ? Sa secrétaire ou sa prof de squash ?

Mrs Jopling vacilla imperceptiblement sous la violence de l'attaque, puis la voix de Salman jaillit du mur d'enceintes, amplifiée par les vingt-cinq mille watts de la sono.

— Bonsoir Camden Town ! cria-t-il. Nous, c'est Brontobyte, et notre première chanson est intitulée *Christine*.

Tristan donna trois coups de baguettes puis les accords de guitare d'Erin, saturés et tranchants, secouèrent l'assistance.

Le prends pas mal, on va pas s'mentir,
T'as rien d'un canon mais j'ai déjà vu pire,
Christine, Christine,
Les filles ne se retournent jamais sur moi,
Y a des jours où mon cœur et mon corps, tu vois,
Crient famine, Christine

Indigné, Jay se tourna vers Big Len.

— Eh, mais c'est ma chanson ! Ils n'ont pas le droit de la jouer sans mon accord. J'ai écrit les paroles, la grille et tous les arrangements.

— Laisse tomber, dit son beau-père en posant ses énormes mains sur ses épaules. La vie est trop courte pour laisser des petits cons te la pourrir.

Les conseils de Mr Currie avaient porté leurs fruits. Le son de Brontobyte était plus compact, et sa mise en place plus précise. Pendant quelques mesures, Jay pensa que ces progrès étaient le résultat de l'intervention d'Erin, mais à y regarder de plus près, elle avait délaissé son instrument depuis si longtemps que son jeu était un peu rouillé.

En vérité, Mr Currie avait accompli un coup de génie en faisant jouer Tristan dans les strictes limites de ses possibilités. Sa batterie, plus réduite, ne disposait pas de tom basse et ne comportait qu'une seule cymbale. Le tempo de *Christine* avait été légèrement ralenti, et le passage le plus complexe du refrain avait été supprimé.

Tristan se contenta de battre un rythme plutôt sommaire pendant deux minutes trente. Le résultat n'était pas époustouflant, mais les quatre membres du groupe conservaient le tempo, laissant la voix puissante et le phrasé surprenant de Salman captiver l'auditoire.

— Ils sonnent dix fois mieux qu'il y a trois semaines, dit Jay à l'oreille d'Adam.

— Ne t'inquiète pas. On est aussi dix fois plus créatifs. Fais-moi confiance, on va les balayer.

33. Tina le cyclope

Comme l'indiquait son badge de la compagnie de chemin de fer, le chef de train se prénommait Tina. C'était une petite femme à la taille épaisse, aux cheveux noirs et au nez minuscule égaré dans un visage lunaire, sous une imposante paire de lunettes de soleil. Elle ordonna aux resquilleuses de prendre sacs et guitares puis de la suivre jusqu'à une voiture de première classe pratiquement inoccupée.

— Asseyez-vous, dit-elle en désignant deux banquettes disposées face à face.

Posté aux côtés de sa supérieure, le contrôleur tenait les filles à l'œil.

— Méfie-toi de celle-là, murmura-t-il en désignant Michelle. Elle ment comme elle respire.

— Vous vous rendez compte de ce qui serait arrivé si l'une de vous était tombée sur les rails ? Cette voiture pèse vingt-deux tonnes. Ses roues pourraient vous découper en tranches aussi facilement que la lame d'un couteau dans un morceau de cheddar. Il y a quelques années, un passager est passé sous mon train. On a retrouvé sa tête à cinq kilomètres de ses jambes, et entre les deux, des morceaux de son corps éparpillés.

Gagnée par la nausée, Summer détourna le regard pour observer le paysage champêtre qui défilait derrière la vitre.

— Il y a deux façons de régler votre problème, continua Tina. Si vous pouvez prouver votre identité ou me communiquer le numéro de téléphone d'un parent, je vous dresserai une amende et vous laisserai aller jusqu'à Londres. Dans le cas contraire, je serai contrainte de vous remettre à la police en gare de Milton Keynes ou de Euston.

Michelle se tourna vers sa sœur Lucy.

— Appelle papa, dit-elle.

— Il va être furieux s'il apprend que nous ne sommes pas avec Lola. Il nous avait donné des consignes, et tu sais à quel point il est strict sur ce sujet.

Michelle sortit son téléphone.

— Bon, je vais m'en charger si tu n'en as pas le courage.

Lucy l'attrapa par le poignet.

— Je te défends de faire ça. Tu as le tact d'un taureau de combat. Si tu lui parles, on sera privées de sortie à vie.

Tina fit tinter son alliance sur la tablette centrale pour requérir l'attention générale.

— Je vais commencer par relever vos identités, dit-elle.

À cet instant, Michelle flanqua un coup de pied à Lucy, lui arrachant un cri perçant.

— Lâche mon bras, grogna-t-elle.

Coco se tourna vers Tina.

— Je vais appeler ma mère, dit-elle. Elle sait que nous avons pris le train, et elle acceptera de payer les billets, pourvu qu'on promette de la rembourser.

Mais la guerre était déclarée entre les sœurs Wei. Essuyant un second coup, Lucy bondit de son siège pour se placer hors de portée de Michelle.

— Assieds-toi ! ordonna Tina.

— Calmez-vous, les filles, intervint Summer. On va finir chez les flics, si vous continuez vos bêtises.

Mais Michelle se leva à son tour, bien décidée à en découdre avec Lucy. Prise en sandwich entre les deux sœurs, Tina tenta vainement de les repousser.

— Séparez-vous immédiatement ! ordonna le contrôleur.

— Si tu oses porter la main sur moi... cracha Michelle à l'adresse de Lucy.

— Très bien, vous avez gagné. Je vais laisser la police régler votre différend.

Tandis que le train ralentissait à l'approche de la gare de Milton Keynes, Tina se saisit du talkie-walkie suspendu à sa ceinture. Prise de panique, Lucy tenta de le lui arracher. Le contrôleur dut la ceinturer pour éviter qu'elle ne s'en empare.

— Arrêtez, je vous en prie ! supplia Summer, folle d'angoisse.

Tina régla l'émetteur et alerta ses collègues.

— Code trois, code trois, cria-t-elle. J'ai besoin de tout le personnel disponible en voiture D en raison d'un…

Avant qu'elle n'ait pu achever sa phrase, le train freina brutalement. Lucy et le contrôleur perdirent l'équilibre, l'entraînant dans leur chute. Le visage de Tina heurta un appuie-tête et ses lunettes noires volèrent sur la banquette voisine.

Summer et Coco lâchèrent un cri d'horreur lorsque l'œil droit de la femme jaillit de son orbite et roula sur la tablette.

Puis elles réalisèrent que l'objet qui se trouvait devant elles n'était pas un œil, mais une prothèse en verre cachée jusqu'alors par la paire de lunettes.

— Mon Dieu, mon Dieu, gémit Summer, le cœur au bord des lèvres.

Dès qu'elle eut recouvré l'équilibre, Tina se précipita vers la tête du train afin de chercher de l'aide.

— Courez, je vous couvre ! cria Michelle en repoussant le contrôleur avec son étui de basse.

L'homme reçut un coup à l'épaule qui le força à battre en retraite deux rangées de sièges plus loin.

— Où veux-tu qu'on aille ? s'étrangla Lucy.

Summer était atterrée. Elle n'avait pas pris part à l'incident, mais parviendrait-elle à convaincre les policiers de son innocence ? Quelle serait la réaction de sa grand-mère lorsqu'elle apprendrait son arrestation ?

Coco récupéra sa guitare.

— Par ici, cria Coco avant de prendre Summer par la main et de s'élancer vers la queue de la rame.

Oubliant instantanément leur dispute, Michelle et Lucy se pressèrent dans son sillage. Dès qu'elles eurent quitté la voiture de première classe, leur progression se trouva freinée par la foule des passagers. Elles baissèrent la tête et se regroupèrent près d'une issue, prêtes à prendre leurs jambes à leur cou dès que le train serait à quai.

Cinq interminables secondes s'écoulèrent entre l'arrêt total de la rame et la sonnerie annonçant l'ouverture des portes. Elles se ruèrent à l'extérieur et coururent vers les escaliers menant au hall principal de la gare. Derrière elles, elles entendirent Tina pousser des cris aigus.

Au sommet des marches, elles empruntèrent une galerie menant à une rangée de portillons automatiques.

Ne possédant pas de billets, elles s'adossèrent à un mur et laissèrent s'écouler le flot des voyageurs.

— Il faut qu'on saute par-dessus, dit Michelle. Je vais passer la première, et je récupérerai les guitares.

— Et ensuite ? demanda Summer.

— On prendra un bus ou on attrapera un taxi, suggéra Lucy. Le plus important, c'est qu'on se tire d'ici le plus vite possible.

— Attendez une seconde, dit Coco en consultant le panneau d'information. Il y a un train pour Londres Euston à dix heures trente-huit. Ça nous laisse six minutes.

— Et si quelqu'un nous reconnaît ? s'inquiéta Summer. La police ferroviaire doit déjà avoir notre signalement, et je parie que cette gare est truffée de caméras de surveillance. Même si on arrivait à monter dans ce train, ils pourraient nous intercepter un peu plus loin, à n'importe quel arrêt de la ligne.

Ces réflexions furent brutalement interrompues par l'apparition de Tina en haut des marches. Elle scruta la foule de son œil unique. Il n'y avait pas une minute à perdre.

— Quai numéro trois ! lança Lucy. Magnez-vous !

Tandis que Coco ouvrait la voie, son téléphone se mit à sonner. Sans ralentir le pas, elle dégaina l'appareil et le porta à son oreille.

— Maman ? On a un changement à Milton Keynes. Je peux te rappeler dans une minute ?

— Bien sûr, répondit Lola. Je voulais juste te prévenir que la dépanneuse était arrivée. Tout va bien, sinon ?

— Super, mentit Coco. Je t'aime, maman, à plus tard.

La pendule suspendue au-dessus du quai indiquait dix heures trente-quatre. Le train pour Londres Euston était annoncé à l'heure.

— Vous croyez qu'on a encore une chance d'être dans les temps ? demanda Michelle.

— Peu probable, grommela Lucy. C'est un omnibus.

— On s'en fiche de ce concours, dit Summer, dont les mains tremblaient comme des feuilles. Tout ce qui compte, c'est qu'on se tire d'ici sans se faire serrer par les flics.

— Quatre filles, deux guitares, lâcha Coco. On est repérables à un kilomètre.

Soudain, une voix féminine jaillie des haut-parleurs résonna dans toute la gare.

— *Mesdames et messieurs, en raison d'une agression commise sur un membre du personnel, le trafic est interrompu au départ du quai numéro un. Les passagers sont invités à rejoindre le quai numéro trois, d'où un omnibus partira pour Londres Euston dans quatre minutes.*

Summer était morte d'angoisse.

— Bon sang, si jamais on se fait prendre…

Michelle leva les yeux au ciel.

— Ça va, ne dramatise pas. On ne risque pas la peine de mort.

— Ah, le voilà ! s'exclama Coco.

Un train de banlieue se rangea lentement le long du quai.

— On pourrait se débarrasser des instruments et se séparer, suggéra Lucy. Le problème serait réglé.

— Désolée, mais cette guitare m'a coûté six cents livres, protesta Coco. Tout le monde n'est pas aussi friqué que vous, je vous signale.

— Bon, alors qu'est-ce qu'on fait ? demanda Summer.

Une nouvelle annonce résonna sur les voûtes de la gare.

— *Tous les possesseurs de billets pour Londres sont autorisés à emprunter le train régional quai numéro trois. Arrivée prévue à onze heures vingt-deux.*

— Bon, ça ne nous fait perdre que vingt minutes, dit Lucy. Ça va être chaud, mais rien n'est perdu.

34. Descente infernale

Après avoir interprété leur version de *Christine*, les membres de Brontobyte se lancèrent dans une reprise fidèle de *Start Me Up* des Rolling Stones, puis interprétèrent une version très personnelle de *Stan* d'Eminem. L'argent que Mrs Jopling avait offert à Mr Currie en échange de ses conseils n'avait pas été dépensé en vain. Le groupe sonnait dix fois mieux que lors de sa précédente prestation, trois semaines plus tôt.

Erin déposa un baiser sur les lèvres de Tristan avant de l'aider à démonter la batterie. Alfie et Salman affichaient le même sourire satisfait. Mr Currie, monté sur scène pour leur filer un coup de main, leur adressa une tape amicale dans le dos.

Jay, qui était jusqu'alors convaincu que Brontobyte ne pouvait que se planter en beauté, était consterné. Les spots illuminèrent la partie de la scène où avait pris place le groupe suivant.

— Nous sommes les Free Rangers, et on va faire du bruit ! brailla un garçon aux cheveux en bataille.

Jay se dirigea vers la porte des coulisses et attendit que Tristan fasse son apparition.

— Vous avez joué *ma* chanson ! gronda-t-il.

Électrisé par la performance de Brontobyte et le baiser d'Erin, Tristan lui adressa un sourire méprisant.

— On a déchiré, mec. Ça te défrise ?

Mr Currie, Salman et Alfie les rejoignirent dans le parterre. Mrs Jopling vint à leur rencontre pour les féliciter. Se sentant dépassé par le nombre, Jay battit en retraite.

— C'est ça, dégage, minable ! brailla Tristan tandis que les Free Rangers massacraient un morceau des Red Hot Chili Peppers. Tu croyais que vous étiez les meilleurs, pas vrai ? Tu pensais qu'on ne pourrait pas s'en sortir sans toi, le petit génie ? La vérité, c'est qu'on est bien meilleurs depuis que tu t'es barré.

Jay fit volte-face et lâcha ce qu'il avait sur le cœur.

— Tristan, ta mère t'a juste payé un coach. Tout ce qu'il a fait, c'est simplifier les parties de batterie pour qu'un nullard dans ton genre soit capable de les jouer.

— Laisse ma mère en dehors de ça, OK ? Au moins, elle, elle arrive à garder les jambes serrées, et elle ne se fait pas mettre en cloque par le premier venu.

Soudain, Theo fendit la foule et se précipita sur Tristan.

— Eh, de qui tu parles, enfoiré ?

En jetant un coup d'œil par-dessus son épaule, Tristan réalisa que son coach et sa mère avaient décampé, sans doute pour transporter le matériel jusqu'à la Porsche Cayenne. Il se sentait seul au monde.

Jay était partagé : il aurait aimé voir son frère passer son rival à tabac, mais il redoutait la réaction de sa mère et craignait d'être éliminé de la compétition.

— Laisse tomber, dit-il. Cet abruti n'en vaut pas la peine.

— Je t'ai demandé ton avis ? grogna Theo en l'écartant de son chemin.

Ce geste du bras n'avait rien de violent, mais le parquet était si glissant que Jay bascula en arrière et atterrit lourdement sur les fesses. Tristan profita de l'incident pour tourner les talons et s'enfuir à toutes jambes, espérant trouver refuge auprès de sa mère et de Mr Currie. Il eut beau sprinter tant qu'il put, il sentit la main de son poursuivant se poser sur son épaule alors qu'il se trouvait à mi-chemin de la porte de service menant au parking.

Sachant qu'il n'avait aucune chance contre un garçon de seize ans qui pratiquait la boxe à haut niveau, il tenta une manœuvre d'évasion en se déportant brutalement vers la droite. Emporté par son élan, Theo glissa sur les dalles de lino pendant que sa proie rebroussait chemin.

Tristan se fraya un passage à coups de coude dans l'assistance puis se dirigea droit vers l'escalier menant à la coursive du Old Beaumont. Lorsque Theo fut de retour dans la salle, Adam s'interposa.

— Fous-lui la paix, abruti ! cria-t-il. Si tu continues, on va se faire virer du concours.

Mais Theo avait perdu le sens commun. Il contourna son frère, hâta le pas et gravit l'escalier quatre à quatre. Jay vit Tristan effectuer un tour complet de la coursive, progressant à vive allure vers les marches situées de l'autre côté de la salle puis, épouvanté, jeter une jambe par-dessus la rampe. Il faillit perdre l'équilibre et basculer dans le vide, une acrobatie qui l'aurait précipité six mètres plus bas, mais il parvint à se rétablir. Alors, il se mit à glisser à califourchon sur la fine barre de métal.

Theo, jugeant la cascade trop risquée, préféra emprunter l'escalier, tandis que Tristan poursuivait sa descente infernale vers le bas de la rampe et la sphère de laiton placée à son extrémité qui menaçait dangereusement son entrejambe.

Il serra les cuisses dans l'espoir de ralentir sa glissade, mais l'une de ses baskets se prit entre deux barreaux, si bien qu'il fut violemment précipité vers l'intérieur de l'escalier et dévala les quatre dernières marches en roulé-boulé.

Étourdi, il se redressa tant bien que mal et tituba vers le parterre. Theo, qui comptait bien refaire son retard et le bourrer de coups de pied, vit un individu apparaître dans son champ de vision et battit aussitôt en retraite. L'homme, grand et mince, portait un sac au logo d'un grand magasin. Il était coiffé d'un casque de la police métropolitaine de Londres et la manche de sa veste noire était ornée d'un triple galon blanc en chevrons.

— Tout va bien, mon garçon ? demanda le sergent Chris Ellington en aidant Tristan à se redresser.

— Salut p'pa, dit Jay, se réjouissant secrètement de la mésaventure de son ancien ami. Je ne savais pas que tu passerais.

— Je ne t'ai rien dit parce que je n'étais pas sûr de pouvoir me libérer, dit l'homme en lui tendant le sac. Tiens, c'est pour toi, fiston. Ton obstination a fini par payer.

35. Comme des sardines

L'express ayant été annulé, le train de banlieue avait été pris d'assaut. Summer, les bras collés le long du corps, était littéralement portée par une masse compacte de passagers. Perdue dans cette foule anonyme, elle se sentait en sécurité, mais ignorait si ses camarades avaient pu prendre place à bord de la rame. Si leurs étuis et leur aspect physique caractéristique les avaient trahies, elle se retrouverait seule à Londres, sans un sou pour se procurer un billet de retour.

À chaque arrêt, elle s'attendait à découvrir le quai grouillant de policiers et de chiens. Malgré elle, des images se formaient dans son esprit : une paire de menottes, une cage de garde à vue, un fourgon cellulaire, une salle d'interrogatoire... Ces scènes, vues maintes fois à la télévision, elle risquait désormais d'en devenir l'héroïne malheureuse.

Lorsque le train fut entré en gare de Londres Euston, Summer, une jambe paralysée par des fourmillements, attendit près d'une minute avant de quitter la rame, puis elle aida une petite femme âgée vêtue de noir à descendre du wagon. Sur le quai, à vingt mètres devant elle, elle reconnut la coupe afro de Coco dominant le flot des passagers.

— Je dois prendre un taxi, dit la vieille dame. Savez-vous où ils se trouvent ?

— Désolée, mais c'est la première fois que je viens à Londres, répondit Summer en faisant mine d'inspecter le contenu de ses poches. Oh zut, je crois que j'ai perdu mon billet !

— Ne t'inquiète pas, ma petite, les portillons restent toujours ouverts, ici, expliqua la vieille dame. En général, les billets sont compostés dans le train, mais avec tout ce monde, le contrôleur n'a pas pu faire son travail.

Pour Summer, c'était la première bonne nouvelle de la journée. Estimant que la vieille dame faisait un excellent subterfuge, elle décida de rester à ses côtés.

Au bout du quai se trouvait une rampe de béton menant au hall de la gare. Comme prévu, il n'y avait pas de contrôles, mais plusieurs membres de la PTB, portant gilet jaune fluo et casque traditionnel des bobbies, surveillaient la foule, rangés sur le côté.

Summer était convaincue qu'ils avaient été chargés de procéder à leur arrestation. Elle s'inquiétait pour Coco. Avec sa coupe afro et son long étui de basse, cette dernière avait peu de chances d'échapper à leur vigilance.

— Je me rends à l'enterrement d'une vieille amie, dit la grand-mère, histoire d'alimenter la conversation. Nous travaillions ensemble au rayon rideaux d'un grand magasin d'ameublement.

Incapable de se concentrer, Summer ne fit aucun commentaire. Parvenue au sommet de la rampe, la tête de Coco disparut de son champ de vision. Les policiers n'avaient pas bougé.

— Nous avons été collègues pendant près de quarante ans, continua la vieille dame.

— Eh bien, vous avez dû vendre beaucoup de rideaux, sourit Summer, l'air absent.

— Un nombre incalculable !

Lorsqu'elles passèrent devant le détachement de police, Summer, tenaillée par l'angoisse, baissa les yeux. Lorsqu'elle eut franchi la rampe, elle aperçut sa camarade, à l'autre extrémité du hall, en grande conversation avec un jeune homme au look négligé et au visage encadré d'épais favoris. Chose étonnante, ce dernier portait l'étui de basse de Coco.

— C'était un plaisir de discuter avec vous, dit Summer à sa complice involontaire. J'espère que vous serez à l'heure à la cérémonie.

— Merci, vous êtes charmante, jeune fille.

Summer jeta un coup d'œil par-dessus son épaule sans reconnaître les sœurs Wei dans la foule des voyageurs. Elle décida de se diriger vers Coco et son nouvel ami. Elle fit halte à quelques pas de distance et écouta leur conversation en faisant mine de s'intéresser aux magazines alignés sur un présentoir.

— Je suis à Londres pour quelques jours, dit cette dernière. Appelle-moi en fin d'après-midi. Je t'offrirai un verre pour te remercier d'avoir porté ma basse.

À l'évidence, le jeune homme à la peau grêlée n'avait aucune chance avec Coco.

— OK, Ariel, dit-il, tout sourire, en posant l'étui. C'était super de discuter avec toi. Et j'espère que tu seras bientôt débarrassée de cette douleur à l'épaule.

Sur ces mots, il lui adressa un signe de la main et se dirigea vers l'escalator menant au métro. Coco adressa un clin d'œil à Summer puis, d'un hochement de tête, désigna les portes automatiques donnant sur le parvis de la gare.

Marchant à quelques pas de distance, elles les franchirent sans échanger un mot.

— Ariel ? s'esclaffa enfin Summer. Joli prénom.

Coco haussa les épaules.

— C'est le premier qui m'est passé par la tête.

C'est alors qu'elles virent Michelle et Lucy installées sur un banc, à proximité d'un stand Starbucks. Les quatre filles se sautèrent au cou les unes des autres.

— J'ai pensé que j'allais mourir quand je suis passée devant les flics, soupira Coco.

— Et vous, comment êtes-vous sorties aussi vite ? demanda Summer.

— On était dans le dernier wagon, expliqua Lucy. Alors on a traversé sur les rails et on est passées par le quai d'en face.

— Risqué mais efficace, sourit Michelle.

— On ne devrait pas traîner ici, dit Coco. Il y a sans doute des caméras de surveillance.

— J'ai vu des taxis disponibles remonter la rue, de l'autre côté de la gare, dit Lucy.

Tandis que Coco et Summer hochaient la tête en signe d'approbation, Michelle sortit un objet de sa poche et gloussa :

— Mr Cyclope peut venir avec nous ?

En découvrant l'œil de verre qu'elle tenait entre le pouce et l'index, formant une macabre marionnette, ses complices esquissèrent un mouvement de recul.

— Tu es complètement malade ! cria Coco. Quel intérêt de voler ce truc ?

— Comment tu peux toucher ça ? ajouta Lucy. C'est vraiment dégueulasse.

— Je suis certaine qu'elle en a des caisses, ricana Michelle.

Puis elle se tourna vers sa propre main et s'adressa à l'œil de verre avec une voix de dessin animé.

— N'écoute pas ces méchantes filles. Ta maman t'aime beaucoup, Mr Cyclope.

36. En plein cœur

Lorsque Tristan, à bout de souffle, eut trouvé refuge auprès de Mrs Jopling, Jay ouvrit le sac que lui avait remis son père. Il y trouva le blouson de cuir essayé six semaines plus tôt au cours d'une après-midi de shopping en compagnie de sa mère. Il l'avait implorée de le lui offrir, mais elle avait opposé un refus catégorique. À l'évidence, ses parents s'étaient joints au téléphone pour comploter à son insu.

— C'est génial, sourit Jay.

Il serra son père dans ses bras puis enfila le vêtement sur son sweat-shirt à capuche. Les manches étaient un peu longues mais, vu qu'il n'avait pas terminé de grandir, il se dit qu'il lui irait parfaitement lorsque viendrait la rentrée de septembre.

— J'ai une grande nouvelle à t'annoncer, dit Chris Ellington.

— Oh, sans blague ? se réjouit Jay. Tu as réussi le concours d'inspecteur ?

Son père lui adressa un sourire radieux. Heather marchait à sa rencontre.

— Alors, tu crois qu'il va enfin nous foutre la paix, maintenant qu'il a obtenu ce qu'il voulait ? dit-elle.

— J'espère bien, répondit Chris. Dans le cas contraire, nous serons obligés de l'étrangler.

Accompagné du reste de la famille, Big Len vint lui serrer la main et lui présenter Babatunde. Seul Theo, que la simple présence d'un policier mettait extrêmement mal à l'aise, demeura à l'écart. Jay, lui, était ravi de profiter d'un bref moment en compagnie de son père et de sa mère.

Hank vint se planter au pied de Chris.

— Je peux essayer ton casque ? implora-t-il.

— D'accord, mais juste une minute, répondit le policier.

— Je peux essayer ton Taser ? plaisanta Adam.

— Malheureusement, la batterie est à plat. Je l'ai vidée sur ce chat qui squatte mon jardin.

— J'aurais bien besoin d'un de ces engins pour vous mettre au pas, les garçons, ricana Heather.

— Personnellement, à ta place je concentrerais mes tirs sur Kai, ricana Jay. Tu t'en es déjà servi pour de vrai, papa ?

À la déception générale, Chris Ellington secoua la tête.

— Pour le moment, je passe l'essentiel de mon temps dans un bureau. De la paperasse et des horaires réguliers, tout ce que j'aime.

— Tu ne m'avais pas prévenue que tu passerais, fit observer Heather.

— J'étais convoqué pour faire une déposition devant le tribunal, mais le juge a suspendu l'audience, alors je suis libre jusqu'à treize heures. À quelle heure jouez-vous, Jay ?

— À midi et demi, si tout se déroule comme prévu.

— Parfait. Mais je devrai filer dès que ce sera terminé. Au fait, vous avez fini par trouver un nom ?

— L'organisateur a mis la pression sur Jay, répondit Big Len. Alors il a choisi Jet, je ne sais pas trop pourquoi.

— Ça aurait pu être pire, fit observer Adam.

Babatunde hocha la tête.

— On pourrait même conserver ce nom, dit-il, histoire de s'épargner d'autres engueulades.

— Je vois, sourit Chris en se tournant vers son fils. En gros, tu as choisi tes initiales.

Jay, à la fois honteux et furieux que son père ait vendu la mèche, ne savait plus où se mettre.

— Mais oui ! s'exclama Adam. Jay Ellington-Thomas. Espèce de sale petit con mégalo !

Babatunde éclata de rire.

— Ça, c'est ce que j'appelle faire un coup en douce, dit-il.

— C'est sorti comme ça, plaida Jay. Je vous jure que ça n'avait rien de prémédité.

Adam leva les yeux au ciel.

— Mais ouais, prends-nous pour des cons.

Alors qu'une énième dispute semblait sur le point d'éclater, quatre filles visiblement pressées firent irruption dans la salle.

— Alerte rouge, ronronna Babatunde. Je prends celle avec les jambes interminables et la coupe afro.

— Moi, je me réserve la petite blonde avec le T-shirt The Clash, gloussa Adam. Jay et Theo n'auront qu'à se partager les deux Chinoises.

— Bravo, c'est presque aussi sexiste que raciste, gronda Heather en lui tirant violemment l'oreille. Ces filles ne sont pas du bétail, sombre crétin.

— Je crois que ce sont les gamines qui nous ont demandé de leur prêter la batterie, dit Big Len tandis qu'elles s'entretenaient avec Steve Carr.

Lorsqu'ils virent ce dernier approcher accompagné des quatre filles, Adam et Babatunde échangèrent de discrets coups de coude.

— Je vous présente les Industrial Scale Slaughter, annonça Steve.

— Merci de nous prêter votre batterie, dit Coco.

— C'est un plaisir, sourit Big Len. C'est mignon, ce léger accent. Vous venez de Birmingham, je me trompe ?

— Presque, dit Coco. Nous sommes de Dudley.

— Et vous avez fait bon voyage ?

Les filles échangèrent un regard coupable. Elles avaient repéré le policier en uniforme qui traînait dans les parages, et il n'était pas question d'évoquer l'incident survenu à bord du train.

— Vous jouerez juste après Jet, leur dit Steve. Ça nous fera gagner du temps, car il ne sera pas nécessaire de changer de batterie. D'ici là, je vous conseille de vous détendre et de vous rafraîchir. Si vous avez des questions, n'hésitez pas à venir me voir.

— OK, super, dit Lucy.

— Merci de nous avoir acceptées malgré le retard, ajouta Coco.

Lorsque Steve tourna les talons, Jay se retrouva seul à quelques centimètres de Summer. D'ordinaire, il perdait tous ses moyens en présence des filles, mais elle était si proche qu'il aurait été parfaitement ridicule de ne pas engager la conversation.

— Depuis quand vous jouez ensemble ? bredouilla-t-il.

Summer était légèrement plus petite que lui. Ses cheveux étaient en désordre et la peau de son visage brillait un peu, comme si elle venait de faire un footing, mais Jay la trouvait ravissante.

— Mes copines ont fondé le groupe il y a deux ans, répondit-elle, mais je ne les ai rejointes qu'il y a trois semaines. Eh, il est cool, ton nouveau blouson.

— Comment sais-tu qu'il est nouveau ?

Summer désigna l'étiquette cartonnée qui pendait à une poche placée à hauteur de l'estomac.

— Oh zut, lâcha Jay en l'arrachant d'un coup sec. J'aurais eu l'air de quoi si j'étais monté sur scène comme ça ?

Summer lâcha un rire cristallin.

— Ça aurait été hyper mignon, gloussa-t-elle.

À cet instant, Hank, coiffé du casque de policier, braqua vers elle deux doigts tendus.

— Les mains en l'air ! cria-t-il.

— Oh, qu'est-ce qui se passe ? demanda-t-elle. Tu es venu m'arrêter ?

— Nan, je vais te tuer avec mon Taser, gronda le petit garçon.

— Au fait, je m'appelle Jay. Et toi ?

Summer tituba en arrière, comme si Hank l'avait touchée en plein cœur.

— Summer, dit-elle. Et je suis heureuse de t'avoir connu avant de mourir.

37. Esprit rebelle

Frappés par la facilité avec laquelle Jay avait engagé la conversation, Adam et Babatunde ne tardèrent pas à retrouver leur langue. Faire partie d'un groupe leur offrait un sujet de discussion inépuisable. Theo les trouva installés en compagnie des filles d'Industrial Scale Slaughter dans le bar lounge aménagé à l'entrée de la salle. Hank, assis sur les genoux de Coco, dévorait un paquet de bonbons.

Erin, Alfie et Salman se joignirent à cette assemblée. Jay était aux anges. Summer continuait à lui sourire et à lui parler comme s'ils étaient seuls au monde. Elle n'accordait même pas un regard à ses frères, pourtant plus grands et plus sexy.

— Alors, comment se passe le concours ? demanda Lucy en se tournant vers la scène.

Un groupe baptisé Frosty Vader y interprétait un morceau dominé par l'orgue Hammond. Des boucles de synthétiseur analogique se mêlaient à des samples de cris d'animaux. Le chanteur portait des lunettes de laboratoire et un T-shirt représentant le savant fou du Muppet Show.

— Jusqu'ici, rien de transcendant, dit Adam.

— Brontobyte a assuré grave, sourit Salman.

— Ouais, on a tout déchiré, confirma Erin.

— Vous avez volé ma chanson et votre batteur a deux mains gauches, grogna Jay.

Voyant le sourire de Summer se faner, il regretta aussitôt d'avoir adopté ce ton agressif.

La jeune femme portant la glacière en bandoulière vint se joindre à la petite bande.

— Qui veut un Rage Cola ? lança-t-elle en posant deux canettes sur la table.

Cette fois, elle était accompagnée d'un homme d'une trentaine d'années portant une chemise à fleurs et un pantalon pattes d'éléphant.

— Salut, les stars ! s'exclama-t-il. Je m'appelle Zig Allen, je travaille pour Venus TV et je suis responsable de l'organisation de l'émission *Rock War*. Vous avez lu notre flyer ?

Jay et Adam hochèrent la tête sans grand enthousiasme.

— Ne le prenez pas mal, mais on n'aime pas trop les émissions de télé-réalité, dit ce dernier.

— Surtout celles qui s'adressent aux gamins, ajouta Lucy. Le genre de débilités qui passent sur Channel 3

Kids, dont les participants finissent tout habillés dans la piscine. Seuls les moins de dix ans regardent des trucs pareils.

Adam ébouriffa les cheveux de Hank.

— Même lui, ça ne l'amuse plus.

Zig secoua la tête.

— Vous vous trompez. *Rock War* n'est pas un programme pour enfants. L'émission est sponsorisée par Rage Cola, un produit destiné aux quatorze-vingt-cinq ans. Un public très critique, et vous en êtes la preuve.

Garçons et filles éclatèrent de rire. Zig comprit qu'il avait ferré son auditoire.

— Rassurez-vous, on ne va pas vous demander de reprendre des chansons des Backstreet Boys. On n'invitera pas vos grands-mères, on ne diffusera pas de photos de votre sixième anniversaire. Ce sera un show axé sur le rock, dans un esprit rebelle.

— Filez-moi dix mille livres et je signe, ricana Theo.

Zig ignora cette provocation.

— La première phase de l'émission sera diffusée trois jours par semaine. Les douze groupes sélectionnés grâce au site Internet rejoindront une grande maison à la campagne, où ils seront coachés par des professionnels. Ils bosseront dur, mais il y aura aussi des fêtes et des sorties organisées par la production. Chacun disposera d'une caméra pour tenir un journal de bord qui sera mis en ligne quotidiennement.

Nous voulons mettre en avant les interactions entre candidats, leur vie quotidienne, le processus de création musicale… et le chaos qu'ils ne manqueront pas de semer dans la baraque. Si vous participez à cette émission, je vous promets l'été le plus génial de votre vie. À la fin de ces six semaines, les candidats joueront au Medway Festival, devant cent quarante mille personnes.

— Vous imaginez un peu le trac… murmura Summer.

— La seconde phase de la compétition commencera à la rentrée. Les participants retourneront à la vie normale, mais ils seront accompagnés par une équipe de tournage. Ils seront filmés chez eux, au lycée, pendant les répétitions. Tous les samedis, ils se produiront dans des petites salles de concert aux quatre coins du pays. L'émission sera diffusée tous les dimanches soir sur Channel 3. Chaque semaine, les spectateurs voteront pour éliminer un groupe. À l'issue de la grande finale, les vainqueurs signeront un contrat avec une major et passeront les vacances de Noël aux Caraïbes pour enregistrer leur premier album.

Filles et garçons affichaient le même air rêveur. À l'évidence, la démonstration de Zig Allen avait fait mouche.

— Vu le nombre de groupes qui vont s'inscrire, les chances d'être sélectionnés sont plutôt minces, fit observer Salman.

— Elles sont plus importantes que tu ne le crois, le contredit Zig. Le site est ouvert depuis dix jours, et moins de quatre-vingts groupes se sont portés candidats. Et de vous à moi, la plupart d'entre eux ne sont pas à la hauteur de nos attentes. Je ne peux rien vous garantir, mais tout groupe terminant sur le podium d'un concours comme celui d'aujourd'hui a le niveau pour participer à l'émission.

— OK, dit Jay. Comment doit-on procéder ?

— Mettez votre profil en ligne, joignez-y une démo, des photos, une vidéo si possible, les paroles des chansons, tout ce qui pourra emporter le vote des internautes. Ce n'est pas plus compliqué que d'ouvrir une page Facebook.

— Ça peut valoir le coup, dit Lucy.

— Vous pouvez compter sur nous tous, s'enthousiasma Adam.

— Il faudra que j'en parle à ma mère, dit Alfie.

— Tu n'as que onze ans, fit observer Jay. C'est foutu pour Brontobyte.

Catastrophé, Alfie se tourna vers Zig Allen.

— Mais j'ai presque douze ans.

— Si tu fêtes ton anniversaire avant le début des vacances, ça ne posera aucun problème, répondit l'homme.

Tout sourire, Alfie adressa à Jay un bras d'honneur puis s'exclama :

— Le vingt-quatre juin ! Dans ta face, mon pote !

Zig avait plongé son auditoire dans un état de rêve éveillé, à tel point que les aspirants rock stars furent surpris de voir apparaître Steve Carr à leurs côtés.

— Jet et Industrial Scale Slaughter ? On est pile dans les temps. Je vous attends en coulisses. Vous devez être prêts pour la balance dans dix minutes.

.:.

Après quelques heures de répétition, il fallut bien se rendre à l'évidence : la haute opinion que Max avait de lui-même n'était pas totalement usurpée. Ses chansons étaient plutôt bien fichues, simples et accrocheuses. Dylan n'avait pas sa créativité, mais sa maîtrise de la théorie musicale et ses talents d'instrumentiste lui permettaient de sublimer ces compositions. En outre, la richesse de ses arrangements permettait aux autres de jouer des parties moins complexes, et de se concentrer sur les harmonies vocales.

Max avait une voix tranchante, un peu féminine, et une présence scénique convaincante. Persuader Eve de chanter n'avait pas été facile, mais son timbre doux et voilé reflétait parfaitement sa personnalité. Leo, lui, grondant et suant, s'égosillait comme un vieux bluesman, chose étonnante de la part d'un garçon né quinze ans plus tôt d'un couple d'ingénieurs en informatique.

À midi et demi, ils déjeunèrent sur la coursive. Leur repas fut servi par un majordome sur un antique chariot à triple plateau. C'était un véritable festin : pain tout juste sorti du four, fromages, saumon fumé, fruits frais, jus de fruits, café et pâtisseries.

— Chez moi, à l'heure du déjeuner, je descends à la cuisine pour coincer une tranche de jambon entre deux bouts de pain, sourit Leo.

Un peu embarrassé, Dylan rompit la miche encore tiède.

— Pain aux olives et aux noix, dit-il. Mon préféré.

— Ton père a un chef cuisinier à plein temps ?

— Le room service est assuré de cinq heures du matin à minuit. Si vous voulez quelque chose à boire ou à grignoter, décrochez n'importe quel téléphone de la maison et pressez la touche sept.

— Si je vivais ici, je serais tellement gros que je ne passerais plus par les portes, gloussa Leo en se servant une montagne de saumon.

— Tu es déjà énorme, fit observer Max.

— Être servi par des domestiques pendant toute son enfance n'a pas que des avantages, confessa Dylan. Quand je suis arrivé à Yellowcote, je ne savais même pas faire tremper un sachet de thé dans une tasse d'eau chaude.

Eve se servit une tranche de gâteau à l'orange et au chocolat qu'elle nappa généreusement de crème anglaise.

— Je suppose que vous avez une piscine ? poursuivit Leo.

— Et un jacuzzi, précisa Dylan. Mon père a fait installer un écran de cinéma dans le spa. Du coup, on peut mijoter en regardant des films. On pourrait faire ça, ce soir, qu'est-ce que vous en dites ? Je vous trouverai des maillots, et on fera des réserves de pop-corn, de bonbons et de hot-dogs.

— Je suis allergique au chlore, murmura Eve.

— Dans ce cas, on s'installera dans la salle de cinéma. L'écran est plus grand et le son nettement meilleur.

— Une salle de cinéma ? soupira Max. Je le crois pas…

Leo désigna le MacBook Pro posé sur une table basse.

— Ça te dérange si je l'utilise ? Je voudrais regarder un truc sur Internet.

— Bien sûr, fais comme chez toi.

Leo se connecta au site de Rage Cola. C'était l'un de ces sites pompeux et mal optimisés qui prennent des siècles à se charger, avec des menus dynamiques et une canette animée proposant des interactions parfaitement inutiles : on pouvait l'observer sous tous les angles, faire couler les gouttes de condensation, tirer sur la languette et en faire jaillir le liquide pétillant.

— Tu ne veux pas cliquer sur le bandeau *Rock War* ? demanda Dylan lorsque Leo eut testé toutes les possibilités du modèle 3D.

Ce dernier cliqua sur le lien et une guitare Fender Stratocaster apparut à l'écran. Le menu proposait trois options : *Regardez la bande-annonce de l'émission* Rock War, *Découvrez les candidats et votez*, et *Mettez votre profil en ligne*.

— Clique sur le troisième lien, dit Max.

— Merci, je sais lire, grogna Leo.

Un homme dont la silhouette évoquait celle du comte Dracula apparut dans une fenêtre vidéo. Le teint pâle et les cheveux longs, il portait des lunettes à verres violets.

— Salut, je m'appelle Billy-Don, et je suis le guitariste de Fourth Down and Ten ! lança l'individu avec un fort accent du sud des États-Unis. Je fais partie des pros que vous rencontrerez cet été, à la *Rock War Academy*, si vous avez la chance d'être sélectionnés. Je suis chargé de vous aider à franchir les étapes indispensables à la mise en ligne de votre profil. Pour commencer, vous allez remplir le formulaire qui va s'ouvrir dans quelques instants. Mais souvenez-vous : vous devez obtenir l'autorisation de vos parents avant de nous communiquer des données personnelles. Quand vous aurez terminé, je reviendrai vous filer quelques tuyaux qui permettront à votre profil de sortir du lot.

La fenêtre se ferma automatiquement, et un interminable questionnaire apparut à l'écran.

— On se lance ? demanda Leo.

— Ben ouais, qu'est-ce qu'on a à perdre ? sourit Dylan.

38. Mode automatique

Derrière la scène, Big Len et les membres de Jet attendaient que Frosty Vader évacuent la zone B. Le septième groupe de la compétition effectuait d'ultimes réglages en zone A.

— Par respect pour les concurrents qui sont en train de jouer, évitez de parler pendant que vous vous installez, avertit Steve Carr.

— Entendu, répondit Big Len tandis que Jay poussait la porte menant au parterre.

— Eh, où tu vas ? demanda Babatunde.

— Aux toilettes, répondit Jay. Je n'en ai que pour un instant.

— Mais tu y es déjà allé il y a cinq minutes, fit observer Adam.

— Je crois que je suis un peu tendu.

À la sortie des coulisses, il longea la table où avaient pris place les trois membres du jury puis emprunta le couloir menant aux toilettes, un réduit fétide à la plomberie déglinguée.

Après s'être soulagé dans un urinoir, Jay se planta devant le miroir du lavabo et chercha en vain un morceau de savon. Il se rinça les mains sous le robinet puis ébouriffa ses cheveux, qu'il jugeait beaucoup trop ordonnés. Enfin, il étudia son nouveau blouson. Vu sous cet angle, il le trouvait un peu trop large, pas aussi cool que dans son souvenir. Il envisagea de l'ôter, mais il craignait de décevoir son père. Les manches un peu trop serrées ne le gêneraient-elles pas pour jouer ?

Il recula d'un pas et prit une profonde inspiration. Non, ni ses cheveux, ni la coupe de son blouson n'étaient en cause. Il était tout simplement rongé par le trac. Il devait se reprendre sur-le-champ et rejoindre les autres membres du groupe pour la mise en place du matériel.

En sortant des toilettes, il croisa le guitariste de Frosty Vader qui se dirigeait vers l'entrée de service en traînant un énorme ampli. Lorsque ce dernier poussa la porte, Jay découvrit Summer en larmes sur le parking. Il redoutait de manquer le début de la balance, mais il se sentait obligé d'intervenir.

— Eh, qu'est-ce qui ne va pas ? demanda-il en posant une main dans son dos.

Summer n'était pas en état de parler. Elle avait les larmes aux yeux. Entre ses tennis, Jay vit une petite flaque de bile sur la chaussée.

Jay sortit de sa poche une petite bouteille d'eau qu'on lui avait remise à l'entrée des coulisses.

— Tiens, rince-toi la bouche.

Summer dévissa le bouchon, but au goulot puis cracha sur l'asphalte.

— Merci, dit-elle. Je crois que mes nerfs sont en train de lâcher. En plus, ma grand-mère était malade, ce matin, et on a eu les pires difficultés à venir ici.

— Tu sais, moi aussi, j'ai le trac. Je suis allé aux toilettes six fois en une demi-heure.

Summer se pencha en avant et fut secouée d'un spasme. Soudain, à quelques mètres de là, Jay aperçut deux hommes portant le gilet jaune de la fourrière en train de poser un sabot sur la roue avant droite de la Nissan de Theo.

— Écoute, je dois rejoindre les autres, dit-il. Et comme vous passez juste après nous, je te conseille de venir avec moi.

— Je n'aurais jamais dû accepter de faire partie d'un groupe, soupira Summer en se dirigeant vers la porte d'un pas traînant. J'aurais dû me souvenir que je ne supporte pas cette pression. En cinquième, quand j'ai joué dans une comédie musicale, ça m'a rendue malade. Mais j'ai fait tout ce chemin avec les filles depuis Dudley, et je ne peux pas les laisser tomber maintenant.

Ils empruntèrent le couloir menant à la salle.

— Tout ira bien, sourit Jay en lui touchant l'épaule. On va peut-être se ridiculiser, mais on n'en mourra pas.

Sur scène Big Len et Babatunde étaient en train de monter la batterie. Hâtant le pas, Jay et Summer poussèrent la porte des coulisses. Lucy considéra le visage pâle de Summer.

— Ça va ? Bon sang, je t'ai cherchée partout.

— Je ne me sentais pas très bien, alors je suis allée prendre l'air sur le parking.

Jay gravit les marches menant à la scène et y trouva Adam de méchante humeur.

— Tu étais censé t'absenter trente secondes. Qu'est-ce que tu as foutu ?

Jay ne répondit pas. Il envisagea d'informer Theo que sa voiture avait été immobilisée, mais ils devaient jouer dans cinq minutes, et il redoutait qu'il n'abandonne son poste pour aller se battre avec les employés de la fourrière.

Hilare, ce dernier l'attrapa par les épaules et le secoua comme un prunier.

— Alors, tu as la trouille, petit frère ? Tu veux mon point de vue ? Tous ces gens, dans le public, ce sont des losers qui n'ont ni le talent ni le courage de faire ce qu'on fait. Alors on se fout royalement de leur avis.

Au fond de la scène, près de la batterie, Lucy s'entretenait avec son homologue Babatunde.

Le groupe jouant en zone A ayant épuisé les dix minutes qui lui étaient imparties, l'ingénieur coupa le volume de la sono au beau milieu d'un morceau. La chanteuse, une fille d'une quinzaine d'années aux cheveux hérissés, renversa son pied de micro, se rua dans les coulisses et lâcha un tombereau d'injures à l'adresse de Steve Carr.

— Les règles sont les mêmes pour tout le monde, dit ce dernier. Et tu ferais mieux de disparaître de ma vue avant que je ne vous disqualifie pour indiscipline.

— Espèce de nazi ! aboya l'adolescente. On n'en avait plus que pour quinze secondes !

Steve ignora cette ultime insulte et s'adressa aux membres de Jet.

— Ne perdez pas trop de temps avec la balance. L'essentiel, c'est que le volume des instruments soit équilibré. Vos instruments sont branchés ?

— Branchés et accordés, répondit Big Len avant de se tourner vers ses poulains. Allez les garçons, en piste !

Jay se plaça en face de l'ampli et passa la sangle de sa guitare au-dessus de sa tête. Il réalisa aussitôt que son blouson entravait les mouvements de ses mains.

Saisi de panique, il reposa l'instrument, ôta le vêtement et le confia à son beau-père.

Lorsqu'un groupe joue un concert entier, les réglages peuvent durer plus d'une heure, mais avec dix-huit groupes au programme, l'opération se limitait à sa plus simple expression. L'ingénieur du son se contenta de tourner quelques boutons jusqu'à ce que les niveaux lui semblent corrects.

Jay plaqua quelques accords et s'interrompit lorsque Steve Carr lui adressa un hochement de tête. Quelques centaines de spectateurs se tenaient debout dans le parterre. Les participants qui avaient déjà délivré leur prestation étaient partis déjeuner, mais ils avaient été remplacés par ceux de l'après-midi.

Trois membres du jury étaient chargés d'évaluer les prestations : un individu au ventre rebondi portant une longue barbe, une femme filiforme à laquelle des cheveux gris donnaient des airs de sorcière, et l'animateur vedette de Terror FM, un dénommé Trent Trondheim, qui, visiblement accablé d'ennui, poignardait un gobelet en plastique avec son stylo-bille.

Les bras croisés, les membres de Brontobyte s'étaient rangés derrière les jurés. Tristan affichait une expression menaçante, mais Salman, Erin et Alfie faisaient des grimaces, un comportement potache destiné à déstabiliser gentiment leurs rivaux.

Steve Carr se retira dans les coulisses et leva les deux pouces.

— Prêts ? demanda-t-il.

Jay se tourna vers Theo, dont les lèvres articulèrent silencieusement les mots *on va tout déchirer*. Quand l'ingénieur du son poussa les faders du volume principal et que les murs d'enceintes émirent un discret bourdonnement électrique, il sentit son pouls s'accélérer.

Il positionna son médiator au-dessus des cordes et frôla la plus grave pour s'assurer que son instrument était branché. Un son strident résonna dans toute la salle. Jusqu'alors, il n'avait pas évalué la puissance de la sono. Il eut l'impression qu'on venait de lui offrir un jouet aussi excitant que dangereux, dont il pouvait faire un miracle ou une catastrophe.

— Bonsoir ! lança Theo. Cette chanson a été composée par mon petit frère Jay. Ça s'appelle *Friday Night Chip Shop Chaos*.

Babatunde donna quatre coups de baguettes pour lancer le tempo. Adam attaqua la ligne de basse, et Jay se sentit gagné par l'épouvante à la perspective de massacrer cette intro particulièrement complexe.

Sur un coup de cymbale crash, Babatunde se mit à battre un rythme tendu, si explosif que le DJ de Terror FM en lâcha son gobelet. Tristan, lui, avait l'air totalement abattu.

Je vais me planter, je vais me planter, je vais me planter, pensa Jay, incapable de chasser ces pensées négatives.

Puis ses doigts, presque malgré lui, se mirent en mouvement. Il avait joué ce morceau des centaines de fois, et le résultat, amplifié par les vingt-cinq mille watts de la sono, sonnait du tonnerre. Il éprouvait la sensation étrange d'être sorti de son corps et de regarder un inconnu jouer à sa place.

Theo attrapa le micro à deux mains, lança un grognement guttural puis aboya les premiers mots de la chanson.

Chip shop, c'est vendredi soir,
C'est le chaos, yeah, c'est le foutoir,
Ça gueule et ça cogne au hasard…

Big Len, fort de sa longue expérience dans le milieu de la musique, avait aidé les membres de Jet à composer leur brève setlist. La nouvelle chanson ne dura pas plus de trois minutes, puis les garçons enchaînèrent sur leur propre version survitaminée de *Christine*, sans temps mort. Babatunde étant à l'évidence le virtuose du groupe, il s'était vu attribuer un solo de quatre-vingt-dix secondes, laissant ses camarades reprendre leur souffle. La plupart des candidats avaient terminé leur prestation par leur composition la plus efficace. Jet avait opté pour une reprise de *Walk This Way* d'Aerosmith, dans l'espoir que son célébrissime riff de guitare mette le feu au public.

Le visage ruisselant de sueur, Jay, toujours en mode automatique, s'acquitta parfaitement de ce défi. Quatre minutes durant, il regarda ses doigts courir sur le manche de sa guitare. Babatunde donna l'ultime coup de cymbale avec dix-huit secondes d'avance sur le temps qui leur était imparti, exactement comme lors des répétitions.

Theo se tourna vers les jurés.

– Vous trois, on connaît vos adresses, lança-t-il avant d'éclater de rire et de pointer un doigt en direction de Hank. Et big up à toi, petit frère !

Le public applaudissait à tout rompre. Jay se tourna pour adresser à Adam un sourire radieux. Babatunde sauta de son tabouret, contourna la batterie et lui flanqua une grande claque dans le dos. Big Len grimpa sur la scène et serra tour à tour ses protégés dans ses bras.

Aux yeux de tous, participants et spectateurs, Jet venait de frapper un grand coup.

39. Soleil radieux

Jay, Adam et Babatunde disparurent dans les coulisses afin de laisser les filles d'Industrial Scale Slaughter investir la scène. Theo, lui, enjamba les enceintes de retour, et sauta directement dans la salle. Il souleva Hank à bout de bras et le jeta dans les airs.

— Big up, big up ! cria ce dernier, au comble de l'excitation.

L'enfant, ravi d'obtenir l'attention d'un grand frère qui ne faisait d'ordinaire que passer en coup de vent à la maison, était aux anges.

Erin vint trouver Jay, Adam et Babatunde en coulisses.

— Félicitations, les mecs ! Vous avez assuré grave !

— Tu n'étais pas mal non plus, répondit Babatunde, sans qu'on puisse déterminer avec certitude s'il parlait de sa plastique ou de son jeu de guitare.

Sur la scène, au grand désespoir de sa sœur, Michelle n'en finissait pas d'accorder sa basse.

Summer s'adressa à la foule d'une voix à peine audible.

— Désolée pour le contretemps, dit-elle en se tournant vers sa camarade en difficulté.

Aussitôt, cette dernière se rua vers son pied de micro et aboya :

— Nous sommes Industrial Scale Slaughter, et notre première chanson s'intitule *Dark* !

Ne reconnaissant pas l'introduction, Jay supposa qu'il s'agissait d'une composition personnelle. Le jeu de Coco et des sœurs Wei était précis et énergique, mais sans grande originalité. Puis Summer commença à chanter.

Les paroles n'avaient aucun intérêt, mais en entendant sa voix, Jay sentit un frisson courir le long de sa colonne vertébrale. Le premier couplet achevé, elle jeta un regard nerveux dans sa direction.

Jay sentit son cœur manquer un battement. Summer était un peu plus âgée que lui, elle était d'une beauté aussi discrète que renversante, et elle vivait à deux cents kilomètres de Londres. Trois raisons de ne pas laisser vagabonder son imagination. Seulement, il éprouvait un sentiment inconnu et violent qui, il en avait la conviction, pouvait déplacer des montagnes.

Ce moment de grâce s'acheva brutalement lorsqu'il reçut une violente claque entre les omoplates.

— Tu as assuré comme un pro, sac d'os ! s'exclama Theo.

Au pied des gradins, leur mère rayonnait de joie et de fierté. Jay était ravi de la voir heureuse, mais il ne pouvait pas reculer éternellement le moment d'informer Theo de ce qui était arrivé à sa voiture.

— La fourrière a posé un sabot sur ta bagnole, dit-il en désignant le couloir menant au parking.

— Qu'est-ce que tu racontes ? rugit Theo.

— Ta Nissan. Celle que tu as garée devant la sortie de secours.

Theo se rua vers le parking. Jay décida de ne pas le suivre. Ne se sentant pas d'humeur à le voir piquer une nouvelle fois sa crise, il rejoignit Heather au fond de la salle.

— Tu t'es débrouillé comme un chef avec cette guitare ! s'exclama-t-elle avant de déposer un baiser sur sa joue.

— Papa est dans le coin ? demanda Jay.

— Il a filé juste après le set. Il a dit que tu l'avais impressionné et qu'il essaierait d'être présent pour l'annonce des résultats.

En déboulant sur le parking, Theo, loin de s'émerveiller devant le ciel bleu, le soleil radieux et les eaux scintillantes du canal, ne vit que le sabot jaune vif fixé à la roue avant de sa Nissan, et le PV glissé sous l'essuie-glace.

Ce véhicule est stationné illégalement dans une propriété privée. Il vous sera restitué en échange du paiement d'une amende de 125 livres. Veuillez contacter la fourrière Stavros au numéro de téléphone figurant au dos de ce document. Espèces, Visa, MasterCard, American Express. Les chèques ne sont pas acceptés.

– Et merde ! hurla Theo avant de réaliser qu'il pataugeait dans une flaque de vomi et de brailler de plus belle.

Personne n'aime voir son véhicule pris en otage, surtout par une société privée s'apparentant à une entreprise d'extorsion de fonds. Theo ne possédait ni carte bancaire ni argent liquide, mais il avait noué avec ce véhicule volé un lien si puissant qu'il se refusait à l'abandonner à cette bande de vautours.

Il se déplaçait à bord de la Nissan depuis plus de cinq mois. La cabine devait être truffée d'empreintes digitales et de traces ADN. Si la police procédait à des prélèvements, il pouvait dire adieu à sa liberté conditionnelle.

Par chance, il connaissait un mécano spécialisé dans le maquillage des véhicules volés qui, selon lui, devait posséder le matériel permettant de se débarrasser du sabot.

Il sortit son portable, composa le numéro de son contact et eut la surprise d'entendre une voix féminine à l'autre bout du fil.

— Salut, c'est Theo. Je peux parler à Stuart ?

La fille s'exprima d'une voix pâteuse.

— Pas pour le moment, glousse-t-elle, manifestement sous l'emprise de la drogue.

— Vous pouvez aller le chercher ?

L'inconnue observa un long silence, à tel point que Theo pensa qu'elle avait raccroché.

— Non, finit-elle par lâcher.

— Écoutez, c'est extrêmement important. Il faut qu'il se pointe au Old Beaumont, à Camden, avec son chalumeau à acétylène.

— Eh ben, ça risque de prendre un moment, s'esclaffa la jeune femme. Je suis la petite sœur de Stuart, et il m'a refilé son portable. Tu te souviens de moi ?

Theo était allé chez le mécanicien à plusieurs reprises, et il voyait désormais à qui il avait affaire : vingt ans, cheveux bouclés, silhouette de rêve, mais regard absent et visage bizarrement asymétrique. Elle se prénommait Karen. Ou Kerry.

— Tu peux me passer son nouveau numéro ? Il faut que je lui parle de toute urgence.

— Désolée, on ne peut pas le joindre pour le moment. Mais si tu me files tes coordonnées, je lui demanderai de te rappeler.

— Oh, il s'est fait coffrer, c'est ça ?

— Ouais, c'est ça, on ne peut rien te cacher. Les flics ont débarqué dans sa planque, et ils ont trouvé une Nexus complète en pièces détachées. Il est parti en cabane avec notre frère.

Theo maudit sa malchance.

— T'aurais pas un petit truc à fumer, Theo ? marmonna la fille. Ça te dirait de passer à la maison ?

— Un autre jour, peut-être. Mais pour le moment, il faut que je te laisse.

À l'instant où il mit un terme à la communication, l'un des participants vint à sa rencontre, portant un étui de guitare.

— Votre set était super, mec, dit-il.

— Merci, grogna Theo.

Sans argent ni outils pour se débarrasser du sabot, il était coincé. Bientôt, une dépanneuse embarquerait la Nissan pour la fourrière, et il lui serait impossible de démontrer qu'il en était propriétaire. En outre, il n'avait ni permis, ni papiers d'assurance, ni carte grise. Tôt ou tard, les autorités découvriraient que le véhicule avait été volé. La police scientifique passerait la cabine au peigne fin à la recherche d'indices matériels puis les flics débarqueraient au Thomas'Fish Bar pour procéder à son arrestation.

Theo n'avait plus qu'une solution : détruire sa chère, très chère Nissan.

40. Titanic de poche

Les joues en feu, comme rôties par le regard des spectateurs, Summer attaqua le dernier couplet de *Dark*. Elle tapa du pied, ferma les yeux et s'imagina dans le studio de répétition des sœurs Wei, sans rien d'autre à regarder qu'un mur de brique.

Hélas, Michelle se précipita vers l'avant-scène et balança les hanches en cadence, adoptant une posture provocante. À ce spectacle, Summer perdit sa concentration et réalisa qu'elle aurait préféré se trouver aux côtés de sa grand-mère, disputer une partie de Scrabble ou se blottir sous sa couette. Bref, elle aurait préféré se trouver n'importe où ailleurs que sur la scène du Old Beaumont.

— Yeah ! hurla Michelle.

Déstabilisée par ce comportement, Summer eut les pires difficultés à boucler la chanson. Tandis que les spectateurs applaudissaient poliment, elle se tourna vers sa partenaire et s'exprima avec une raideur dont elle n'était pas coutumière.

— Arrête tes conneries, OK ? Si tu continues comme ça, je vais me planter en beauté. C'est ça que tu veux ?

Mais Michelle était en transe, et rien ne pouvait plus la ramener à la raison. Le deuxième morceau de la brève setlist était *Bears, Bikes, Bats and Sex*. D'ordinaire, elle se contentait de quelques interventions vocales, quelques notes du refrain doublées ou harmonisées à la tierce supérieure. De sa propre initiative, elle vint se planter à côté de Summer et chanta à l'unisson l'intégralité de la chanson sans cesser de remuer le bassin.

Par chance, cet arrangement improvisé se révéla si efficace que Summer, gagnant en confiance à chaque mesure, se surprit à imiter les déhanchements de Michelle. Bientôt, elle sentit tous les muscles de son corps se détendre puis sa voix gagner en puissance et en profondeur.

Le début de la prestation n'avait peut-être pas été parfait, mais il leur restait quatre minutes pour la remettre sur les rails…

⁘

La mort dans l'âme, Theo s'installa au volant de la Nissan. Il roulait à son bord depuis cinq mois – un record – et l'idée de devoir l'abandonner à cause d'un stupide sabot lui brisait le cœur.

Il trouva un sac en plastique Tesco sous le siège passager et commença à y fourrer ses effets personnels éparpillés dans la voiture : quelques CD, un téléphone portable prépayé, un paquet de bonbons entamé, une veste en jean et un soutien-gorge orné de petits cœurs. Dans la boîte à gants, il récupéra le GPS acheté trente livres à un client du White Horse et une bouteille de vodka géante dérobée dans la réserve de sa tante.

Il en ôta le bouchon et but une gorgée au goulot pour se donner du courage. Il abaissa le dossier de son siège afin de se glisser à l'arrière du véhicule puis vida les deux litres et demi de liquide inflammable sur la banquette et les tapis de sol.

Il se rassit, posa les mains sur le volant de la Nissan pour la dernière fois et se remémora les bons moments passés à son bord : ses virées sur l'autoroute au mépris des limitations de vitesse, les soirées à picoler avec ses copains, leurs fous rires lorsqu'ils effrayaient les piétons au feu rouge en faisant gronder le moteur, la fille qui avait laissé son soutien-gorge en souvenir d'une soirée torride, le jour où il avait reculé accidentellement dans la vitrine d'un supermarché Morrisons.

— Tu vas me manquer, ma vieille, dit-il.

Il avait les larmes aux yeux, et pas seulement à cause des vapeurs de vodka. Tandis qu'il cherchait son briquet, une idée particulièrement tordue germa dans son esprit. La Nissan disposant de quatre roues motrices, elle était sans doute en mesure de rouler quelques dizaines de mètres avec le sabot avant que la direction ne rende l'âme. Or, la Porsche Cayenne de Mrs Jopling était garée à vingt pas, au bord du canal. Par la lunette arrière, on pouvait apercevoir les toms de la batterie de Tristan.

— Je vais vous apprendre à traiter ma mère de traînée, murmura Theo en esquissant un sourire maléfique.

Redoutant que les vapeurs d'alcool ne s'enflamment dès qu'il démarrerait le moteur, il ramassa le sac contenant ses affaires et ouvrit la portière de façon à pouvoir évacuer le véhicule dès qu'il se mettrait en mouvement.

Puis il tourna la clé de contact. Pas d'explosion, pas de boule de feu, pas la moindre petite flamme. Theo appuya sur la pédale d'accélérateur. La roue prisonnière du sabot émit un grincement sinistre et lâcha une gerbe d'étincelles, mais le 4 x 4 prit progressivement de la vitesse. Le tableau de bord se mit à clignoter comme une guirlande de Noël.

Le grincement provoqué par la friction du sabot contre la chaussée était assourdissant, et Theo éprouvait les pires difficultés à contrôler sa trajectoire. Après avoir heurté l'aile droite d'une camionnette Opel, il tendit les bras sur le volant pour amortir le choc et percuta le pare-chocs arrière de la Porsche Cayenne, lui faisant faire un bond de deux mètres vers l'avant. Les roues avant dans le vide, elle s'immobilisa en équilibre instable au-dessus des eaux verdâtres du canal.

Avec un calme olympien, Theo ramassa un quotidien gratuit abandonné sous le siège passager et descendit de la voiture. Il arracha une page du journal, la roula en boule, l'enflamma à l'aide de son briquet et la jeta sur la banquette arrière. À l'instant précis où la Nissan s'embrasa, la Porsche bascula en avant, mais au lieu de plonger dans le canal, elle s'écrasa sur la proue d'une péniche d'habitation dont Theo, compte tenu de la hauteur du quai, ignorait la présence.

Catastrophé par l'ampleur inattendue de la destruction, il tourna les talons et se mit à sprinter. Il sentit sur sa nuque la vague de chaleur produite par l'incendie de la Nissan puis vit une ombre immense grandir devant lui. Lorsqu'il se retourna, il découvrit une scène dépassant l'imagination.

Le poids la Porsche ayant déséquilibré la péniche, elle se dressait désormais à plus de quarante-cinq degrés, comme un *Titanic* de poche. Chaises en plastique, bouées et plantes en pot dégringolaient sur le pont et achevaient leur course dans le canal.

Lorsqu'il eut quitté le parking et débouché dans la rue principale, Theo cessa de courir et se fondit aussi discrètement que possible dans la foule des promeneurs.

Figé sur le sentier qui bordait l'autre berge du canal, seul un promeneur accompagné de son chien assistait à ce spectacle irréel. Lorsque la Porsche, vaincue par l'inclinaison, bascula dans les eaux du canal, la péniche retrouva brutalement la position horizontale, soulevant une énorme vague à laquelle l'homme et l'animal n'échappèrent qu'en gravissant précipitamment un talus, puis elle rompit ses amarres, bascula sur bâbord et coula à pic.

Le mini-tsunami provoqué par le naufrage atteignit une telle hauteur qu'il dépassa le quai opposé de plusieurs dizaines de centimètres, balaya le parking du Old Beaumont, s'engouffra dans le couloir menant à la salle où Industrial Scale Slaughter poursuivait sa prestation et inonda un tiers du parterre. Vivement contrarié, Steve Carr se précipita à l'extérieur afin de savoir ce qui pouvait bien se passer.

Jay, qui avait accompagné Hank aux toilettes et se décoiffait de nouveau devant le lavabo, éprouva une sensation extrêmement désagréable lorsque ses Converse se remplirent d'eau froide. En baissant les yeux, il découvrit un torrent qui déferlait à hauteur de ses chevilles, charriant déchets et mégots de cigarettes.

— Qu'est-ce qui se passe ? couina Hank, terrorisé.

Jay le prit dans ses bras et rejoignit la salle au pas de course. L'inondation avait contraint le public à se réfugier sur les gradins et dans la partie du parterre qui avait été épargnée. Une dizaine de spectateurs se pressaient vers la sortie.

Parmi eux, Mrs Jopling fut la première à rejoindre le parking. Elle chercha vainement du regard sa Porsche adorée puis, l'air perplexe, contourna la Nissan en feu, s'approcha du canal et poussa un hurlement déchirant.

41. Chien de chasse

Aveuglées par les projecteurs, les quatre filles d'Industrial Scale Slaughter ne pouvaient voir ce qui se passait devant la scène. Aussi, leur quatrième et dernière chanson achevée, elles s'étonnèrent de n'entendre ni sifflets ni applaudissements. Ce ne fut que lorsque le régisseur pressa le bouton commandant l'éclairage général de la salle qu'elles constatèrent que la plupart des spectateurs avaient déserté le parterre.

Même les juges regardaient ailleurs. Folle de colère, Michelle débrancha sa basse, sauta de la scène et atterrit dans un centimètre d'eau sale. Elle fit tournoyer son instrument au-dessus de sa tête puis le jeta sur la table du jury, pulvérisant une carafe d'eau dont le contenu inonda les notes qui y étaient disposées.

— Vous avez une idée de la galère qu'on s'est tapée pour arriver jusqu'ici ? hurla-t-elle. Vous auriez au moins pu avoir la politesse de nous regarder, bande de sacs à merde !

Demeurée plantée sur la scène, Summer se sentait vidée. Le comportement de Michelle réduisait à néant leurs maigres chances de succès.

— Il faut croire que ce n'est pas notre jour, grogna Lucy.

— Qu'est-ce qui s'est passé, dehors ? demanda Coco. Il y a de la flotte partout. Le canal a débordé ou quoi ?

L'ingénieur du son ayant coupé la sono et les portes latérales étant maintenues ouvertes, on pouvait entendre des hurlements en provenance du parking. Au pied de la scène, contre toute attente, le juré bedonnant discutait posément avec Michelle.

— J'apprécie que vous ayez votre propre son, dit-il. La plupart des musiciens de votre âge perdent leur temps à essayer d'imiter leur groupe préféré.

Il se leva, s'approcha de la scène et s'adressa à Summer.

— Quant à toi, tu as la voix la plus intéressante que j'aie entendue depuis longtemps. Tu es encore inexpérimentée, mais j'aimerais beaucoup que tu me donnes des nouvelles quand tu auras acquis un peu plus de confiance et de technique. Je pourrai peut-être t'aider, si l'industrie du disque n'a pas définitivement coulé d'ici là.

Summer se pencha pour prendre la carte de visite que l'homme lui tendait : *Connor Cook, directeur de la prospection, KMG records.*

— Merci… c'est très gentil, dit-elle, apaisée par ce compliment.

Le juré lui adressa un clin d'œil puis se tourna vers ses collègues.

— Bon, c'est la mi-temps, lança-t-il. Où est-ce qu'on va déjeuner ?

∴

La fumée noire dégagée par la combustion de la Nissan rendait l'atmosphère irrespirable. Deux camions de pompiers venaient de se ranger à l'entrée du parking. Un attroupement constitué d'une quarantaine de personnes s'était formé à quelque distance du brasier.

— Je sais que c'est l'un de vos sales mômes qui a fait ça ! hurla Mrs Jopling en désignant Heather et Big Len.

Jay se tenait à quelques mètres de sa mère. Accroché à sa jambe de pantalon, Hank le suppliait de se rapprocher pour contempler le désastre de plus près.

Lorsque les pompiers eurent déployé leurs lances d'incendie, un véhicule de patrouille pila sur le parking. Quatre policiers en uniforme en descendirent et ordonnèrent à la foule de reculer de dix mètres. Heather se précipita vers Jay puis pointa la carcasse fumante de la Nissan.

— C'est la voiture de ton frère ? chuchota Heather, tremblante de colère, tandis que Big Len hissait Hank sur ses épaules.

— Comment je le saurais ? répondit Jay en haussant les épaules. Il n'est jamais à la maison.

— Je te conseille de ne pas me mentir, gronda Heather. Dis-moi la vérité. Est-ce que tu as vu Theo conduire cette bagnole ?

Jay analysa froidement la situation : elle avait le pouvoir de faire de sa vie un enfer, mais être privé de sorties, d'argent de poche et même de guitare n'était rien comparé à ce que Theo lui ferait subir s'il le dénonçait.

— Je te jure que non, maman. Il faut que je te le dise en quelle langue ?

À cet instant, une femme en uniforme s'approcha de sa mère.

— Heather Richardson ? demanda-t-elle. Selon mes informations, vous avez un fils prénommé Theo. Savez-vous où il se trouve ?

À l'évidence, elle venait de recueillir le témoignage de Mrs Jopling.

Malgré la fureur qui l'habitait, il n'était pas question pour Heather de laisser l'un de ses fils, quelles que fussent ses fautes, tomber aux mains de la police. Elle employa le ton courtois qu'elle réservait d'ordinaire aux conversations téléphoniques avec l'administration et les fournisseurs du restaurant.

— Je suis navrée, mais je n'ai pas vu Theo depuis qu'il est descendu de scène.

— Pouvez-vous me communiquer son numéro de portable ? Nous avons quelques questions à lui poser, et il est dans l'intérêt de tout le monde que les circonstances de cet incident soient rapidement éclaircies.

— Vous savez, je suis mère de huit enfants, dit Heather en affichant un sourire fabriqué. Je ne peux pas tous les suivre à la trace. Les grands n'arrêtent pas de changer de téléphone.

Jay eut toutes les peines du monde à ne pas éclater de rire. En vérité, sa mère était un véritable chien de chasse. Elle connaissait par cœur le numéro de ses enfants les plus âgés, et ceux qui osaient violer le couvre-feu qu'elle leur imposait étaient assurés de recevoir un coup de fil rageur dans les deux minutes. La femme sergent plissa les yeux et pinça les lèvres. À l'évidence, elle ne croyait pas un mot de ce mensonge.

— Je vois. Dans ce cas, je vous prierai de nous contacter dès que vous aurez des nouvelles de Theo. Un bateau et deux véhicules ont été détruits. Il s'agit d'une affaire très grave que nous ne pouvons pas laisser impunie.

Steve Carr fendit la foule accompagné de deux policiers puis désigna une caméra de surveillance fixée sur le toit du bâtiment, à la verticale de l'entrée de service.

— Elle est équipée d'un objectif grand angle de façon à couvrir l'ensemble du parking, dit-il. L'enregistreur se trouve dans mon bureau. Je suggère que nous jetions sans tarder un coup d'œil aux bandes, histoire de voir à quoi ressemble notre saboteur.

42. Dauphin d'or

Jay considéra la caméra d'un œil anxieux puis se tourna vers sa mère.

— Je sais où se trouve son bureau, dit-il calmement. Dans les coulisses, juste à côté de l'endroit où il nous a fait patienter avant de monter sur scène. S'ils récupèrent la bande, Theo est foutu.

Heather écarquilla les yeux.

— Donc, tu savais pertinemment que c'était sa voiture ?

Jay crut que son cœur allait s'arrêter de battre, mais il trouva aussitôt un moyen d'effacer sa gaffe.

— Non, je t'assure que je ne savais rien, bredouilla-t-il, mais qui d'autre ferait une connerie pareille ? La facture doit s'élever à plusieurs centaines de milliers de livres. Vu que Theo est en liberté conditionnelle, s'ils mettent la main sur cet enregistrement, il finira en prison. Mais si tu réussis à les distraire, je trouverai peut-être un moyen de sauver sa peau.

Heather s'accorda quelques secondes de réflexion. Jay était un garçon honnête, au casier judiciaire vierge, et elle ne voulait pas qu'il s'attire des ennuis avec la justice. Cependant, l'idée que Theo retourne en centre de détention lui était insupportable.

— OK, tente le coup, dit-elle. Mais ne prends pas de risques inutiles. Pendant ce temps, je vais tâcher de te couvrir.

Lorsque Jay se faufila à l'intérieur du Old Beaumont, Heather aperçut Mrs Jopling qui s'entretenait avec un policier près d'un camion de pompiers. Elle se précipita vers sa rivale et lui flanqua un formidable coup de sac à main qui lui fit perdre l'équilibre, si bien qu'elle atterrit sur les fesses.

— Espèce de vieille vache ! hurla-t-elle. Je te conseille de la boucler ! Mon Theo est innocent !

Le policier s'interposa. Heather connaissait bien le système judiciaire anglais. Elle savait pertinemment que l'agression à laquelle elle venait de se livrer ne lui vaudrait qu'une légère amende sans inscription au casier judiciaire. Elle était résolue à provoquer un scandale maximal tout en évitant l'escalade de la violence.

Elle bouscula le fonctionnaire de police et ceintura fermement sa rivale.

— Lâche-moi, sale traînée ! cria Mrs Jopling en fichant ses ongles artificiels dans la nuque de Heather.

— J'ai besoin de renforts ! lança le policier, dépassé par l'enchevêtrement mouvant de bras et de cheveux qui se tortillait à ses pieds.

Tristan, lui, ne prit pas de pincettes. Il se jeta dans la mêlée, saisit Heather par les cheveux et lui tira la tête en arrière. Adam vint aussitôt au secours de sa mère. Il attrapa son agresseur par les chevilles, lui porta un méchant coup de pied dans les côtes et commença à le traîner vers le canal.

Comme Jay l'avait espéré, tous les pompiers et les policiers se regroupèrent sur le lieu de l'échauffourée. L'un d'eux saisit Heather sous les bras et tenta de la tirer à l'écart, mais Mrs Jopling en profita pour lui coller un solide coup de talon dans l'estomac. Aveuglée par la douleur, Heather échappa à l'homme qui la retenait puis, abandonnant toute stratégie, piétina sauvagement la main de son ennemie jurée.

Tandis que Mrs Jopling hurlait de douleur, Adam attrapa Tristan par le col et le souleva de terre.

— Je t'en supplie, ne me jette pas à l'eau, supplia ce dernier. Je ne sais pas nager.

— Lâche-le, Adam, supplia Erin, accourue au secours de son petit ami. Il va se noyer !

Theo serait sans doute resté sourd à cette supplique, mais à la différence de son frère aîné, Adam n'était pas un psychopathe. Il jeta Tristan sur le capot d'une Ford Mondeo, y imprimant une profonde bosse.

— Tu t'en sors bien, gronda-t-il.

Alors, il sentit une énorme main se refermer sur son bras, puis un pompier plutôt baraqué le sépara de son adversaire.

— Laissez tomber, les mecs, dit l'homme en se plaçant entre les deux belligérants. Vous allez vous attirer de sérieux ennuis, avec tous ces flics dans les parages.

Se sentant en sécurité, Tristan se laissa glisser du capot et adressa un doigt d'honneur à Adam.

— En fait, je nage comme un dieu, ducon. Je viens juste de décrocher mon dauphin d'or.

Adam lui lança un regard noir.

— Je te conseille de te faire discret, à la rentrée, avertit-il. Theo et moi, on aimerait bien savoir combien de temps tu tiens en apnée, la tête dans la cuvette des chiottes.

— Je te défends de le toucher ! cracha Erin.

À cinq mètres de là, Heather et Mrs Jopling, bien que séparées par un cordon de policiers et de pompiers, continuaient à s'insulter copieusement. À l'écart, Big Len tentait de réconforter le petit Hank, qui pleurait toutes les larmes de son corps.

Le sergent qui dirigeait le détachement s'adressa à ses subordonnés.

— Embarquez-moi ces cinglées et leurs deux abrutis de fils, cria-t-il. Sharon, appelle un fourgon et des renforts. Il faut sécuriser la zone et interroger les témoins. Nous avons besoin de preuves médico-légales et de clichés des dégâts matériels. Je veux que ce parking soit bouclé. Phil, accompagne Mr Carr jusqu'à son bureau. Si cette caméra fonctionne, on ne devrait pas tarder à y voir plus clair.

.:.

Depuis leur plus jeune âge, Dan et Theo, les deux frères aînés de Jay, s'étaient attiré d'innombrables ennuis avec la police, et le casier d'Adam n'était pas irréprochable. De notoriété publique, le pub de sa tante était le point de rendez-vous des receleurs du quartier, et sa mère avait été condamnée pour trafic d'objets volés. En dépit de cet environnement familial, le seul larcin de Jay remontait à ses six ans, lorsqu'il avait volé un stylo quatre couleurs dans la trousse d'un de ses camarades de classe.

Quelques minutes plus tôt, il avait été électrisé par le trac, une peur irrationnelle qui avait décuplé sa concentration et lui avait permis de se dépasser. En se dirigeant vers le bureau de Steve Carr, la peur qu'il ressentait était d'une tout autre sorte. C'était une énergie négative qui lui donnait la nausée et comprimait ses poumons, comme si Kai venait de sauter à pieds joints sur sa poitrine.

La salle de spectacle était presque déserte. Quelques musiciens qui avaient joué en fin de matinée traînaient encore dans le bar lounge ou faisaient la queue au stand proposant de la nourriture à emporter.

Jay releva sa capuche et en serra le cordon. Lorsqu'il atteignit le parterre partiellement inondé, il ne vit que deux personnes : une fille qui rôdait près des produits siglés Terror FM et un employé d'entretien. Ce dernier épongeait le parquet à l'aide d'un imposant balai à la brosse en forme de V branché sur une pompe électrique. À l'évidence, le Old Beaumont n'en était pas à sa première inondation.

Si l'homme l'interrogeait, Jay prétendrait avoir oublié son blouson dans les coulisses. Mais il n'eut pas à se servir de cette excuse et put librement pousser la porte située à gauche de la scène. Gagné par l'anxiété, il suait à grosses gouttes, et la capuche qui couvrait ses oreilles amplifiait le bruit de sa respiration.

La moitié supérieure de la porte du bureau de Steve Carr était constituée d'un panneau de verre dépoli où l'inscription *Martin Schott, manager* avait été rayée au marqueur et remplacée par le nom du nouveau responsable.

Redoutant de laisser des empreintes sur la poignée, Jay rentra une main à l'intérieur de sa manche droite avant de la faire pivoter. Il eut beau pousser puis tirer, rien à faire. La porte était verrouillée.

Ignorant combien de temps lui offrait la stratégie de diversion de sa mère, il inspecta la serrure. Theo l'aurait sans doute forcée en moins d'une minute, mais Jay n'avait aucune expérience dans ce domaine. Il n'avait plus que deux options : renoncer à son projet ou briser la vitre.

Avec un peu de chance, le ronronnement de la pompe électrique lui permettrait de ne pas être repéré. Pour l'heure, si on le surprenait devant la porte du bureau, il s'en tiendrait à son histoire de blouson. Qu'on le croie ou non, la police n'aurait rien de concret à lui reprocher.

Mais dès qu'il aurait cassé le panneau de verre, il ne pourrait plus faire demi-tour. Il devait agir rapidement. Steve Carr et les flics pouvaient débarquer d'un instant à l'autre.

43. Apnée

Jay se remémora les recommandations de sa mère : *Ne prends pas de risques inutiles*. Un avertissement difficilement conciliable avec le délit qu'il s'apprêtait à commettre. Cependant, il savait qu'en pareille circonstance, les moins de seize ans n'écopaient que d'un rappel à la loi. Tout ce qu'il risquait, c'était d'endurer un discours moralisateur et d'être condamné à rembourser le remplacement de la vitre. S'il échouait, Theo serait condamné à une lourde peine de prison, sa mère aurait le cœur brisé et Jet perdrait son chanteur.

Jay avait beau se bercer d'arguments rassurants, il n'en menait pas large. En outre, lui qui avait toujours mis un point d'honneur à se démarquer de cet imbécile de Kai en adoptant un comportement irréprochable, il était sur le point d'imiter ses grands frères, et cette perspective l'attristait profondément.

Il balaya du regard les coulisses à la recherche d'un outil qui lui permettrait de briser la vitre. Son choix se fixa sur un extincteur accroché à l'angle d'un mur, près des marches menant à la scène. Il s'en empara puis, de retour devant la porte, il fracassa le carreau à l'aide de ce bélier improvisé, provoquant un bruit dix fois plus puissant qu'il ne l'avait imaginé. Cette fois, son temps était compté. Même si Steve Carr et les policiers ne se trouvaient pas encore à l'intérieur de l'établissement, le vacarme avait forcément alerté l'employé d'entretien.

À l'aide de l'extincteur, il dégagea les éclats demeurés coincés dans la partie inférieure du cadre puis, au prix de multiples contorsions, il se glissa à l'intérieur du bureau, dont le sol était désormais jonché de verre brisé.

C'était un vaste espace disposant de deux tables encadrant une grande fenêtre à guillotine qui avait été laissée ouverte. Sur une console à roulettes, Jay remarqua un écran de contrôle jouxtant deux antiques magnétoscopes VHS, entre une fontaine d'eau minérale et une photocopieuse.

Il s'agenouilla pour étudier les appareils, mais rien ne permettait d'identifier celui qui avait enregistré les images captées par la caméra du parking. Il pressa simultanément les deux boutons d'éjection, les mains toujours protégées par les manches de son sweat-shirt. À l'instant où il s'empara des cassettes, la voix de Steve Carr résonna dans le couloir. Dans l'impossibilité de battre en retraite, il enjamba le bureau le plus proche, se précipita vers la fenêtre et se pencha à l'extérieur.

L'ouverture se trouvait à un mètre au-dessus de la surface du canal. Au ras de l'eau, une corniche d'une quinzaine de centimètres, légèrement inclinée vers l'extérieur, longeait le bâtiment.

— Bon sang, quelqu'un a cassé la porte ! s'exclama Steve depuis les coulisses.

— Faites attention en entrant, avertit le policier qui l'accompagnait. Et surtout, ne touchez à rien.

Une clé tourna dans la serrure, puis les deux hommes entrèrent dans la pièce à pas prudents. Par chance, ils gardèrent les yeux rivés sur la moquette de façon à voir où ils mettaient les pieds. S'ils avaient levé la tête, ils auraient vu la jambe droite de Jay disparaître du cadre de la fenêtre.

— Ce petit salaud a déjà foutu le camp, dit le policier, ignorant que celui qu'il recherchait se trouvait à quelques mètres de sa position.

Adossé à la paroi, Jay éprouvait des difficultés à conserver l'équilibre. À ses pieds, le canal avait quinze mètres de largeur. Des morceaux de neige carbonique voguaient au gré du courant, semblables à de minuscules icebergs.

Sur sa gauche, la corniche courait sur environ vingt-cinq mètres jusqu'au parking du Old Beaumont, mais il lui aurait fallu repasser devant la fenêtre et s'exposer au regard de ses poursuivants.

Sur la droite, point de salut, juste un alignement interminable de murs plongeant à pic dans le canal.

Jay n'avait d'autre choix que de nager jusqu'à la berge opposée. Il avait obtenu son diplôme de natation – le même jour que Tristan – et il ne craignait pas de se noyer. En revanche, il s'inquiétait pour son portefeuille, son portable et sa carte de transport. Et puis, il y avait sa montre. À plusieurs reprises, il avait oublié de la retirer avant de prendre sa douche sans qu'elle tombe en panne, mais survivrait-elle à une immersion complète ?

Soudain, la tête du policier apparut à la fenêtre. Jay se colla au mur et tourna la tête vers la droite, dans l'espoir absurde de se fondre dans le décor. Par chance, l'homme se contenta d'étudier la rive opposée.

— Où est-il passé, ce petit con ? dit-il. J'espère qu'il ne s'est pas noyé. J'ai déjà eu affaire à ce Theo Richardson. Il n'a rien dans la cervelle. Je suis même étonné qu'il ait réussi à éjecter les cassettes. Inspectons la pièce. Je suis sûr qu'il a laissé des preuves ADN un peu partout, ou des traces de pas sur la moquette.

Des traces de pas. C'était un point que Jay n'avait pas pris en considération. S'il avait pris soin de garder ses mains à l'intérieur de ses manches, ses Converse trempées avaient forcément laissé des marques, du parterre jusqu'à la fenêtre en passant par le bureau qu'il avait dû enjamber. En outre, si des spécialistes de la police scientifique passaient les lieux au peigne fin, ils trouveraient sans doute des fibres de vêtements à hauteur du panneau de verre brisé, qu'il avait eu quelque difficulté à franchir. Il devrait se débarrasser de son jean et de son sweat-shirt dès son retour à la maison.

Si seulement il parvenait à regagner son domicile, ce qui semblait plutôt mal engagé.

Il devait décamper au plus vite, avant que des promeneurs ne l'aperçoivent depuis la berge. Ayant l'intention de se glisser dans l'eau le plus discrètement possible, il plia progressivement les genoux, le dos toujours collé au mur, quand il aperçut une créature velue qui glissait à vive allure sous la surface. Il n'en croyait pas ses yeux. Avait-on déjà un vu un chat nager ? Puis il distingua une longue queue rose et nue, et comprit qu'il avait affaire à un énorme rat.

Cette vision le glaça d'effroi. Il se remémora ce qu'il avait appris en cours d'histoire, la façon dont ces animaux avaient propagé les grandes épidémies du Moyen Âge. L'idée de patauger à la merci de ce monstre lui inspirait une telle horreur qu'il tenta de se redresser. Après tout, dès que Steve et le policier auraient effectué leurs premières constatations, il pourrait trouver refuge dans le bureau et ne le quitter qu'à la nuit tombée, quand tout risque d'arrestation serait écarté.

Hélas, alors qu'il tentait de se relever, sa semelle gauche se déroba, si bien qu'il bascula sur le flanc et se trouva brutalement précipité dans le canal.

Saisi par le froid, il battit des pieds pour remonter à l'air libre. Ses vêtements gorgés d'eau entravaient ses mouvements. La gorgée qu'il avait avalée accidentellement avait un goût infect. Une fine pellicule irisée, semblable à de l'essence, flottait à la surface, une substance dispersée, sans doute, lors du naufrage de la péniche ou par les pompiers qui avaient mis un terme à l'incendie de la Nissan. Quelle qu'en fût l'origine, Jay avait l'impression que ses yeux venaient de prendre feu.

À l'aveuglette, il se rapprocha du mur du Old Beaumont puis, y prenant appui, donna un coup de talons qui le propulsa en apnée vers la berge opposée. Cette manœuvre lui permit de parcourir sans effort près de la moitié de la distance, mais lorsqu'il émergea, il vit un petit bateau motorisé filer droit dans sa direction largement au-delà de la vitesse autorisée.

Nageant avec l'énergie du désespoir, Jay parvint à rejoindre le quai *in extremis* puis à s'y hisser tandis que l'embarcation passait derrière lui. À bout de souffle, il se redressa et courut se mettre à couvert derrière un talus envahi par la végétation.

Il enjamba un muret puis balaya les lieux du regard. Il se trouvait dans une zone excentrée du marché aux puces de Camden Lock, là où les commerces n'ouvraient que le week-end. Il s'engagea dans une rue pavée bordée de boutiques aux rideaux baissés puis, à une vingtaine de mètres, découvrit un chantier abandonné et couvert de graffitis. Il courut y trouver refuge.

Tremblant de tous ses membres, il s'accroupit entre deux baraquements délabrés. Tout près de lui, une bande de garçons d'une douzaine d'années faisaient rouler leurs skateboards sur une dalle de béton nu.

Jay sortit son portable. Avec un peu de chance, s'il fonctionnait toujours, il pourrait envoyer un SMS à Big Len pour lui indiquer sa position. Hélas, il eut beau s'acharner sur la touche *on/off*, l'écran de l'appareil resta désespérément noir.

Réalisant qu'il aurait du mal à passer inaperçu s'il arpentait les allées du marché dans ses vêtements dégoulinants, il posa les deux cassettes VHS entre ses pieds, ôta son sweat, son T-shirt, son jean et ses chaussettes puis les essora tant qu'il put.

Lorsqu'il se rhabilla, il entendit la sirène d'un véhicule de patrouille hurler au loin. Il pensa à sa mère. Il avait accompli ce qu'il lui avait proposé, mais avait-elle seulement pris la mesure de ce qu'il encourait en cas d'arrestation ?

Après avoir enfilé ses Converse, Jay constata que ses vêtements, bien que mouillés, ne laissaient plus dans son sillage un filet d'eau brunâtre.

Le restaurant familial se trouvait à trois quarts d'heure de marche, mais s'il parvenait à traverser sans encombre le pont qui enjambait le canal, il pourrait monter à bord d'un bus, s'installer discrètement à l'étage, sur la banquette du fond, et rejoindre la maison en moins de vingt minutes.

44. Tendance narcissique

Après avoir déjeuné et mis en ligne un profil rudimentaire sur le site de *Rock War*, les Pandas of Doom redescendirent au studio pour faire tourner les nouveaux morceaux pendant près de deux heures. Puis Dylan conduisit ses camarades jusqu'à l'annexe réservée aux invités et laissa chacun d'eux choisir une chambre et défaire ses bagages.

— On a bien bossé, sourit-il. Prenez une douche, faites une petite sieste ou détendez-vous dans la piscine, ce qui vous plaira. On se retrouve tout à l'heure.

De retour dans ses quartiers, Dylan surfa longuement sur Internet et sur Facebook. C'était un garçon solitaire. Les trois années passées à Yellowcote l'avaient éloigné des enfants du village voisin. Il ne vivait dans l'immense demeure de son père que pendant les vacances. Elle lui faisait parfois l'effet d'une prison dorée.

Au cours des trois dernières semaines, il avait noué d'authentiques liens d'amitié avec Leo, et si Max et

Eve lui semblaient un peu particuliers, il était heureux d'avoir de la compagnie.

Au sortir de sa chambre, il s'engagea dans la longue galerie vitrée conduisant à l'aile des visiteurs, un bâtiment à l'architecture contemporaine situé à une cinquantaine de mètres du château. Ces nombreuses suites offraient aux visiteurs de marque et aux musiciens participant à l'enregistrement des bandes originales de film des conditions d'hébergement extrêmement confortables.

Le couloir débouchait sur un large espace vitré où avait été reconstituée une petite forêt tropicale. Au centre d'une piscine aux formes arrondies, Leo se laissait dériver sur un fauteuil flottant. Dylan remarqua une assiette d'ailes de poulet frites et un cocktail sans alcool posés sur la tablette qui prolongeait l'un des accoudoirs.

— Je vois que tu as déjà trouvé tes marques, sourit-il.

— Ton père est passé par ici pour rejoindre la salle de muscu, expliqua Leo en pagayant avec les mains pour se rapprocher de son hôte. Il m'a dit que votre cuisinier préparait des ailes de poulet délicieuses, alors je me suis laissé tenter. On a un peu discuté, lui et moi. Il a l'air plutôt sympa et sain d'esprit, contrairement à ce que laissent entendre certaines histoires qui traînent au sujet de Terraplane.

— C'est sûr, quand il est clean, c'est un type adorable. Mais quand il a quelques bières dans le nez, ou pire, il se tape des sales délires.

— C'est-à-dire ? demanda Leo.

— Comme celui de m'envoyer à Yellowcote, par exemple. Moi, j'aimais bien vivre ici, mais il s'est mis en tête de m'inscrire dans ce pensionnat pour gosses de riches. Et j'ai eu beau le supplier, rien n'a pu le faire changer d'avis.

— Mon pauvre, tu as vraiment une vie de chien, bâilla Leo.

— Oh, je vois, monsieur fait dans l'ironie… ricana Dylan. Tu feras moins le malin quand j'aurai réglé la machine à vagues en position tsunami.

— Une machine à vagues ? s'enthousiasma Leo. Sans blague, tu peux la faire fonctionner ?

— On verra ça plus tard. Pour le moment, je voudrais qu'on se rende en quad à l'endroit dont je vous ai parlé, tout à l'heure, pour prendre quelques clichés potables pour le site de *Rock War*. Vu le temps qu'il fait aujourd'hui, le coucher de soleil va être dément. J'emmène le Nikon de mon père et une caméra vidéo, au cas où.

— Et qui prendra les photos ?

— On se servira d'un pied et on utilisera le retardateur. Il ne faut pas trop tarder. Je dois vous expliquer comment fonctionnent les quads.

Leo se laissa glisser du fauteuil puis, de l'eau jusqu'à la taille, avança vers le bord de la piscine.

— Et les os de poulet, qu'est-ce que j'en fais ? demanda-t-il.

— Laisse tout sur la tablette. Le personnel s'en occupera.

— Le personnel, gloussa Leo. Je peux emménager ici définitivement ?

Dylan hocha la tête.

— Je peux demander à mon père. Je crois qu'il cherche quelqu'un pour nettoyer les toilettes, au salaire minimum légal. Allez, sors de là, je vais chercher les autres.

Pendant que Leo se séchait, il s'engagea dans le couloir qui desservait les chambres d'amis, que sa belle-mère avait décorées dans des styles divers et variés.

Max avait choisi Le Repaire, une suite tout en chromes et en cuir noir qui évoquait la base secrète d'un super-méchant de cinéma. Pièce maîtresse de cette installation, un énorme aquarium encastré dans une paroi de métal brossé abritait des poissons prognathes aux gueules garnies de longues dents. Un panneau regroupant six écrans permettait à l'occupant des lieux d'échafauder un projet de domination globale, ou de regarder Sky Sports en grand format.

Après avoir informé Max qu'ils devaient quitter les lieux dans les vingt minutes pour ne pas manquer le coucher de soleil, Dylan se dirigea trois portes plus loin jusqu'à la suite Little India. La décoration associait des éléments rappelant un palais de maharadjah, des bas-reliefs représentant des divinités du panthéon indien et des statues d'éléphants, à des posters de films bollywoodiens et à un lit aménagé dans la carcasse d'une Hindustan Ambassador, une berline indienne datant de la fin des années soixante.

Après avoir frappé deux fois sans obtenir de réponse, Dylan poussa doucement la porte et jeta un coup d'œil dans l'entrebâillement. Il ne s'était jamais senti à l'aise en présence des filles de son âge. Sa seule expérience se limitait à quelques minutes de flirt avec une fille de Rustigan lors d'une rencontre sportive interscolaire. Aussi sentit-il son pouls s'accélérer lorsqu'il découvrit Eve endormie sur le lit.

Pour tout vêtement, elle ne portait qu'une culotte taille basse et un T-shirt qui, remonté jusqu'aux omoplates, exposait la bande de son soutien-gorge. Quelques jours plus tôt, lors d'une discussion avec Leo dans sa chambre de Yellowcote, Dylan avait attribué à Eve la note de six sur dix, mais il jugeait à présent cette évaluation injustement sévère.

— Eve, réveille-toi, dit-il. On va être en retard pour la séance photo.

Cet appel étant resté sans résultat, il s'assit au bord du lit et posa une main fébrile sur l'épaule de sa camarade.

— Allez, on se réveille, murmura-t-il.

Lorsqu'elle esquissa un mouvement, Dylan entendit un bruit inhabituel et constata qu'elle avait pris soin de placer un grand sac en plastique entre son corps et le couvre-lit. Puis elle roula sur le dos, exposant un ventre zébré de coupures sanglantes.

— S'il te plaît, ne dis rien à Max, supplia-t-elle. Ça le rendrait dingue.

Dylan ne comprenait même pas ce qu'il voyait

— Lui dire quoi ?

Eve observa quelques secondes de silence, puis elle s'exprima d'une voix étranglée.

— Tu vois, je suis un stéréotype. La meuf emo branchée automutilation.

Dylan remarqua un étui à lunettes coincé entre les deux oreillers. Eve l'ouvrit pour exposer son contenu : un cutter, des lames de rechange, des pansements adhésifs et un petit flacon de lotion désinfectante.

— Pas un mot à Max, OK ? insista-t-elle. Il va foutre ce séjour en l'air et j'aurai des tas de problème avec mes parents.

Sous le choc, Dylan était incapable de prononcer un mot. Il se sentait démuni. Il avait entendu parler de ce désordre psychologique, mais il n'avait pas la moindre idée de ce qu'il pouvait faire pour venir en aide à son amie.

— T'inquiète, je ne dirai rien, lâcha-t-il. Mais enfin, Eve... pourquoi tu fais ça ?

— Tu sais que je fais partie de l'équipe de hockey de Rustigan, hein ?

— Oui, je suis au courant.

— Alors imagine-toi à ma place, après un match, dans le vestiaire des filles. Toutes les autres joueuses sont comme des dingues. Elles jurent après l'arbitre, elles balancent des horreurs à propos des meufs de l'équipe adverse, elles calculent leur place au classement. En cas de victoire, elles poussent des cris d'animaux et jettent leur soutien-gorge au plafond.

Eve marqua une pause.

— Eh bien moi, je ne ressens rien, dit-elle. Parfois, je fais semblant, mais au fond, je me fous de tout ça. En fait, les gens qui me qualifient d'emo se gourent complètement. Je suis totalement insensible.

— Mais pourquoi tu te coupes ? demanda Dylan.

— Parce que la douleur est super intense. C'est la seule chose qui me permette de me sentir vivante.

— Je crois que tu devrais voir quelqu'un.

Eve posa une main sur la jambe de Dylan.

— Je me blesse au ventre parce que tout le monde surveille mes poignets, expliqua-t-elle. Mes parents m'ont surprise quand j'avais douze ans. Ils ont failli devenir fous. J'ai consulté plusieurs psys et même un hypnotiseur. Officiellement, je souffre d'un trouble de la personnalité schizoïde à tendance narcissique. Ce qui est une façon polie de dire que je me fous de tout. Finalement, je crois qu'on se ressemble un peu.

— Qu'est-ce que tu racontes ?

— Tu es un solitaire. Avant qu'on se rencontre, il y a trois semaines, tu n'avais pas un seul ami.

— Tu exagères, plaida Dylan. Je suis pote avec Ed… même si on n'est pas hyper proches, je dois le reconnaître. Le problème, c'est qu'il n'y a pas beaucoup de garçons dans mon genre, à Yellowcote. La moitié ne pense qu'au sport, l'autre à la musique.

— Mais toi aussi, tu aimes la musique.

Dylan haussa les épaules.

— Ouais, mais pas de la même manière. Ils ne créent rien, ils se contentent de jouer la partition qu'on leur fout sous le nez ou de bosser pour obtenir leur examen niveau sept de flûte traversière. Ils sont archinuls.

— Pas étonnant que tu déprimes, dit Eve, un sourire au coin des lèves, en lui tendant l'étui à lunettes. Tu veux essayer ?

Dylan rit à ce trait d'humour noir. Étrangement, il se sentait en confiance auprès d'Eve, une chose qu'il n'aurait jamais imaginée quelques minutes plus tôt, avant de pousser la porte de sa chambre.

Sans ôter la main de sa jambe, la jeune fille se redressa et approcha son visage de celui de Dylan.

— Tu sais, je ne suis jamais sortie avec un mec, dit-elle.

Lorsqu'il sentit son haleine tiède sur son menton, un déclic se produisit dans son esprit. Eve était peut-être une cinglée qui s'adonnait à l'automutilation et ne valait peut-être pas plus de six sur dix, mais elle était étendue à ses côtés en petite tenue, et elle avait clairement établi un contact physique. Soudain, il se surprit à adorer les taches de rousseur dont son nez était constellé et ses yeux noirs, profonds comme des lacs.

— Je… je te trouve super, bredouilla-t-il.

Alors, d'un long baiser sur les lèvres, Eve le réduisit au silence.

45. Coup de stress

Jay se glissa dans la douche, régla le mitigeur sur la température la plus élevée qu'il pouvait supporter et se frotta énergiquement avec un gant de toilette. Il insista derrière les oreilles et entre les orteils, puis rinça ses yeux encore douloureux à l'eau claire. Enfin, au sortir de la cabine, il se rinça trois fois la bouche à la Listerine.

Lorsqu'il regagna sa chambre, une serviette nouée autour de la taille, il trouva Theo assis sur son lit.

— Tu m'as sauvé la vie, mec, sourit ce dernier, éperdu de reconnaissance. Tu peux me demander n'importe quoi. Je n'aurais jamais cru que tu prendrais de tels risques pour moi.

Jay n'aimait pas se montrer nu devant ses grands frères. Il avait l'impression d'être le maigrichon de l'image *avant* d'une publicité pour un appareil de musculation.

— En fait, je me faisais surtout du souci pour maman, dit-il. Elle ne supporterait pas que tu retournes en taule.

— Oh, c'est une dure à cuire, tu sais.

Jay détestait le ton léger sur lequel Theo avait balayé ses inquiétudes. Oui, leur mère était une dure à cuire, mais il ne semblait pas avoir pris conscience des tourments qu'elle éprouvait chaque fois qu'un de ses fils s'attirait des ennuis avec la justice.

— Où sont les cassettes ? demanda Theo.

Jay s'aspergea de déodorant.

— Je les ai détruites, expliqua Jay. J'ai cassé les parties en plastique, j'ai sorti les bandes et je les ai trempées dans de l'huile de friture usagée, au rez-de-chaussée. J'ai tout jeté dans un container à ordures, de l'autre côté de la cité, avec mon jean, mon sweat-shirt et mes Converse.

— Excellent, dit son frère en étudiant la montre, le portable et le portefeuille qui séchaient sur une feuille de papier journal, sur le rebord de la fenêtre. Tu dois en avoir pour deux ou trois cents livres de matériel. Fais un tour sur Internet. Dis-moi quel téléphone et quelle montre te feraient plaisir. Je m'arrangerai pour te trouver ça.

Jay enfila son T-shirt des Ramones.

— Laisse tomber, répondit-il. Si tu veux me faire plaisir, arrête de voler. Il y a des vieux portables dans toute la maison et je n'ai pas vraiment besoin de montre.

— Si les flics avaient récupéré les bandes, j'aurais pris au moins deux ou trois ans, insista Theo. Du coup, tout ce que je vivrai durant cette période, je te le devrai. Chaque fille, chaque combat de boxe, chaque nuit de beuverie. Alors je te rembourserai, que tu le veuilles ou non. Vas-y, dis-moi ce que tu veux ou je t'en colle une.

— Franchement, je n'en ai aucune idée, dit Jay en sortant un jean propre de la commode. La seule chose qui compte pour moi, c'est le groupe. Ce que j'aimerais, c'est que tu continues à participer aux répétitions, que tu ne retournes pas en prison et que tu rendes la vie de maman plus facile.

— Ça, je ne peux pas te le jurer. J'ai passé ma vie à faire des promesses que je n'ai pas tenues. Ça ne servirait à rien, tu piges ? Allez, trouve autre chose.

— Tu pourrais me soutenir quand on va voter pour choisir le nom définitif du groupe. Je trouve que Jet sonne d'enfer.

— OK, vendu, dit Theo. Mais ce n'est vraiment pas grand-chose.

En ouvrant le tiroir des sous-vêtements, Jay découvrit le short de football boueux de Kai.

— Ce type est un porc, gémit-il en laissant tomber le vêtement sale sur la moquette.

Soudain, une idée prit forme dans son esprit.

— Tu sais ce qui pourrait vraiment m'être utile ? J'aimerais que tu parles à Kai et que tu le convainques d'arrêter de me pourrir la vie.

— Accordé ! s'exclama Theo.

Il se leva d'un bond, descendit au premier étage et fit irruption dans le salon, Jay sur ses talons. Kai, qui n'avait pas jugé utile de se rendre au Old Beaumont, avait passé la matinée vautré sur le canapé, à jouer à la PlayStation et à dévorer des parts de pizza.

— Espèce de larve ! gronda Theo.

L'intéressé sursauta.

— Eh, c'est quoi ton problème ?

— Tu es dans la merde jusqu'au cou, petit con, aboya Theo, les poings serrés. Le voilà, mon problème.

Sur ces mots, il saisit Kai par le col de son polo et lui colla une claque retentissante.

— Eh, mais je n'ai rien fait, gémit sa victime en se tortillant de façon pathétique.

Theo pointa un doigt vers Jay qui, par prudence, se tenait à l'entrée de la pièce.

— Tu vois ce gars-là ? grogna-t-il. À compter de ce jour, tu ne lui manqueras plus de respect. Tu ne toucheras pas un cheveu de sa tête. Tu ne laisseras plus traîner tes fringues dégueulasses. Le mieux, ce serait que tu ne le regardes même pas. Si tu désobéis, je m'occuperai personnellement de ton cas et tu pourras ramasser tes dents sur la moquette.

Jay était aux anges. Des années durant, cette petite ordure avait fait de son quotidien un enfer. Il n'éprouvait pas le moindre élan de pitié.

— Eh, t'es malade ou quoi ? s'étrangla Kai. Pourquoi tu prends la défense de ce merdeux ?

Pour toute réponse, il reçut une autre gifle, puis Theo lui infligea une clé de bras et le traîna jusqu'à Jay.

— Parce qu'il a assuré grave, aujourd'hui, et c'est tout ce que tu dois savoir.

— S'il te plaît, supplia Kai.

Theo se tourna vers Jay.

— Vas-y, fais-toi plaisir. Massacre-le. Aujourd'hui, tu as tous les droits.

— Tout ce que je veux, c'est qu'il me laisse tranquille.

Une larme roula sur la joue de Kai.

— Maintenant, tu vas te mettre à genoux et promettre que tu lui foutras la paix, ordonna Theo.

À cet instant, des bruits de pas se firent entendre dans l'escalier. Kai, qui espérait que l'intervention miraculeuse de sa mère ou de son beau-père mettrait un terme à son calvaire, eut la désagréable surprise de voir Adam entrer dans le salon et se poster près de la porte pour assister au spectacle.

— Je te foutrai la paix, Jay, gémit-il. Juré, craché.

— Et présente-lui tes excuses pour tout ce que tu lui as fait subir, ajouta Theo.

— Je te présente mes excuses.

— OK, tu peux te relever.

Rouge de honte, Kai se redressa péniblement, se traîna jusqu'à l'étage supérieur et claqua la porte de sa chambre.

— Toutes mes félicitations, Theo, sourit Adam. C'est une heureuse surprise de te voir mettre ton comportement psychotique au service d'une bonne cause.

Theo posa une main sur l'épaule de Jay.

— Petit frère, il vaudrait mieux que tu apprennes à te défendre par tes propres moyens. Tu devrais m'accompagner au club de boxe, de temps en temps. Je t'apprendrai quelques trucs.

Jay grimaça un sourire. Il avait toujours eu un peu honte de son incapacité à se faire respecter, et cette remarque avait une fois de plus égratigné son ego.

— Alors, Adam, dit-il, impatient de changer de sujet, comment ça s'est passé, au poste de police ?

— Tristan et moi, on va sans doute écoper d'un rappel à la loi. Et je vais devoir payer la facture du carrossier, à cause de la bosse sur le capot de la Ford.

— Et maman ?

— Mrs Jopling est complètement partie en sucette, et des infirmiers ont dû lui administrer un calmant. Big Len est resté là-bas, en attendant que maman soit libérée de sa garde à vue. Et toi, Theo, les flics sont venus t'interroger ?

— Non. Ils n'ont rien contre moi, à part la déposition d'une bonne femme bonne pour l'asile qui n'a même pas assisté à la scène.

— Le capot de la Nissan n'a pas entièrement cramé. Si jamais les flics y trouvent tes empreintes…

— … je leur dirai que je me suis appuyé dessus en fumant une clope. Pour qu'ils me coincent, il faudrait que quelqu'un vienne leur dire qu'il m'a vu à bord de la bagnole.

— Tu n'as pas quelques ennemis qui se feraient un plaisir de te dénoncer ? demanda Jay.

— Oh, juste quelques centaines, s'esclaffa Theo.

— Deux voitures et un bateau ont été détruits, nota Adam. Et cette histoire de Porsche flottant dans le canal, c'est exactement le genre de trucs qui pourrait passer aux infos. Si c'est le cas, la police va mettre les grands moyens pour boucler le coupable.

D'un geste, Theo balaya ces inquiétudes.

— Je ne vais pas me prendre la tête avec ça. De toute façon, je n'ai plus les cartes en main. La plupart des types que j'ai rencontrés en taule étaient tombés à cause d'un détail auquel ils n'avaient pas pensé.

Jay sentit ses tripes se nouer.

— Quels détails ?

— Eh, tu as un coup de stress, petit frère ?

— J'espère que je n'ai pas fait une connerie sans m'en apercevoir. Je n'ai pas laissé d'empreintes digitales dans le bureau, juste quelques traces de pas humides. Mais j'ai jeté mes pompes. Qu'est-ce qu'ils pourraient bien avoir contre moi ?

— Parfois, une absence de preuve peut suffire, répondit Theo sur un ton mystérieux.

— Comment ça ?

— Suppose que quelqu'un t'ait vu traverser le canal à la nage…

— Merde, un bateau est passé tout près de moi pendant que je grimpais sur le quai.

— Alors imagine que ceux qui se trouvaient à bord refilent ton signalement aux flics. En effectuant des recoupements, ils réaliseront qu'ils ont sans doute affaire au gamin qui a joué quelques minutes plus tôt, devant deux cents témoins. Quand ils viendront vérifier, quelle est la première chose qu'ils te demanderont, à ton avis ?

— Ils voudront voir mes Converse, répondit Jay. Mais je m'en suis débarrassé, alors ils ne pourront rien prouver.

— Ah oui, et tu crois que ça suffira ? Quand ils découvriront que tu t'es débarrassé de tout ce que tu portais pendant le concert, il ne leur restera plus qu'à te passer les menottes.

— Merde, je suis foutu, s'étrangla Jay, submergé par un vif sentiment de panique.

— Qu'est-ce que tu croyais ? dit Theo. Les flics ne sont pas complètement débiles. Ils connaissent les ficelles.

— Mais je n'ai jamais commis le moindre délit. Ce ne serait pas si grave, n'est-ce pas ? Ils ne vont pas me condamner pour si peu de chose ?

Pensif, Theo aspira l'air entre ses dents.

— S'ils s'en tiennent au vol des cassettes et à la porte endommagée, ils se contenteront de te souffler dans les bronches. Mais s'ils te font tomber pour la destruction des bagnoles, de la péniche et des preuves, ce ne sera pas la même histoire.

Jay lança à ses grands frères un regard désespéré.

— Pitié, dites-moi que vous êtes en train de vous foutre de ma gueule.

Adam éclata de rire.

— Le bon côté des choses, c'est que si Theo et toi partez en cabane, Kai et moi aurons une chambre rien qu'à nous.

— Mais je ne peux pas aller en centre de détention ! glapit Jay, complètement affolé. Oh mon Dieu ! Je me ferai buter dans un endroit comme ça !

— En effet, tu n'as pas une chance de survie, ricana Theo. Si j'étais toi, je suivrais mon conseil et j'irais à la salle de boxe, histoire d'apprendre quelques tuyaux. Quand tes codétenus sentent que tu es faible, ils te frappent dès qu'ils en ont l'occasion. Et si tu les dénonces, ils te plantent.

Adam frappa joyeusement dans ses mains.

— Raconte-lui cette histoire de ce gamin tout maigre qui a eu les bras et les jambes cassés par son compagnon de cellule.

— Il n'était pas si maigre que ça, objecta Theo. Beaucoup plus costaud que Jay, en tout cas.

— Fermez-la ! hurla Jay, dont les mains tremblaient comme des feuilles.

Adam était plié en deux. Theo chantonna la *Marche funèbre*.

— Comment ça peut vous faire marrer ? pleurnicha Jay. Je pensais qu'on se serrait les coudes, tous les trois.

Estimant qu'il avait assez joué avec les nerfs de son petit frère, Theo posa les deux mains sur ses épaules.

— Mais bien sûr qu'on se paye ta poire ! s'esclaffa-t-il. Jamais je te laisserai partir en cabane à ma place, sombre idiot.

— Sérieux ?

— Évidemment. S'ils rassemblent assez de preuves pour démontrer que je suis responsable de ce qui s'est passé sur le parking, je leur dirai que j'ai volé les cassettes de surveillance. Ils ne se prendront pas la tête pour quelques empreintes de pas si je fais des aveux complets.

— J'avoue que c'était un grand moment, de te voir paniquer à ce point, gloussa Adam.

— Je vous déteste, les mecs, grogna Jay.

Adam lui donna une claque amicale dans le dos.

— Quel intérêt d'avoir un petit frère si on ne peut pas se foutre un peu de sa gueule, une fois de temps en temps ?

Theo consulta sa montre.

— Eh, les mecs, il est trois heures et quart, dit-il. On ferait mieux de se mettre en route si on veut être au Old Beaumont pour l'annonce des résultats.

46. Une drôle de journée

Assises au bord du canal à quelques centaines de mètres du Old Beaumont, Summer, Lucy, Coco et Michelle dégustaient des plats mexicains achetés dans une échoppe voisine. La tension qui les avait électrisées depuis qu'elles avaient quitté Dudley avait disparu et elles se sentaient vidées de toute énergie.

Même Michelle était étrangement calme. Elle consultait le site des chemins de fer à la recherche d'un train à destination de Birmingham et finit par trouver un omnibus bon marché au départ de la gare de Marylebone.

Avant de regagner la salle de concert, les filles firent un tour du marché de Camden. Lucy s'offrit une ceinture en cuir cloutée, et Coco acheta quelques savons de fabrication artisanale pour sa mère. Summer dut faire usage de tout son charme pour convaincre un commerçant de lui céder un chapeau noir vendu six livres pour deux livres trente-trois, soit tout ce qui restait dans son porte-monnaie.

De retour au Old Beaumont, elles trouvèrent le parking désert. Seules restaient la carcasse de la Nissan, hissée sur la plate-forme d'une dépanneuse, et celle de la Porsche Cayenne, sauvée des eaux par une grue dépêchée en urgence sur les lieux.

Il était quinze heures, mais six groupes n'avaient pas encore pu monter sur scène en raison du retard pris lors des opérations de pompage et d'évacuation des véhicules.

Les filles avaient été impressionnées par la prestation de Jet, mais celles des autres formations n'avaient rien eu d'époustouflant. Certaines sonnaient à peu près correctement, les autres semblaient composées de musiciens qui s'étaient rencontrés la veille.

À seize heures trente, tous les participants ayant rejoint le Old Beaumont pour assister à la proclamation des résultats, le parterre se retrouva bondé.

Jay et ses frères trouvèrent Babatunde assis sur les marches menant aux gradins, en grande conversation avec Mr Currie.

— Vous avez fait des étincelles, les garçons, sourit ce dernier. Selon moi, vous avez toutes vos chances de terminer sur le podium.

Apercevant les membres d'Industrial Scale Slaughter dans la foule, Jay vint à la rencontre de Summer.

— Il est chouette ton chapeau, dit-il. Je suis désolé que votre set ait été perturbé par l'inondation.

— Merci, c'est gentil. Tu veux un Mentos ?

— Ouais, cool, répondit Jay en glissant dans sa bouche la pastille qu'elle lui tendait.

Babatunde, Adam et Theo approchèrent à leur tour.

— Eh, mais qui voilà ! s'exclama ce dernier. Les sirènes de Birmingham !

Les filles éclatèrent de rire. Jay était jaloux de l'aisance de ses frères en leur présence. Avant qu'il n'ait pu trouver un sujet digne d'intérêt, Adam lui grilla la politesse et engagea la conversation avec Summer. Babatunde et Theo, eux, plaisantaient avec Lucy et Coco. Restait Michelle, qui venait de fourrer le contenu d'un paquet de chewing-gum entier dans sa bouche et s'agaçait de ne pouvoir former une bulle plus grande qu'une balle de ping-pong.

— Eh, fiston ! lança Chris en se frayant un passage vers lui dans la foule compacte.

Le sergent Chris Ellington s'était débarrassé de son uniforme. Il portait une tenue civile plutôt embarrassante composée d'un T-shirt trop large, d'une paire de baskets et d'un pantalon de survêtement bleu marine. Le manche d'une raquette de badminton saillait du sac de sport qu'il tenait à l'épaule.

— Ce soir, je participe au tournoi de la police métropolitaine, expliqua Chris, mais je suis libre jusqu'à dix-neuf heures.

— Attendez, ce n'est pas vous qui étiez déguisé en poulet, tout à l'heure ? brailla Michelle avant de battre des ailes en caquetant sous l'œil amusé d'Adam et Theo.

Jay, souhaitant éviter un énième incident, prit son père par le bras et l'entraîna vers les gradins.

— Ne fais pas attention à elle, elle est cinglée. Alors, tu as pu te renseigner ? Tu sais quand maman sera relâchée ?

— Ça ne devrait plus tarder. J'ai parlé aux collègues. Même si l'affaire va jusqu'au tribunal, elle écopera d'une amende, au pire. En revanche, Theo a du souci à se faire. Les enquêteurs l'ont dans le collimateur, et ils ne vont pas le lâcher d'une semelle.

∴

Peu avant dix-sept heures, tandis que le dernier groupe remballait son équipement, Steve Carr se réunit avec les trois membres du jury. Il passa quelques minutes à additionner les scores puis nota les résultats sur une fiche qu'il remit à Trent Trondheim, le DJ de Terror FM.

Lorsque ce dernier grimpa sur scène et saisit le micro, les spectateurs se turent. L'atmosphère était électrique.

— Nous avons passé une drôle de journée, n'est-ce pas ? Des événements inexpliqués se sont produits. Des voitures ont atterri à des endroits inhabituels. Pas la mienne, Dieu merci.

Un éclat de rire secoua la foule. Près de la porte des coulisses, Zig Allen, le producteur de *Rock War*, filmait l'intervention du DJ à l'aide d'un petit caméscope Panasonic. Jay se promit de mettre en ligne le profil de Jet dès qu'il serait de retour à la maison.

— Puisque nous n'en avons visiblement pas terminé avec les situations insolites, je vous annonce que nous avons un match nul pour la troisième place. Et comme les temps sont durs et que nous avons un budget à respecter, les deux groupes se partageront la récompense. Avec quarante-cinq points, je vous demande de faire du bruit pour… Frosty Vader et The Scabies Squad !

Pendant que le public applaudissait à tout rompre, les lauréats se présentèrent devant la table du jury, où Steve Carr remit à chaque groupe un trophée argenté en forme de guitare électrique et une enveloppe contenant des bons d'achat.

— En deuxième position, avec quarante-huit points, un bon petit groupe de rock qui a joué dans des conditions difficiles. Mais était-ce une raison pour s'en prendre à notre carafe ?

En entendant ce mot, Michelle, Coco, Summer et Lucy se mirent à piailler et à bondir comme des possédées. Babatunde, Theo et Adam profitèrent de l'occasion pour les serrer dans leurs bras. Jay, qui se tenait à plusieurs mètres de là en compagnie de son père, brûlait de jalousie.

— À cause de ce malheureux incident, reprit Trent Trondheim, un sourire au coin des lèvres, j'ai passé l'heure du déjeuner à me balader dans Camden avec une tache de flotte sur la braguette. Mais allez, je leur pardonne cette humiliation, parce qu'elles ont cassé la baraque ! Sur la deuxième place du podium : Industriaaaaal… Scaaaaale… Slaughteeeeer !

Alors que les filles se précipitaient vers le jury pour brandir leur trophée et empocher les bons d'achat, Jay observa discrètement Salman, Alfie et Tristan. De son point de vue, la performance de Brontobyte était un cran en dessous de celle des groupes arrivés troisième. S'ils l'emportaient, c'est que le concours avait été acheté. Mrs Jopling avait-elle les moyens de corrompre trois jurés professionnels ?

Trent marqua une pause théâtrale et adopta un ton plus cérémonieux.

— Voici venu le grand moment, dit-il, manifestement ravi de jouer avec un auditoire sous tension. Notre radio organise des compétitions dans l'ensemble du pays, et j'ai eu l'honneur de participer à une dizaine d'entre elles. Aussi ai-je le plaisir de vous apprendre que nos vainqueurs du jour ont totalisé cinquante-huit points sur soixante, soit le score le plus élevé de tous les groupes que j'ai vus défiler. Bientôt, vous aurez la chance de les entendre jouer et répondre à mes questions en direct sur Terror FM...

Trent se tut à nouveau. Le cœur de Jay s'emballa. Certes, Jet avait assuré, mais de là à cumuler cinquante-huit points... Il n'avait pas entendu toutes les formations de l'après-midi. Avait-il manqué la meilleure prestation du jour ?

— Le plus amusant, si j'en crois mes informations, c'est que ces graines de stars, lorsqu'ils se sont pointés ce matin, ne s'étaient même pas choisi de nom...

Jay sentit la tête lui tourner. Cette fois, c'était dans la poche. Il ne pouvait plus en être autrement.

— ... alors ils ont dû se décider au dernier moment. Et ce nom, si vous voulez mon avis, vous pourriez bien l'entendre très souvent dans l'avenir.

L'attention de Jay fut attirée par un mouvement à l'entrée de la salle. En tournant la tête, il vit sa mère, Big Len et Hank courir dans sa direction.

— Le grand prix de Rock the Lock 2014 est attribué à...

Heather se jeta au cou de son fils.

— ... JET ! s'exclama Trent Trondheim.

Table des chapitres

1. Génial et sanglant

Juillet 2015
Camden, nord de Londres

Comme tous les samedis soir, le restaurant de *fish and chips* avait fermé à une heure trente du matin, mais les friteuses dégageaient encore une telle chaleur que Jay put se réchauffer les mains en les plaçant au-dessus des bacs.

Depuis sa plus tendre enfance, il avait été fasciné par la couche blanche qui se formait à la surface de l'huile lorsqu'elle refroidissait. Respectant un rituel puéril et immuable, il y plongea un doigt afin de percer la croûte tiède, puis tenta vainement de la lisser pour effacer toute trace de son forfait.

Un choc sourd se fit entendre à l'étage supérieur, dans l'appartement qu'il partageait avec sa mère, son beau-père et ses six frères et sœurs. Il régnait d'ordinaire un vacarme familier qu'il avait appris à ignorer, mais ce son-là était inhabituel : un cameraman venait de lâcher sur le sol une valise remplie de matériel d'éclairage.

— Damien, va chercher les fusibles pendant que je branche les spots ! cria ce dernier.

L'intéressé, un stagiaire d'une vingtaine d'années, dévala l'escalier menant au rez-de-chaussée, traversa la cuisine puis, empruntant la porte de service, se dirigea vers l'un des trois vans garés dans la cour intérieure.

— Je t'ai dit que les fusibles n'étaient pas là, lui dit une jeune et jolie collègue prénommée Lorrie.

— Merde, on a dû les laisser chez ProMedia…, gémit Damien.

— Oh non, par pitié ! John va encore piquer sa crise !

Tandis que Damien rebroussait chemin pour annoncer la nouvelle à son supérieur, Jay éprouva une légère sensation de malaise. Il n'avait dormi que quelques heures et son rythme cardiaque était anormalement rapide. Sa mère lui avait donné deux cachets d'Imodium pour apaiser ses maux d'estomac.

Être sélectionné pour participer à l'émission *Rock War* était l'événement le plus excitant de son existence, mais il avait l'impression de refermer un chapitre de sa vie, de tourner le dos à ces jours ordinaires faits de petites joies toutes simples.

— Jay Thomas ? demanda une jeune femme à l'accent australien en faisant irruption dans la cuisine.

— Oui, c'est bien moi.

— On peut avoir un peu de silence en bas ? fit une voix depuis le premier étage. On fait des essais de prise de son.

Jay fit signe à l'inconnue de le suivre, traversa la salle de restaurant et sortit sur le trottoir.

— Je m'appelle Angie, dit-elle. Je suis la réalisatrice de l'équipe de tournage B. Aurais-tu dix minutes pour répondre à une interview ?

Jay passa une main dans ses cheveux en désordre et haussa les épaules.

— Je ne ressemble à rien, et je n'ai pas eu le temps de me changer, répondit-il en baissant les yeux vers son pantalon de survêtement.

— Aucune importance. Tu as l'air de sortir du lit, et c'est exactement l'effet que nous recherchons pour cette séquence. Je résume : c'est le premier jour des vacances d'été ; tu vas bientôt quitter ta famille pour rejoindre la Rock War Academy ; tu es à la fois intimidé et excité. C'est tout ça que nous devons essayer de faire passer à l'écran.

Sur ces mots, elle prit le bras de Jay et le conduisit d'autorité jusqu'au pub qui jouxtait le restaurant.

Le White Horse était tenu par Rachel, la tante de Jay. Elle vivait au-dessus de l'établissement avec ses quatre filles, sa petite-fille et le parasite qui, ce mois-là, lui servait de petit ami.

Lorsqu'il entra dans le pub, Jay découvrit des spots et des caméras braqués vers le comptoir. Vêtue d'un short en jean et d'un débardeur jaune, Erin, sa cousine, était installée sur l'un des tabourets.

— Ça y est, je l'ai trouvé ! lança Angie à l'adresse de la cadreuse, du perchiste et d'un second stagiaire présent sur les lieux.

Erin, le visage hâlé, était rayonnante. Jay, qui était complexé par sa maigreur, fit la moue puis se tourna vers la réalisatrice.

— Vous pensez que j'aurais le temps de passer un jean ? demanda-t-il.

Le stagiaire fondit sur lui et commença à lui poudrer le front avec un disque de coton.

— C'est pour éviter que ta peau ne brille à la lumière des spots, expliqua le jeune homme.

La question de Jay demeura sans réponse, et il était trop intimidé pour la formuler à nouveau. Il se retrouva assis sur un tabouret de bar au côté d'Erin, un micro sans fil scotché à son T-shirt et deux caméras pointées dans sa direction.

— Essayez de vous détendre, dit Angie d'une voix apaisante. Je vais vous poser quelques questions concernant vos groupes. Si vous bafouillez ou n'êtes pas satisfaits de vos réponses, recommencez, et nous arrangerons tout ça au montage.

Puis elle se tourna vers les membres de l'équipe.

— Tout le monde est prêt ? Caméra ? Son ? OK, action !

Angie chaussa la paire de lunettes suspendue à son cou et saisit un calepin posé sur le comptoir.

— Vous allez commencer par dire votre prénom, votre âge, le nom de votre groupe et de quel instrument vous jouez.

Les deux adolescents acquiescèrent. Angie désigna Jay d'un hochement de tête. Ce dernier resta pétrifié. Il se sentait totalement dépassé, incapable de se concentrer. Tout était inhabituel : la chaleur dégagée par les projecteurs, les sacs de sable qui assuraient la stabilité des spots, les dizaines de câbles entortillés sur la moquette criblée de brûlures de cigarette.

— Relâche les muscles de tes épaules, murmura Angie. Imagine que nous sommes seuls, toi et moi, autour d'une tasse de café.

Jay avait l'impression qu'il ne lui restait plus une goutte de salive.

— Je m'appelle Jay, bredouilla-t-il. J'ai treize ans et je suis le guitariste de Jet…

Angie leva les pouces.

— Parfait, très naturel, mentit-elle avant de se tourner vers Erin.

— Erin, treize ans. Je chante et je joue de la guitare pour Brontobyte.

— Et comment vous connaissez-vous ? demanda Angie.

— Nous sommes cousins, répondit la jeune fille. Nous n'avons que deux mois d'écart et nous sommes voisins. Alors quand on était petits, on passait tout notre temps ensemble.

— Oh, c'est adorable ! roucoula la réalisatrice. Mais si vous êtes si proches, comment se fait-il que vous jouiez dans des groupes différents ?

— Disons qu'on est toujours proches, mais pas autant qu'avant.

— Les choses ont changé quand on est entrés en sixième, précisa Jay. On a commencé à avoir nos propres amis, et puis... à cet âge, les garçons et les filles ne s'intéressent pas aux mêmes trucs.

— Voilà, c'est ça en gros, confirma Erin.

— Si j'ai bien compris, Jay, tu es un ancien membre de Brontobyte, dit Angie. Peux-tu m'en dire davantage ?

— Eh ben... j'ai fondé Brontobyte avec mes copains Salman, Tristan et son petit frère Alfie. On a joué ensemble pendant deux ans, mais on avait des goûts musicaux différents. Alors j'ai fini par quitter le groupe.

Erin lâcha un éclat de rire.

— Ce n'est pas exactement ce qu'on m'a raconté.

Jay la fusilla du regard.

— Ben quoi ? Qu'est-ce que tu sous-entends ?

— La vérité, c'est que Jay a posé un ultimatum aux autres membres du groupe, expliqua Erin. Soit ils remplaçaient Tristan, le batteur, soit il partait. Alors il s'est fait virer.

Jay était furieux que sa cousine ait évoqué publiquement cette vieille blessure. Angie, elle, était ravie. L'interview prenait exactement le tour qu'elle avait espéré.

— Tristan a voté pour lui-même, expliqua Jay. Et Alfie ne pouvait pas virer son frère, c'est évident.

— Si tu le dis, cousin, ricana Erin en levant les yeux au ciel.

— Tu n'étais pas là quand ça s'est passé ! grogna Jay. Et de toute façon, tu prendras toujours le parti de Tristan, vu que tu sors avec lui.

— C'est bizarre que tu ne puisses pas l'encadrer. Il a quand même été ton meilleur ami pendant, genre... sept ans, c'est ça ?

— Ça n'a rien de personnel, rétorqua Jay. Il se trouve que je prends la musique au sérieux et que Tristan est le pire batteur de l'univers.

— Jay, au cas où tu ne l'aurais pas remarqué, Theo, le chanteur de ton groupe, n'est pas encore tout à fait mûr pour l'opéra de Sydney. Et par ailleurs, si le jeu de batterie de Tristan est aussi nul que tu le prétends, comment expliques-tu que les juges nous aient sélectionnés ?

— Il est inutile de chanter parfaitement juste pour être un bon chanteur de rock, répondit Jay. Kurt Cobain, Bob Dylan, ça te dit quelque chose ? C'est le charisme qui compte. Quant aux raisons pour lesquelles Brontobyte a été sélectionné…

Le visage d'Erin s'assombrit.

— Eh bien, quoi ? Tu vas cracher le morceau ?

Jay haussa les épaules et détourna le regard, signifiant clairement qu'il ne voulait pas en dire davantage devant les caméras.

— Allez, vas-y, explique-moi, insista Erin. Pourquoi a-t-on été sélectionnés, selon toi ?

— OK, si tu tiens absolument à ce qu'on lave notre linge sale en public, c'est comme tu voudras, lâcha Jay. Jet s'est qualifié parce qu'il a gagné le concours Rock the Lock et mis en ligne une super démo de trois titres sur le site Internet. Brontobyte a été sélectionné pour la seule et unique raison que nous sommes rivaux. Avoir deux groupes qui se détestent dans l'émission, voilà tout ce qui intéresse la production.

— Mais écoute-toi, espèce de prétentieux, siffla Erin. La vérité, c'est que tu es jaloux. Ouais, jaloux parce que tu ne fais plus partie du groupe que tu as fondé, jaloux parce que je sors avec Tristan.

Jay ignora cette attaque et poursuivit sur sa lancée.

— En fait, vous êtes les bouffons du programme. Comme cette vieille chanteuse qui tombe sur les fesses dans *Danse avec les stars* ou ce jongleur bigleux qui fait tomber une quille sur deux dans *Incroyable Talent*.

Erin considéra son cousin d'un œil noir.

— Mais comment tu te la pètes ! cracha-t-elle avant de tenter de lui coller une gifle.

En évitant l'attaque, Jay perdit l'équilibre et tomba lourdement de son tabouret.

— Va mourir, sale con ! cria Erin en quittant précipitamment le champ des caméras, renversant un spot sur son passage.

Jay se redressa péniblement, tira sur son T-shirt et réalisa que la caméra tournait toujours.

Angie en profita pour sortir une ultime question de sa manche.

— Jay, les membres de Brontobyte et de Jet vont se côtoyer quotidiennement durant les six prochaines semaines au manoir de la Rock War Academy. Avec toute cette tension entre vous, comment crois-tu que les choses vont se passer ?

Réalisant qu'il avait été manipulé de bout en bout par la réalisatrice, Jay estima qu'il était inutile de verser davantage d'huile sur le feu.

— Ça va être génial, répondit-il. Génial et sanglant.

2. Un portrait fidèle

Dudley, près de Birmingham, West Midlands

— Bonjour, mon nom est Summer Smith. J'ai quatorze ans et je suis la chanteuse d'Industrial Scale Slaughter... Désolée, est-ce que je peux recommencer ?

— Et pourquoi donc ? demanda Joseph, le réalisateur.

Le petit homme portait une cravate à pois et une barbe de Père Noël. Il mettait autant d'entrain et de passion dans cette séquence de télé-réalité tournée dans une HLM de Dudley que s'il tournait un film digne des Oscars.

— Je ne sais pas. Ma voix n'était pas un peu bizarre ?

— Elle était parfaite, la rassura Joseph. C'est dans la boîte.

— Alors je peux finir de préparer mes bagages ? demanda Summer.

Il hocha la tête, puis s'adressa à son cadreur.

— Il me faut d'autres plans de cette pièce. Les livres sur les étagères, les vêtements éparpillés sur la moquette, les médailles de natation et la photo au-dessus du radiateur.

— Je préférerais qu'on filme sur le balcon, dit Summer. C'est le bazar ici. Je n'ai plus assez de place dans ma penderie pour caser toutes mes affaires. Et je suis en sueur à cause des spots.

Joseph posa une main sur son épaule.

— J'essaie de peindre de toi un portrait fidèle, ma petite, et de raconter un peu ta vie. Cette pièce, tes habits, tes disques, tes posters… Si le monteur est à la hauteur, ces images en diront plus qu'un long commentaire.

Summer détestait l'idée que le public découvre la réalité de son existence, cette petite chambre en désordre, mais elle n'osait pas contrarier le réalisateur en ce premier jour de tournage.

Lorsque ce dernier quitta la pièce pour mettre en place l'équipement dans le salon, le cadreur ôta la caméra de son trépied et la posa sur son épaule. Sur ses indications, Summer esquissa quelques pas de danse devant l'objectif puis s'agenouilla devant les grands sacs Lidl qui lui servaient de bagages.

— S'il vous plaît, ne filmez pas mes sous-vêtements, dit-elle.

Tandis que le technicien détournait l'objectif, elle décrocha du mur la photo de sa mère puis la glissa derrière le lit. Elle redoutait plus que tout qu'on lui pose des questions à son propos.

Quelques minutes plus tard, elle retrouva Joseph dans le salon. Sa grand-mère Eileen était installée dans son fauteuil, un masque à oxygène suspendu autour du cou.

— Ta grand-mère vient de m'expliquer que tu prends grand soin d'elle, dit le réalisateur. Je suis admiratif.

— Courses, lessive et vaisselle, précisa Eileen. Sans son aide, il y a longtemps que je serais six pieds sous terre.

— Ne dis pas de bêtises, soupira Summer.

— Combien de fois as-tu appelé les secours quand mes poumons me faisaient des misères ? La première fois que tu as composé le 999, tu n'avais même pas six ans.

— C'est magnifique, commenta Joseph. Une véritable héroïne. Alors, Eileen, qui va s'occuper de vous pendant que Summer sera à la Rock War Academy ?

— Elle est ma seule famille désormais. Mais Mr Wei, Dieu le bénisse, m'a gentiment offert six semaines dans une jolie maison de repos.

— Et qui est ce Mr Wei ?

— Le père de Michelle et Lucy, deux membres de mon groupe, expliqua Summer. J'ai un peu honte de devoir accepter son argent et de forcer ma grand-mère à vivre un mois et demi loin de chez elle. Mais si elle ne se plaît pas dans cet établissement, je quitterai immédiatement l'émission et reviendrai m'occuper d'elle.

— Je t'ai dit de ne pas t'inquiéter pour moi, ma chérie, intervint Eileen. Je te dois bien ça, après tout ce que tu as fait pour moi. Tout se passera très bien, je te le promets. Maintenant, viens m'embrasser.

Summer se pencha en avant et déposa un baiser sur sa joue. Joseph était sincèrement touché par cette scène, mais en tant que professionnel, il se maudissait de ne pas avoir de caméra sous la main et d'avoir laissé passer ce moment d'émotion authentique.

Le cadreur entra à son tour dans le salon.

— J'ai terminé les plans de la chambre, annonça-t-il.

— Parfait. Maintenant, nous allons filmer les adieux.

— En fait, il est prévu que nous déposions ma grand-mère chez Mr Wei, qui la conduira à la maison de repos, fit observer Summer.

— Oui, je sais, dit Joseph, mais c'est un peu compliqué pour les téléspectateurs. La scène que nous allons tourner leur mettra les larmes aux yeux. Avec un peu de chance, elle sera diffusée en ouverture de l'émission.

— J'ai vu tes vidéos, dit le cadreur. Ta voix est fantastique, tu es jolie et ton histoire a de quoi émouvoir le public. Crois-moi, tu iras loin dans *Rock War*.

— Tu entends ça, ma chérie ? s'exclama Eileen. Tu fais partie des favorites !

— Je crois que tu déformes un peu ses propos...

— Et tous les garçons vont te courir après !

— Grand-mère ! s'offusqua Summer en rougissant jusqu'à la pointe des oreilles.

À cet instant, le stagiaire de l'équipe, un échalas au nez busqué, déboula dans l'appartement.

— Trois types ont menacé de me dépouiller..., dit-il hors d'haleine. J'étais en train de récupérer une batterie dans le van quand ils se sont pointés. Ils m'ont demandé ce qu'on foutait dans le quartier et m'ont traité de fouille-merde. Ils ont exigé que je leur file cinquante livres, et quand j'ai refusé, ils ont cassé un rétroviseur.

— Bande de petits cons, grogna Joseph.

— Il y a quelques années, une équipe télé a tourné un documentaire dans la cité, expliqua Summer. Ils ont fait passer tous les habitants pour des criminels et des assistés. Du coup, maintenant, ils voient rouge dès qu'ils aperçoivent une caméra.

— Je comprends, dit Joseph. Dans ce cas, nous allons tâcher de les raisonner. Suivez-moi.

Mais lorsqu'il essaya de franchir la porte de l'appartement, le cameraman, qui mesurait deux têtes de plus que lui, lui bloqua le passage.

— Et si ça tourne mal ? On ne ferait pas mieux d'appeler les flics ?

— Tu sais pourquoi je suis dans ce métier depuis trente ans ? Parce que je respecte *toujours* les délais de tournage. Si on fait appel à la police, ils se pointeront dans une demi-heure, et ces petits malins se seront fait la malle. Ensuite, on nous demandera sans doute d'effectuer une déposition, et nous perdrons un temps précieux.

Sur ces mots, il sortit sur le palier, suivi de ses collègues et de Summer.

— Soyez prudents ! lança Eileen.

Quatre étages plus bas, Summer ne reconnut pas les trois garçons d'une vingtaine d'années qui rôdaient près du van chargé de matériel.

— Un problème, messieurs ? demanda Joseph en faisant tournoyer sa canne.

— On ne veut pas de vous ici, répondit le colosse au cou de taureau et au crâne rasé qui se tenait devant les portes arrière du véhicule.

Nullement impressionné, Joseph se planta devant lui et lâcha d'une voix blanche :

— Tu me fais perdre mon temps, mon garçon. Recule si tu ne veux pas mourir de honte devant tes petits copains.

Summer n'en croyait pas ses yeux. Joseph avait une soixantaine d'années. Il n'était ni très grand ni particulièrement robuste. Son pantalon en velours était remonté jusqu'aux aisselles, et ses mocassins ressemblaient étonnamment à des chaussons. Était-il inconscient pour se frotter ainsi à un voyou visiblement prêt à en découdre ?

— File-moi cinquante livres, Père Noël, gronda ce dernier.

— Tu n'auras pas un penny, rétorqua Joseph. Maintenant, je te prie de bien vouloir t'écarter.

À l'instant où le jeune homme essaya de poser les mains sur ses épaules pour le repousser, Joseph s'accroupit, crocheta sa cheville avec le pommeau de sa canne et l'envoya rouler sur le sol. Summer était sidérée par l'audace du réalisateur, mais aussi par la facilité avec laquelle il s'était débarrassé de son adversaire, sans effort apparent. Le geste qu'il avait effectué ressemblait davantage à un pas de danse qu'à une véritable contre-attaque.

— Tu vas le regretter, sale con, rugit le jeune homme avant de se redresser d'un bond et de revenir à la charge.

À la manière d'un matador, Joseph esquiva calmement l'attaque en effectuant un élégant pas de côté, puis terrassa son agresseur d'un coup sur la nuque.

Enfin, il brandit sa canne à deux mains au-dessus de sa tête.

— Tu veux toujours jouer, gamin ? demanda-t-il, un discret sourire sur les lèvres.

Sa victime se releva péniblement, puis les trois individus, têtes baissées et mains enfoncées dans les poches de leurs hoodies, quittèrent précipitamment les lieux.

— Eh bien, on peut dire que tu caches bien ton jeu, Joseph ! s'esclaffa le cadreur. Où est-ce que tu as appris à faire ça ?

— J'ai servi dix ans dans la Police militaire royale, répondit le réalisateur, canne sous le bras, en gonflant le torse. Je peux te dire que j'en ai maté des plus coriaces.

Sur ces mots, il ouvrit les portes arrière du van.

— *Voilà*[1] ! s'exclama-t-il. Maintenant, récupère les batteries en vitesse et retourne installer les spots dans le salon. Tâchons d'expédier l'interview de la grand-mère avant que ces guignols ne rappliquent avec des renforts.

---

1. En français dans le texte. (*N.d.T.*)

Composition et mise en pages
Nord Compo à Villeneuve-d'Ascq